中国小小说名家档案

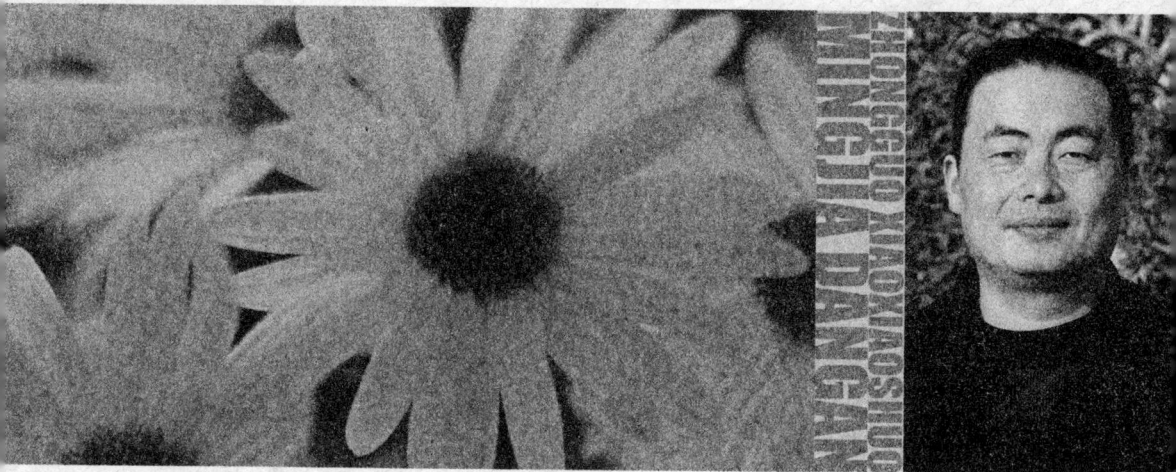

# 开往梅陇的地铁

韩昌盛◎著

吉林出版集团股份有限公司

总 策 划：尚振山
策划编辑：东　方
责任编辑：张晓华　韩　笑
封面设计：三棵树
版式设计：麒麟书香

图书在版编目（CIP）数据

开往梅陇的地铁/韩昌盛著．—长春：吉林出版集团
股份有限公司，2010.4
（中国小小说名家档案）

ISBN 978－7－5463－2853－9

Ⅰ.①开…　Ⅱ.①韩…　Ⅲ.①小小说－作品集－
中国－当代　Ⅳ.①I247.8

中国版本图书馆 CIP 数据核字（2010）第 069756 号

书　　名：开往梅陇的地铁
著　　者：韩昌盛
开　　本：710 mm×1092 mm　1/16
印　　张：17
版　　次：2010 年 5 月第 1 版
印　　次：2017 年 6 月第 2 次印刷
出　　版：吉林出版集团股份有限公司
发　　行：北京吉版图书有限责任公司
地　　址：北京市西城区椿树园 15–18 号底商 A222
　　　　　邮编：100052
电　　话：总编办：010–63109269
　　　　　发行部：010–63104979
印　　刷：北京一鑫印务有限责任公司
书　　号：ISBN 978－7－5463－2853－9
定　　价：30.00 元

# 一种文体和一个作家群体的崛起

## ——《中国小小说名家档案》序

最近几年，由于工作的关系，我开始接触并关注小小说文体和小小说作家作品。在我的印象中，小小说是一种非常古老的文体，它的源起可以追溯到《山海经》《世说新语》《搜神记》等古代典籍。可我又觉得，小小说更是一种年轻的文体，它从上世纪80年代发轫，历经90年代的探索、新世纪的发展，再到近几年的渐趋成熟，这个过程正好与我国改革开放的30年同步。我觉得这是一个非常有意义和非常有意思的文化现象，而且这种现象昭示着小说繁荣的又一个独特景观正在向我们走来。

首先，小小说是一种顺应历史潮流、符合读者需要、很有大众亲和力的文体。它篇幅短小，制式灵活，内容上贴近现实、贴近生活、贴近群众，有着非常鲜明的时代气息，所以为广大读者喜闻乐见。因此，历经20年已枝繁叶茂的小小说，也被国内外文学评论家当做"话题"和"现象"列为研究课题。

其次，小小说有着自己不可替代的艺术魅力。小小说最大的特点是"小"，因此有人称之为"螺丝壳里做道场"，也有人称之为"戴着镣铐的舞蹈"，这些说法都集中体现了小小说的艺术特点，在于以滴水见太阳，以平常映照博大，以最小的篇幅容纳最大的思想，给阅读者认识社会、认识自然、认识他人、认识自我提供另一种可能。

还有非常重要的一点，小小说文体之所以能够迅速崛起，离不开文坛有识之士的推波助澜，离不开广大报刊的倡导规范，离不开编辑家的悉心栽培和评论家的批评关注，也离不开成千上万作家们的辛勤耕耘和至少两代读者的喜爱与支持。正因为有方方面面的共同努力形成"合力"，小小说才得以在夹缝中求生存、在逆境中谋发展。

特别是2005年以来，小小说领域举办了很多有影响力的活动，出版了不少"两个效益"俱佳的图书，也推出了一批有代表性的作家和标志性的作品。今年3月初，中国作家协会出台了最新修订的《鲁迅文学奖评奖条例》，正式明确小小说文体将以文集的形式纳入第五届鲁迅文学奖短篇小说奖的评奖。而且更有一件值得我们为小小说兴旺发展前景期待的事：在迅速崛起的新媒体业态中，小小说已开始在"手机阅读"的洪潮中担当着极为重要的"源头活水"，这一点的未来景况也许我们谁也无法想象出来。总之，小小说的前景充满了光耀。

在这样的历史背景下，《中国小小说名家档案》的出版就显得别有意义。这套书阵容强大，内容丰富，风格多样，由100个当代小小说作家一人一册的单行本组成，不愧为一个以"打造文体、推崇作家、推出精品"为宗旨的小小说系统工程。我相信它的出版对于激励小小说作家的创作，推动小小说创作的进步；对于促进小小说文体的推广和传播，引导小小说作家、作品走向市场；对于丰富广大文学读者特别是青少年读者的人文精神世界，提升文学素养，提高写作能力；对于进一步繁荣社会主义文化市场，弘扬社会主义先进文化有着不可估量的积极作用。

最后，希望通过广大作家、编辑家、评论家和出版家的不断努力，中国文坛能出更多的小小说名家、大家，出更多的小小说经典作品，出更多受市场欢迎的小小说作品集。让我们一起期待一种文体和一个作家群体的崛起！

中国作家协会党组成员、书记处书记

中国作家协会副主席

中国作家出版集团管委会主任

# 目　录

**■ 作品荟萃**

## ■ 作品评论

## ■ 创作心得

## ■ 创作年表

# 老师，你好

电话铃响的时候，我吓了一跳，我正在午睡。

那声音不高，老师，你好。我说哪位？他很高兴似的，我是你班上林强的父亲，我想问一问他的情况。我坐起来，告诉他林强成绩很好，思想也很稳定，正在稳步冲刺。手机那头很兴奋，谢谢你，老师。

我告诉林强你父亲来电话了，他嗯了一声，好长时间没打了。

过了两天，电话又打来了，我还是在午睡。我开玩笑地说，能不能换个时间？老林嘿嘿地笑着，老师，你好。我说你拼命挣钱吧，孩子挺好。他说那就好，不过老师你看严点，他有时好背着大人调皮捣蛋。停了一下，他又说，这是老板的手机，只有中午吃过饭他才借给我用一会儿。我嗯了一声，那就挂吧，长途挺贵的。

我没告诉林强，高考前的日子需要平静，在平静中酝酿力量。后来电话经常打来，总是在我午睡时，开头总是老师，你好，然后问问情况。我告诉他很正常，在向大学慢慢走近。他便高兴，连声说谢谢。不知为什么，我加上一句，老林，你也要注意身体。他非常激动，我身体好着呢，工地上伙食不错。

离高考愈来愈近了。我的手机不断响起，都是家长打来询问情况的。老林也不例外，说过老师你好，就问儿子的身体能不能撑住。我说没事，食堂伙食很好。过了一小会儿，他很客气地说，我从老板那儿支了100块钱寄给你，你命令他加点营养。

林强很听话，拿着钱走了。走了几步，又转身问我，阿爷有没有说他回来？我想了想，有，准备等你考上大学他就回来。林强点了点头。

高考前一天，老林又打来了，老师，你好。我说下次就不要客气了，他焦急地说，不客气，我想拜托你多照看一下林强。我肯定地说我会，对每一个学生都这样。那头有些急促了，不是，老师，林强睡觉喜欢蹬被，着凉怎么办？顿了一下，他接着说孩子妈走得早，他又在外头。我沉默了，然后告诉他，我会特别照看的，你放心。

老林不放心，每天中午都打来。我说你老板不生气啊，他憨憨地笑着，老板的儿子也高考，还让我多打一会儿。我说林强他们都在午睡，你就静等好消息吧。

六月二十五号，他的电话准时打来了。其实我已经在等他了，老师，你好，他还客气着。我有些不客气，我说我当然好，因为你儿子考上了，上了本科线。电话里一下子静了，过了好几秒，他才连声说那太好了，太好了。

电话挂了。整整一个月没打来，也许在充满喜悦地忙着做工挣钱吧，我想老林这下日子有盼头了。

临近八月，老林的电话又来了。他很激动，你好，老师，通知书有没有到？我也很激动，省城大学，师范。他说师范好啊，将来做一个像你这样的老师。我客气着，问他还有什么事？他突然想起了什么，学费多少钱？我说不太多，400多元，凭你这长年在外的劲头，不成问题。

电话里没有声音，挂了。

八月的阳光很热，金榜题名的同学热情的温度更高，不断有人来请吃饭，我不断地拒绝，但心里仍然很感动。可林强呢，自从拿了通知书就蒸发了。

老林的电话在这时恰好又打来了，依然低沉的声音，老师，你好！我说你也好，学费该凑齐了吧？他迟疑了一下，老师？又没有声音了。难道林强有什么意外吗？要知道他那所大学很出名，我催促他快点说，他终于说了，老师，我想跟你借500块钱，就500！

我犹豫了一下，我说好吧，但你在外两年多了应该有钱啊。是老板没发工钱，他压低声音，我挂了，谢谢你啊，老师。

我和爱人商量了一下，决定借给林强1000块钱，也许能多解决点困难，他是一个好孩子。可我很生气，老林的老板能借手机给工友用，怎么还克扣工钱呢！我翻到那个熟悉的号码，拨通，有人接了，我准备好的话倾泻而下：你像一个老板吗，加班加点地使人，还扣人家的钱，你还有没有良心，你有没有孩子，你不知道老林的儿子有多优秀，你这样做差点毁了他。狗东西。

我又再接再厉，你凭什么这样做，你就不怕法律吗？做人要善良，要善良，你懂吗？我把最近几年对克扣民工工资现象的不满都送给了他。奇怪，他没有还击。

终于，我讲完了。终于，他开口了，老师，你好！我吓了一跳，很有涵养啊！谢谢你对老林的关心，他的声音中没有愤怒，我实话告诉你吧，我是一名监狱长，老林因为交通肇事在我们监狱，考虑到林强高考，我们才允许他和你通话了解孩子情况。

顿了一下，他又说，过两天我们把队里的捐款寄给你，麻烦你转给林强同学，告诉他，老板的工钱发了。

我呆了！

接着是老林和我通话，开头依然是老师，你好。我很真诚地回了一句，你好，老林，就像老朋友似的，非常自然，亲切。

## 一等奖作文

教师节到了，学校举行一次主题为"谢谢老师"的征文活动。短短一星期，收到一百多篇来稿。

稿件统一将姓名隐去密封评比，我们语文组十个老师人均等分，评出最好的一篇进入决赛。半天过去了，每人都挑选出了一篇，为了节省时间，大家决定找两名同学轮流读这些文章，评委们听后打分，再算平均分。

实话实说，同学们读得声情并茂，文章写得也真实感人：有的写老师像树，带来荫凉，有的写老师是园丁用心血浇灌，有的写老师的目光刺醒了沉睡的灵魂……爱在流淌，大家都觉得难分高低。最后一篇文章，《难忘的一天》，读标题时，曹老师捣捣我，这个标题有点土气。

"这一天开始时，和平日没有什么两样，天还是蓝天，云依旧是白云，我仍然是那个做着许多作业的中学生，可是太阳出来时，小鸟唱歌时，一件意想不到的事发生了。"

同事们你瞧瞧我，我看看你，不知道葫芦里卖的什么药。

"来了几个同学，他们和我一起做作业，作业做完了，就开始玩，下棋，打扑克，看录像，当什么都玩腻时，张子明说，我们打电话让老师来，我不同意，老师很忙啊，他们坚持试试老师是否关心我们，就打了班主任家的电话，说我有病，就挂了。"

曹老师小声说，很感人。

"老师真来了，骑着他那辆破自行车，着急地问我怎么不上医院。看着大家都笑了，他也笑了，看了我们的作业，开始和我们一起读书，讲故事，他讲了许多有趣的故事，到了吃午饭时，他要回家，我说，老师，在这儿吃顿饭吧。"

读作文的孩子停顿了一下，又读了起来。

"这顿饭吃得五花八门，老师说得消化消化，到田野里去吧。于是我们向田野出发，春风和煦，麦浪翻滚，柳荫片片，我们放风筝，风筝在飞，我们在跑，老师也跑。"

办公室里静悄悄的，另外一个读作文的孩子也专心地听着，仿佛日子流淌，在这时慢慢打了个旋又向前流去。"让我们自由自在玩一次吧，我们看着老师，他点点头，大家欢呼起来，割草，找藏在草丛里的花，玩剪刀、石头、布，下水捉鱼摸虾。终于，能想出来的游戏都玩了一遍，老师要回去了。张子明说，我们再玩最后一个游戏吧，每人唱一首歌，老师坚决不同意，说他五音不全。张子明不听，他先唱了起来，我唱了一首《打靶归来》，应该不错，轮到老师了，他推来推去，实在不行我学狗叫吧，张子明高兴地跳了起来，我说不行，老师怎么能学狗叫？老师笑着止住了我，今天没有老师。真的，老师学了三声，很像。我也学了，张新、张子明都学了，高的，低的，长的，短的，各种各样的狗叫声，像的和不像的，都在田野中飘荡着。近处的村民向这儿张望，我们叫得更响了。"

读作文的孩子突然停住了，抽噎起来，"老师回去了，我感谢他，让我们度过了难忘的一天，我感谢老师，他和我们一起学狗叫，让日子不再寂寞。"

作文得了一等奖，接近满分。一个多么好的老师，放弃休息时间与学生一起游戏，走进学生，亲近学生，这样的作文，当然该得最高分，大家都这样说。

我是唯一没有打满分的老师。他们不知道，那个星期天是五个孩子喝酒被人打了110我才赶去；他们也不知道，每个星期天他们都是轮流在一起吃饭，看录像，谈论老师，思念遥远工地上的父母。而和老师一起吃饭、学狗叫，当然成了难忘的一天。

其实，他们永远不会知道有一个阳光满地的下午，父亲离我而去。从此我就在角落中看着别人玩耍，在田野里独自疯跑，那年开始，我刚过六岁。那一天，我只不过看到了我自己的影子。

## 长城长啊

我没想到会以这种方式见到我的启蒙老师。

每年一次的教师职称评审，教育局要对每一个报名老师上课情况进行考核。没想到会抽到我做考核组评委，更没想到韩老师今年也评职称。

师生见面自然一片欷歔。韩老师握着我的手，说去年报过一次了，没批，上头说少论文；说今年找人弄了一篇，交了 30 元钱获县三等奖够用了；没想到上课又碰巧遇见你，更没问题。看着我的启蒙老师，心中似乎有很多感慨，老师你快退了吧？他很豪气地伸伸手指，两年，评过职称就退。

领导喊我们进屋开会，我抓紧时间问他上哪一课，好先给另外两位评委透透风。他趴在我耳边说，长城。

长城？我脑海中浮现出当年跟他上这课时的情景。二十三个学生端正地坐好，韩老师在上课前又来到教室。他很严肃，一定要配合好，不会也得举手，我只提安排好的同学。

上课铃响了，韩老师大步走进教室。然后开始导入课文，长城长啊，一万三千里。下面按部就班地提问，讲解，一直到最后，他总结说同学们想不想去啊？想去！异口同声地回答。我不知哪儿来的问题，站了起来，老师，你去过长城吗？

老师怔了一下，很快地说，当然去过，长城实在是长啊。

后来我知道老师那堂课的意义很大，是一个民师能否转正的关键。据说要不是我的问题，老师那堂课就能评上满分了。

韩老师今天的开头和当年一样，长城长啊，一万三千里。我看了看教室，有电视，有广播，有饮水机，中心小学的条件就是不一样。很快有孩子举手，老师，长城不是一万三千里。

老师怔了怔，继续讲课，说长城是太空中可以看见的地球上唯一的人工建筑。又有一个学生举手，老师，这不是真的，杨利伟就说没看到。不对，班里马上进入议论状态，各执一词。我焦急地看着他，一个五十八岁的老民师，一个忙了学校忙田里的老师，他也许并不知道现在的镇上学生家里有报纸有电脑，随随便便就可以查到长城的资料。

韩老师有些羞惭地看着我，我用目光鼓励他。他开始转移话题，同学们，你们去过长城吗？

班里举起了十几只小手，还有一个小家伙站起来抢着说长城的见闻。课堂又一次热闹起来，大家争着说长城多长，多宽，还有黄头发蓝眼睛的外国人。

这时，一个胖乎乎的男生举手，老师，你去过长城吗？你看过长城上的青砖吗？我心里暗暗发急，镇上的孩子见多识广，我的老师你可怎么办？千万不能像当年用小棍子敲我一下来发脾气啊。

韩老师似乎很窘，机械地结束了这堂很重要的课。只和我打了声招呼，就回老家了。

我问了那两位评委，我说一大把年纪了，上了一辈子课照顾照顾吧。他们说，名额有限，课堂气氛他把握不住，学生求知欲望他视而不见，难啊。职称的事只好作罢。我感到有些难为情，总觉得事情没有办好。于是，春节时回老家，我让父亲请他来我们家吃饭。

见到我，他很高兴。我们围着桌子坐好，他一边喝酒一边说，长城长啊，太长了。

我说你去了长城？他点点头。

我就一年机会了，前两天我专门去爬了一趟。他又喝了一大杯。

当了一辈子民师，临到结尾转正了，高兴啊，他和我碰酒杯，就剩一个职称问题。那些孩子，没有你们当年好解释。

我就不信，不到长城非好汉，我去过了，就能上好那堂课，他和父亲讲，父亲听不懂。

1000 多块钱一趟，他越说越高兴，说给每一个人听，长城长啊，真长。他喝醉了。走时他拽着我的手，我去过长城了，长城长啊，他向前走着又回头，真长，太长了，长城。

# 第一百个鸡蛋

郑玲捧着热乎乎的鸡蛋，站在邢老师的厨房后面发愣。

"快点吃，凉了不好吃。"邢老师探出头来，冲她笑笑。

为什么给我鸡蛋吃？难道昨天他的孩子跌倒，我扶了一把？或者我的作文得了市一等奖，奖励我？还是煮多了鸡蛋，给我一个？想了一路，到了教室，也不明白。

第二天早晨，邢老师叫她去拿鸡蛋。郑玲跟着老师走，看他高大的背影，像父亲。父亲也是这么高大，走路风风火火的。但父亲不在家，在上海打工。正在想着，邢老师将一个鸡蛋交给她："快点吃，凉了不好吃。"可是？郑玲捧着热乎乎的鸡蛋，眨巴着眼睛，希望得到答案，老师笑笑："哪有什么可是，赶紧吃吧。"

同宿舍的李巧妹也想不明白。两个好朋友趴在被窝里想了半夜，也没有结果。天亮时，红眼睛的巧妹斩钉截铁地说："我知道了，老师想收你当闺女。"

去老师家的路上，郑玲还是被巧妹的设想温暖了好一阵子：给邢老师当女儿，不是坏事，老师课上得好，对学生好。正在想着的郑玲被老师叫住了："每天早饭时来取，不要耽搁时间。"

可老师还是批评了她，考试没考好：数学是强项，只考了一百二十分，语文是弱项，竟然只考九十六分。邢老师毫不留情，指出她晚上在寝室讲话，上课时开小差，怎么能考出好成绩。

郑玲低着头，不敢说话，但心里还是有一丝不服气，要不是思考鸡蛋的事，怎么会开小差？

邢老师放缓了语气，给她讲道理，讲父母在城市的不易，打工的艰难。郑玲不说话，她知道老师是对的，老师把每一个孩子都当做了自己的孩子。

郑玲离开办公室。她想，明天的鸡蛋应该没有了，老师气得这么厉害。

但鸡蛋准时出现。邢老师依旧冲她笑笑："快点吃，凉了不好吃。"郑玲感激地看着老师，老师说："你爸走时交在我这儿，说你身体差，初三了得增加营养，每天吃一个。"

于是，郑玲天天准时来，在那间小小的冒着热气的厨房，从老师手里接过热乎乎的鸡蛋，看着老师忙着炒菜忙着招呼他那调皮的孩子吃饭，竟有一丝不愿离开的念头。

但还是快速跑了，她知道，老师太忙。

她知道的事还有许多。比如邢老师的孩子上小学一年级，爱人在乡政府上班。她还知道爸爸的工地叫泰仓工地，工地附近有一个电话亭，爸爸会从那里给她打电话。他们约好星期五的中午十二点，如果有事爸爸打来，在校园的 IC 卡电话机旁，郑玲等着。

经常响起，不是十二点。拿起，也不是爸爸。郑玲就想象着爸爸打来电话，她说自己成绩很好，班级第一全年级第三；老师很好，每天给她一个鸡蛋吃。

电话一直没有打来。邢老师告诉她爸爸很忙，工期太紧，每天都加班。郑玲捧着热乎乎的鸡蛋望着老师，不相信。邢老师一边炒菜一边挥手赶着油烟："都打到我电话上来，叫你好好学习。"

郑玲走时，邢老师又伸出头来："你爸问你每天一个够不够？"郑玲扬扬手："够了。"

电话等不到，郑玲只能学习。初三复习生活在紧张中飞快流逝，郑玲已经在学习中沉醉似的前行，除了上课做试卷除了吃饭除了拿鸡蛋，她已经忘记其他事情。

终于，盼到了中考。麦子已经丰收，学习上也该丰收了，郑玲对自己说。她去向老师告别，爸爸要回家，说是特意赶回来看她考试。郑玲幸福地看着邢老师："收麦他就没回来，我考试他回来了。"邢老师冲她笑笑，递过来一个鸡蛋，热乎乎的。"赶快吃，凉了不好吃，"邢老师一边炒菜一边说，"中午在我家吃，把女生都喊来，给你们送别。"

但郑玲心里暖乎乎的，她说："一百个了，老师。"老师正埋头炒菜，没听见。

来了许多女孩子，帮老师择菜，洗菜。邢老师夸张地说："我还没买菜呢。"女孩子们兴奋地嚷着："够了够了，我们看到鸡肉了。"

中午果真吃鸡肉，两大盆，邢老师使劲地劝大家吃。郑玲几次想说感谢的话，但是没有机会。

走时，郑玲张了几次嘴。终于说出来："谢谢老师。"她想，每天煮的工夫，提醒拿鸡蛋，足以让人感动了。邢老师笑笑："你爸把两只母鸡交在我这儿，你自家的鸡蛋，况且中午鸡也被大家吃了，还得谢谢你呢。"

郑玲弯腰，深深地鞠了一躬。鞠过躬的郑玲要去考试了，中考，很关键。

关键的时候，爸爸也回来了。走出考场大门时，她看到爸爸和邢老师并肩站在门外，她兴奋地跑过去，她要告诉父亲考得很好，告诉父亲老师给她煮过一百个鸡蛋。邢老师笑了，不好意思地笑了。爸爸很吃惊："我送给你的是公鸡啊？"邢老师拍拍老郑："哪有老师收礼的，都还给孩子了。"

邢老师拍拍郑玲："你考完了，爸爸腿也好了，这下该高兴了吧！"

郑玲眨巴着眼睛，腿好了？爸爸不是在加班吗？爸爸没回答，她只看到爸爸和邢老师开心的笑，身边围着许多蹦蹦跳跳的孩子。

# 能不能找我办点事？

县长对校长焦急地说，他就没有一点困难需要解决？校长摇摇头。

县长诚恳地握着林校长的手，老林啊，这件事就拜托你了，有合适的机会一定给我说。

县长真的很诚恳，他想真心实意地谢马老师一次。谁都知道县长日理万机，县长的公子却让他日理万机中还得头疼几次。无奈之下将他送往徐州的私立学校，可贵族学校也解决不了他的问题，退了回来。县长只好安排在一中，一开始不在马老师的班，上了两个星期非得要调到他班上去。调了之后就变好了，网也不上了球也不捣了，回家还像模像样地做作业。县长日理万机之后回家看到儿子焦头烂额地趴在书桌前，自然非常高兴。

高兴的县长就要请马老师吃饭，却遭到了拒绝。校长小心翼翼地说马老师要参加比赛没时间。县长说其实我时间紧得很，校长点头，等他有时间我给你汇报。

可马老师一直没有时间，比如星期一、三、四晚上有自习辅导，星期二晚上要开教研会，星期五晚上要学习课件制作。县长对着电话大声地说，那就星期六星期天，我推掉一切应酬。校长说不行，他给学生补课，你忘了浪涛不也在那儿吗？县长想想也是，浪涛回来总是说有十来个成绩差的学生，马老师给他们开小灶。

县长的事很多，时间被秘书排得满满的。可只要看到浪涛规规矩矩回家不再要一家人到处乱找，县长就想起了马老师，应该好好谢谢人家。

县长就打电话，聊聊浪涛的情况，问问马老师的家庭、工作。马老师淡淡地说浪涛挺好，自己工作也不错。县长实在忍不住，小声地问，有没有什么事情要帮忙？马老师很平静，谢谢县长，都挺好的。

县长忙完公事时就和秘书聊这件事，秘书说我了解一下他的情况。秘书的效率很高，一个晚上就查清了马老师大学毕业，从乡下中学招考进了县一中，爱人在农村中学工作。秘书在爱人下划了条横线，县长就明白了，王秘书，你去办办看。

王秘书的活动没有结果，马老师不同意，他说这样人家会笑话，被人笑话在单位是站不直的，站不直就不能面对学生，不能面对学生就无法做教师了。王秘书摇摇头，还有这样的人？县长点点头，还真有这样的人！

县长就更加尊敬马老师。教师节表彰会上他握着马老师的手使劲地晃了两下，谢谢你！马老师在镁光灯下有些腼腆，是孩子自己用功。县长便更高兴，过年时提了一袋茶叶去拜访马老师，他大声地说我这可不是送礼，君子之交淡如茶嘛。马老师就把茶叶收下，那你今晚得在这儿吃饭。

县长和马老师聊得很投机，酒喝得也很投机。喝多了酒的县长就和马老师称兄道弟，老弟啊，你就不能找哥办一点事？只要不违法就中。

喝得满脸通红的马老师坚决地摇头，我过得很好，非常好。

帮马老师的事就成了县长一块心病。县长白天比较忙，忙开会忙招商忙接待信访群众，晚上忙着应酬。只有深夜时念头会闪出来，这个马老师，他情不自禁地摇摇头。

马老师还是平静地上课改作业。关于他的消息都是浪涛提供的，浪涛一边做作业一边说老师文章又发表了，有时说老师上课太带劲了。县长就逗他，比冰淇淋还带劲？浪涛很轻蔑，冰淇淋算什么，老师那叫才华。县长笑了，才华我也有，我也是大学毕业。浪涛认真地看了看他，不像，你基本上没看过书，我们老师走在校园里都看书。县长又笑了，拍拍儿子，很高兴地笑了。

期终考试了，县长更高兴，浪涛得了班级第五名，还有一张奖状。县长请儿子吃鸡腿，马老师是不是特别照顾你？撕着鸡腿的儿子停下来，才不呢，有几次还罚我站了一节课。

请过儿子，县长下决心请马老师。县长没叫校长请，自己到了马老师家。马老师客气着，我正准备找你呢。县长很兴奋，有什么事叫我帮忙？马老师脸红红的，本不想麻烦你。县长拿烟给他，客气什么，尽管说。马老师羞涩地，小声地说了一句。县长爽朗地笑着，老弟啊，放心提。

马老师很难为情地递过一张纸，我不想给你说，可他们？县长看了，三行字，他小姨子房屋拆迁款想多要一些，他小舅子想开一个网吧办不到证，他弟弟大专毕业想找工作。马老师搓着手，我是有原则的，可他们不行。马老师给县长倒茶，我抗拒不了他们。

县长没喝茶，县长拿起字条，我试试看。县长和马老师握握手，别多想，你是一个好老师。

县长走出房门，八月的风吹在脸上热乎乎的，他觉得身上并不热，心里也不热，突然有一种没意思的感觉。他走了几步，停了下来，对自己说，没意思。

# 今年过节不收礼

孙老师上完课，合上课本。她想了想说，老师有件事想拜托大家。班里的眼睛都睁大了，像是准备冲出来的问号。

孙老师在黑板上写下一行俊秀的字：今年过节不收礼。同学们马上接出了下句——要收只收脑白金，然后笑成一片。孙老师也笑，笑过之后认真地说，请各位同学告诉父母，老师绝不收礼。

大胖不信。他用书挡着，歪头告诉壮壮，去年的张老师也这样说，结果我爸一去就收了。壮壮点头，我爸买了两瓶酒，老师要了。孙老师敲敲桌子，都记住了，谁送谁不是老师的好朋友。

小雪很高兴，妈妈下岗奶奶生病，家中只有爸爸一个人上班，日子当然艰难，这下就用不着花钱了。爸爸也高兴，她不让送咱就不送，听老师的话没错。

晨晨不这样想，她悄悄地告诉小雪，我爸说了还得送，过年嘛。夏小月也同意，我妈说必须送，不然老师会看不起你。小雪的心里一下子被塞进去很多东西，孙老师不是那样的人，她脱口而出。晨晨摇头，我也这样说，爸爸说那是她才调来，不熟悉环境。

上课时，小雪看孙老师的样子就有些模糊。老师过来摸摸额头，发烧吗？小雪没说话。

吃饭时，小雪不说话。妈妈也摸摸额头，发烧吗？爸爸停住了筷子，你别多想，到时我一定去，尊敬老师是应该的。小雪心想，钱呢？孙老师会收下吗？

孙老师依然笑眯眯地上课，亲切地提问题。当然还强调了"今年过节不收礼"，她比画着，要相信老师，老师会平等地对待每一个同学。

大胖听了并不感动。他憋了半天还是告诉壮壮，我爸送了一箱油。壮壮马上凑过来，收了吗？没收吧？大胖晃着脑袋，反正我爸是哼着小曲回来，反正今天上课老师提了我两次。

小雪捂住嘴不让自己笑出来，有一次是他睡着了老师叫醒他。可是大胖很快乐，因为人家去拜访了老师，老师当然格外照顾。于是满腹心事的小雪微微叹了口气。

第二天，夏小月和她拉勾，保证自己说话真实可靠。小雪抠着书包上的小鹿，老师真收下了？夏小月得意地笑了，我爸说孙老师还夸我认真学习呢。夏小月碰碰她，赶快行动，不然放假老师就回老家了。

爸爸却说不着急，等考完试她也休息正好有时间问问你的情况。小雪轻轻地问一句，老师真会收下吗？爸爸怔了一下，收下很正常，谁不尊敬老师，老师多辛苦。

孙老师真的非常辛苦，爸爸对小雪说，我去时还在填成绩报告单，每一张都写得满满的。小雪低着头写作业，老师夸你懂事好学，有出息，爸爸挺满意的样子。

小雪歪过头去，收下了吗？爸爸的神色跳了一下，孙老师人不错，对你们非常熟悉。

小雪打电话问晨晨，问蒋亮，问了很多好朋友。他们都说爸爸去了，回来笑眯眯的，都说孙老师不错，很喜欢孩子。

小雪苦笑了一下，很喜欢孩子？门外已经炸响了鞭炮声，也炸响了爸爸的大嗓门，你的卡片！是一张精致的白杨叶贺年卡，有着朴实的气味，和娟秀的字：小雪，谢谢你的问候。相信这片树叶，它在阳光下成长，当然有阳光的味道。祝福你，阳光下的女孩，一定有一颗晶莹的心。

我的问候？小雪看着爸爸。她是一个好老师，爸爸看着小雪，那天只收下了你对她的尊敬与感谢。小雪嗅嗅白杨树叶，阳光的气息淡淡地扩散，非常热烈。

小雪又打了许多电话，他们都有一片树叶，带着阳光的树叶，正在这个小城的每一个角落散发着朴实的气息，不搀一点杂质的气息。

小雪微笑着和同学们说新年好。

小雪微笑着和同学们约定，新学期第一堂课大家同时而且响亮地喊出"今年过节不收礼，要收只收白杨叶"。大家都相信，孙老师肯定会亲切地笑，阳光地笑，不搀一点杂质地笑。

## 美丽事件

初三时，我们学校开了一个工厂，专门生产雪花膏。

地点就在校园内，产品卖到外地，本镇的百货大楼也有，五角钱一袋。

班里有一些女生攒了点钱，到街上去买。男生嗤之以鼻，但是没有多久，轻轻的香味在班里四散着，我们男生也使劲地嗅了嗅。

机会来了。有一天晚自习时，工人们用手推车拉货到仓库时，掉了一盒。怎么办？你望着我，我望着你，对美丽的渴望战胜了胆怯，一个同学捡起盒子，抱得紧紧的，冲向寝室。

二十袋！我们一共十二个住宿生，一人一袋，还剩。大家商量着送给哪位女生，笑声一片，追赶、打闹屋里一片热闹。最喜欢思考的小郑说了，明天要是发现了怎么办？

顿时，屋里静了。校长的脸色大家都是熟悉的，那可不是闹着玩的！可班里的香味实在牵扯了太多的梦想，讨论再三，决定两人一袋把其余十四袋放进盒子送到原处，还是速度最快的浩子，在望风的同学告诉风平浪静后冲出去"物归原主"。

当夜无月，今夜有梦，梦里都是不同于往日萝卜咸菜的气味。

第二天清晨无事，忐忑不安的心情放松了一下。上午上课，班主任进班，一切如旧。大家互相看看，舒了一口气。小郑小声地说，天下太平。

但没有多会儿，校长陪着那胖胖的厂长进来了。厂长先说情况，说丢了六袋雪花膏，还说前两天少了一袋原料。校长又说，主动交出来算自首，搜出来送公安，截止时间上午放学时，还说重点就在我们班。

屋内的温度凝固了。老师上课大家也不在意了，交吧？还有那所谓的原料。不交吧？搜到怎么办，谁都知道农村小男生，没人用化妆品。

下课了，凑在一起无精打采，不知怎么才好。小郑说，找班主任吧。马上反驳，班主任就不凶吗？那怎么办，谁也没话说。

放学时，校长果真来到我们班，还有班主任。我们心提到嗓子眼，惨了。我端直身板，准备站起来。浩子向我看了眼，示意我镇静。校长开始说话了，有个同学紧张地扶着桌子，要站起来。班主任赶紧打个手势，你不舒服啊，上我房间休息一下。校长笑了，说我们班同学还算老实，一早晨就交到班主任那儿了，算是自首。还说班主任保证你们是真的拾金不昧，思想很好。

班里掌声一片。校长走了，我们好奇地望着班主任。他狡黠地笑了，然后说男孩子抹化妆品味道也轻一点。我们使劲地嗅了嗅，班里确实弥散着浓浓的香味，在男生身上，在各个角落，热烈地传播着，沁人心脾。

只是，只是，班主任哪儿来的六袋雪花膏呢？

## 好消息坏消息

元元的父亲总是很准时。每次月考过后，他都会在晚上打电话来。

老师，这次他有没有进步？电话那头很焦急。

我翻了翻成绩单，其实不用找的，元元的名字肯定在最后。我尽量温和地安慰千里之外的他，分数已经有些提高。

名次呢？还是倒数吗？

我们学校不排名。我试图列举元元的很多优点，比如很听话，从不迟到从不早退。比如对同学很热情，从不和人争吵。比如听课时眼睁得大大的，想把每一个字都听进耳朵里。

气死我了，电话那头挂断了，根本不听我的夸奖。

于是下个星期上课时，元元的眼睛红红的，低着头，不说话。

你爸又训你了，我坐在他对面，给他拽拽衣领。

他点头，他说他和妈在外面做工拼命赚钱，我却不能给他带去一点好消息。

我拍拍他的肩膀，老师相信你，一定能。他嗯了一声。

下一次考试元元果然进步了一个名次。千里之外的电话准时地打来了。这次怎么样？还是坏消息？

好消息！我兴奋地告诉他，进步了一个名次。又是坏消息，电话挂断了，我听到一声沉沉的叹息。

拿着进步奖奖状高高兴兴回家的元元又红着眼，低着头回到了教室。

你爸又训你了？我坐在他对面，给他拽拽衣领。

爸说我还是倒数，不争气，他摇摇头，我让他失望了。看着这个脸上挂满忧郁的少年，我的心突然动了一下。

我坚定地说听我的，不会让爸爸失望。

但爸爸还是失望。这次又没考好吗？他打通电话第一句就问，我抢先打断他的话，这个不是主要问题。我斟酌了一下，关键是孩子最近往游戏厅去。

他沉默了一会儿，去几次了？我说正在查。

第二天又打我的电话，说往家打电话怎么没人接，学校补课吗？我果断地说没有，不过元元到一个同学家里去了，我知道。那个孩子调皮吗？也上过游戏厅吗？他一连串地问。

是的，我对他说，我会找到他们。

第三天，一个新的星期一到了。元元爸爸的电话又到了，老师，元元有没有消息？我问他要好消息还是坏消息，他急切地说当然是好消息。

元元可能在一家网吧里上网，他刚刚回来了。千里之外的爸爸没有了力气，你叫他接一下电话。

正在上课，等下课吧。

下课了，手机准时响起。老师，元元在吗？我告诉他元元在，可元元不敢接。他说你叫他接，我求求你了，老师。

元元坐在班里，一个人，孤零零的，同学们都跑到走廊、操场上玩了。我说算了，这星期有期中考试，我教育教育他争取有点进步。

不说这个！他的声音很急促。

我告诉他元元的确有些问题，但老师会帮助他。

我挂断了电话，他还在急切地说着什么。

元元跑出来，我说你进去看书吧，争取给爸爸一个好消息。

星期五到了。我和元元在办公室，等着他爸爸的电话。元元紧张地看着我，我说没事，你爸爸会高兴的。

他爸爸当然高兴不起来，他说元元呢我要他接电话我问他为什么躲着我为什么不愿学习。我说他其实有很多优点比如听话比如和同学关系很好从不和人争吵比如听课时眼睛睁得大大的，想把每一个字都听进耳朵里。

可现在呢？现在他变成什么样子了？他连声叹着气。我说假如他不是呢，假如他没有上过游戏厅也没有上过网更没有上同学家借宿，你会不会很高兴？

那当然，老师，他兴奋地说，这比什么都好。元元接过电话，爸，是真的，老师说的都是真的，那个晚上我在老师家睡的，我什么都没做过。

沉默。沉默。那头没有声音。真的？真的，元元肯定地说。这就好，孩子，这比什么都好。我接过来，这应该是一个好消息吧，元元真的很努力，那头认真听着我的讲话，这次考试又进步了一个名次，这个消息你要不要？

要，当然要，他的声音充满了喜悦。我把电话给了元元，我看到元元听着，脸上洋溢着幸福，从眉头到嘴角，从鼻子到牙齿。

# 优秀教师

林老师还没调到这所县重点中学，名声早传过来了：县级学科带头人，市级优秀教师。

林老师也知道，学校为调他来，上上下下费了不少劲，而且还专门准备了一个重点班。所以他暗下决心，好好干，不让领导和家长失望。

上班的第一天，他很认真地备了课，上得也挺好。但他发现班里座位很奇怪，后面有两个小个子同学，而前排却坐着三四个高大的同学，明显挡着后面同学的视线。这里面肯定有猫腻，在乡下时他就听说，城里学校排位很有讲究。就从这一点开始吧！于是，所有同学全部站到了教学楼下，按个子高矮，按眼镜片的度数一个个进班，没有多会儿，班里一片整齐而层层递进的样子。

"老师，我坐这儿不舒服。"

"老师，我还想回前面坐。"

林老师一看，全部是原先坐在前面的大个子，他笑了笑，没说话。

下午上课时，有一位同年级的老师找到他，林老师，我有一个亲戚，原来坐在前面上午被你调到后面去了，能不能调回去？

林老师婉拒了，还说了一大堆理由。但很快就有张老师、李老师、王老师等等都来说座位的事，林老师很费了一番口舌，但他们都不高兴。最意外的是他的父亲也打了一个电话，说照顾某个同学。林老师说了他的考虑，父亲没说话，挂了电话。林老师对自己说，我做得对，要为学生考虑。

马上，他感觉工作有些不大对劲。比如检查教案，别人的教案都是优，他的教案却是良；还有学生会检查，他班的分数总是上不去。其实他的教案设计曾获过全县第一名，他班的卫生、纪律也都是最好的。反正，他感觉有些不舒服，具体在哪儿，也说不清楚。

但马上有一次师德教职工互评，他的分数竟然倒数。反复思考，他想不起来做错了什么。于是，他找了领导，领导很理解地说，我相信你。走的时候，领导喊住了他，不过，有些问题要灵活处理。他想了想，不懂。

晚上就有人打电话叫他吃饭，是教导主任。饭桌上还有领导，开会见过的，教育局副局长。教导主任说不要紧张，坐到一起就是朋友。于是大家就随和地吃了，菜过三巡主任把他拽了出去，说副局长的儿子座位你调一下吧。不能让领导工作有负担，主任搂着他的肩膀说，他很欣赏你。回到桌上，副局长笑着拽他坐在身边，林老弟，有什么事尽管找我。他想副局长真平易近人。

接着就有工商局的局长，新华书店的经理都请他吃饭，和他交朋友，而且都有校长或主任作陪。最重要的是人家都很热情，比如自己家属开的小店，工商局长说税不用你操心了。人家只有一个孩子调一个座位，老是不给办，不好意思。于是，他到班里调了几个同学，说是他们的眼睛近视了。

后来又有同事请，当然校长、主任也去，都说林老师是好老师名不虚传，然后说某某让你操心了，今天略表心意，多照顾一下。喝到三巡，拽出来说林老师你有没有关系在我班？一句话，绝对照顾。林老师仔细想一想，还真正好有一个学生可以换着照顾。于是回屋继续，喝得满脸通红，大家喝得都很尽兴，一齐说林老师够朋友。

班里的座位小调整了几次，有个同学说怎么和以前一样，没什么变化。林老师看看也蛮整齐的，笑了笑，没说什么。林老师上课时才喜欢说很多的话，亲切的目光会落到每一个同学的心里。学生都说老师上课上得真好，同事们也说果然名不虚传，看他的目光就多了些敬仰。年终考核评优时，他得了第二名。校长拍拍他的肩，进步挺快。林老师怔了怔，笑了一下。

渐渐地，林老师名气越来越响，朋友越来越多，什么局长、科长，还有什么老板啊，都经常请他吃饭。学校的同事也请，大家亲密得像哥们。

朋友和哥们很有作用，今年暑假的时候评选"优秀教师"，大家一致说他为人随和，水平又高。结果评上了，材料报到了局里，副局长很认真地说这个老师我了解，爱生如子。结果，林老师成了"省优秀教师"。林老师愣了愣，怎么我就成了优秀教师？

　　成了省优秀教师的林老师回家锄地，八月的阳光照在身上很热，汗滴禾下土。父亲递过毛巾，林老师擦了，很使劲地擦了，他说我想回乡下教。父亲稳稳地起锄落锄，很好，父亲只说了一句。林老师看到父亲的脊背，紫红紫红的，在阳光下真实地亮着，有一种久违了的光彩。

## 先进集体

林强是仇岗小学校长。仇岗小学有五个年级，五个班。坐落在一个山冈上，离村庄很远。

林强师范一毕业就分到了仇岗小学。第二年校长退休了，林强就干了新任校长，并且一干就是五年。

也有动摇的时候。比如对象叫他调到镇小学，父亲叫他调到中学，他都犹豫过。最终却都没去。问他原因，仇岗小学有金有银？他摇头，没有，就是习惯了。

林强习惯了这个温暖的集体。开学下山背书时，林强正发着烧。教导主任很坚决地说，我去背，年年都是你下山。林强很感动，但他出了门。他笑了笑，我是校长，我年轻。书其实不多，两大捆。林强背起来时，摇晃了一下。

九月的太阳依然骄热，林强身上的温度也持续不下。他上山的时候，想起了"书山"这个词语，背上的书像山一样沉重。他想起了教导主任，还有一个年轻的老师，他们还在教室里。他终于支撑不住了，他将书放在地上，大口喘着气。

山路弯弯，笑声不断。十几个孩子欢快地跑下来，抱起了书，像山雀一样叽叽喳喳。

孩子们每一天都是叽叽喳喳的。早晨上学时，下午放学时，都要经过一条小河。小河没有桥，一排石头参差不齐地摆在中间，他们叽叽喳喳跳舞似的走过来。林强站在中间，看着孩子们歪歪倒倒地行走，不时伸手扶着快要掉进水中的调皮鬼。很多时候，教导主任也要来，他说我也是学校一员。林强心里暖融融的，他理所当然地拒绝，我是校长，我去。年轻的老师也要来，工作无贵贱之分人人平等嘛。林强微笑地摇摇头，小伙子，安心教你的书。他看到小伙子稚嫩的面孔，在阳光下很灿烂，灿烂得连细细的绒毛都神采飞扬。他就很愉快，在清清的河水中笑眯眯地抱着最小的孩子背着有腿伤的大头来来去去。

教导主任过意不去，就要负责中午的伙食。孩子们自己带米带菜，学校统一做饭，需要一个人打水劈柴烧火做饭分饭。教导主任说得脸红脖子粗，我也分来五六年了，我就不能替学校做点事？校长笑眯眯的，你为学校做了不少事：排课、上课、出卷、印卷、改卷、家访，都是你一个人干。校长还是笑眯眯的，我做了五六年饭，我做的饭好吃，你不行。看着教导主任生气的样子，校长心里很舒服，他们在一起争着做工作而不是互相拆台。但是，做饭的时候，教导主任还是凑在灶前忙着填柴忙着盛饭。下课的时候，又忙着劈柴码好。林强看着他，有说不出的温暖。

温暖的时候有很多。比如家访，山里分散，学生家远，走访一个就得大半天。回来时弄不巧就是黑天，林子里黑洞洞的，很怕人。林强也怕，怕突然蹿出个什么动物来。可是经常有灯光在前面出现，并不太亮，但顽强地照射着，穿过无尽的黑暗向他射来。是那个年轻的老师，在山路上静静地候着他。林强往往加快了脚步，他知道年轻老师也害怕，也许怕得要命。他又笑了，笑着唱起了山歌，他相信歌声会告诉年轻人：看到你，我就看到了家。

林强在写先进事迹时就用了这个标题——看到你，我就看到了家。他写了教导主任以校为家，年轻老师住校忘家，写了学生们爱校如家。中心校的领导劝他还是申报"先进个人"，毕竟将来调动、评职称、涨工资用得着。他坚持着，我申报"先进集体"，我离不开那个集体。

山花烂漫，九月如歌。林强到了省城，他要去领回一个"全省先进集体"的奖牌。这是一件大喜事，仇岗小学、全乡、全县历史上从未有过的大喜事。主持人宣布了颁奖辞：一个人，一所学校。他既是校长又是教导主任更是老师，还是伙夫。他扎根深山，孕出栋梁之才；他关心学生，调出美味佳肴。劳累疲倦时，他将自己一分为二甚至更多进行思想斗争；困惑犹豫时，他将榜样树起，让职责闪光。他一个人是一名优秀教师，更是一个光荣的先进集体。

掌声如潮。林强走上主席台，接过奖牌。他有些难为情，自己和自己斗私斗懒自己给自己鼓劲的事拿到省城讲，多不好意思。可他看到许多人都抹起了眼睛，许多人站起来鼓掌。他对自己说，别哭！教导主任，年轻老师，我们一起领奖。

他将奖牌举得更高，仿佛教导主任和年轻老师把它也举起来。他想起了教导主任，想起了灿烂的年轻教师。他终于忍不住，哭了。因为五年来，他第一次看见这么多的人。

# 小事一桩

张局长说话其实是很客气的，先自报家门，姓张，在人事局工作，孩子在常老师班上读书，想请常老师晚上坐坐。

张局长心里是这样想的，吃顿饭，交流交流，请常老师对孩子多关照关照。没办法，为了孩子嘛，张局长冲身边的客人笑笑。

客人是县中的校长，也是常老师的校长。本来校长要打电话，校长说怎么劳局长大驾？张局长拦了校长，在老师面前，我是家长。

常老师谢绝了。常老师很客气地说，晚上得改作业备课。再说，对于每一个学生，都是会照顾的。

张局长放下电话，常老师很敬业，晚上得改作业，备课。校长笑笑，常老师是名师，时间观念强，对学生负责。不过校长打了包票，回去我安排个时间，请常老师坐坐。

校长是在办公室里同常老师谈话的。校长说我知道你从不接受家长吃请，还表彰过你。可是你今年评职称，名额紧，我昨天正找张局长呢，校长还恨铁不成钢地点了点常老师。

常老师摊开两手，不是忙吗？改作业，备课，还得带孩子。校长拍了桌子，我不问，明天晚上，你去，我看过了，没有辅导课。常老师摇头，不行，我得在家看孩子，真没时间。

张局长也对校长说常老师忙，算了，哪天我去看看他！张局长叫办公室主任查了常老师的档案，了解一些基本情况，比如毕业院校工作时间工作经历获奖情况。当然，张局长还是吃了一惊，工作十年的常老师竟然是省劳模，省优秀教师。职改办的小任还查清楚了常老师为什么从不赴宴，一是怕耽误时间二是从不喝酒。

于是，张局长带了两盒茶叶，叩响了常老师的门。常老师在家，还有一个七八岁的女孩趴在桌子上写字。常老师拿着一支笔，请局长坐，泡茶，找烟。张局长阻止了他，我只是坐坐，了解张越的情况。常老师就说张越的爱好理想性格，这些张局长知道。常老师还说了张越和同学们相处的情况，举了一个例子说有一次帮助同学父亲送煤球迟到被狠狠批评了一顿。张局长说送什么煤球，我怎么不知道？常老师拿出一个日记本，翻到一页，上面写着全班男生决定利用午休时间帮助宋涛家送煤球，以便多赚点收入。常老师说，他被批评后，我才知道这件事，张越是不错的。

没有收茶叶。常老师诚恳地说，爱人在外面打工，就在茶场，不缺茶。再说，张越知道了，影响不好。常老师还诚恳地谢绝了张局长的邀请，我真没时间，你看，小孩子一个人在家。

张局长有了一丝感动。感动之后，张局长想起来最关键的一件事没说，就是张越的座位问题。张越有一次回家，很郁闷地说，和这样的人同桌真是没劲。所以，张局长才动了心思想请常老师。

张局长决定换一种思路，从爱好入手，比如字画古玩或者旅行。校长有些难为情，没看出来，夹着书本来，抱着一摞作业离开。张局长启发，比如看书游泳什么都行。校长说你太客气了，这样反而不好，常老师是个很实在的人。

张局长也知道。有时工作闲下来，打个电话过去，常老师接了，客客气气的，说张越不错，考试还是前十名。有时在街上碰见了，常老师买菜张局长在车里，张局长请常老师坐车，常老师总是笑笑，菜上有水，弄脏了车。

所以，晚上回家时，没事的时候，张局长有一丝失落。张局长是热闹惯了，找涨工资的，找调动的，找评职称的，忙起来张局长经常躲，到外地去。可是现在和一个老师就建立不起感情，张局长试探着问张越，常老师对你怎么样？张越一边听音乐，一边说，问题很幼稚，我的老师，对每一个学生都很好。张越认真地点头，常老师不错！

妻子也说，有事你就和常老师直说，人家知识分子不像你，道道多。张局长开导她，有些事是需要在特定场合上说的，比如酒桌上，推杯换盏，交流感情，就水到渠成。张局长喝了一口茶，这个常老师，有意思。

办公室主任建议，我们给他解决点实际困难吧。张局长摆手，下策，绝对下策，这样他会看不起我。办公室人多，有找评职称的，有找涨工资的，有找调动的，张局长看着他们面带微笑，毕恭毕敬地说话，就想，怎么拿不下一个老师！

张局长决定到学校去，既拜访常老师，又了解张越的情况。张局长是一个人到办公室的，常老师在改试卷，常老师请他坐，倒茶。张局长客气地坐，就是看看，了解了解张越。张局长道歉，一直没时间，对孩子关心不够。

常老师微笑着，都忙，但孩子不错。

张局长到走廊里，看见张越正在和同桌扳手腕。张越出来，张局长指同桌，你换位了？张越说，没有，他好玩着呢。

常老师点头，他们好着呢。常老师客气着说，我下面还有课，失陪了。

张局长一个人走在校园，没打校长电话。他看看花，看看树，看看蹦蹦跳跳的学生，突然感觉很亲切，像少年时，自己拿着书，且看且走，很真实，也很单纯。

## 想当领导

吕老师想当领导，是因为师专同学聚会。吕老师发现，男同学里有七个中学校长，六个教导主任，两个改行到宣传部，一个提拔到教育局做股长。

吕老师回来后就想当领导了。他算了自己的条件，教龄十五年，职称中教高级，省优秀教师，省教学能手，可谓年富力强，业务纯熟。吕老师又算了校长和主任的条件，年龄比他大，荣誉却没有。

吕老师没课时就在算，他跟在黑板上画曲线画坐标一样，设计合理方案。终于，吕老师决定先找校长谈谈。

吕老师说，我工作不错，全县的省教学能手就五个人。校长说是。

吕老师扳着手指头，十五年我一直带班主任，班级都是文明班级。校长点头。

吕老师掏出一叠证书，这是论文获奖的，省级三个。校长笑笑，我知道，学校给你发过奖金。

吕老师鼓足勇气说，我想当个领导，我的条件够。校长继续笑笑，把证书放回包里，校长给他添茶，然后摊开双手，位置满满的，挪不开。

校长留他吃了一顿饭，校长还夸他工作兢兢业业，实属难得。吕老师喝了三小碗，满脸放光。

回来之后的吕老师继续画新的坐标。他到教育局，找人事科长。人事科长说你好，吕老师，我认得你。吕老师就有些激动，我想当领导，更好地工作。吕老师掏出证书，省优秀教师，省教学能手，省论文获奖证，一大叠。科长也笑笑，翻翻。科长还扔过来一支烟，教师工作很光荣，领导太累，科长举了许多例子，证明领导压力大，工作忙，没时间照顾家庭。

科长站起身，拍拍肩膀，好好工作，争取获得更大的荣誉。

　　吕老师就回来了。吕老师认为科长说得也对，领导确实累，校长忙着迎接检查，忙着开会，忙着和老师座谈，不容易。吕老师继续忙着工作，忙批改作业忙上课。

　　可妻子不同意，妻子扳着指头算，领导不上课，还可以检查别人大声拍桌子，领导来去都坐小轿车吃饭学校招待。妻子还说，领导说走就走不需要请假，当领导风光。吕老师就不高兴，当领导不是为了风光，是为了更好地工作，比如推广新教法比如带领老师探讨如何把学生成绩提上去还可以身先士卒做表率。吕老师最后总结，我想当领导，就是为了工作。

　　妻子把岳父搬来，岳父表扬吕老师这个想法很好，终于从书堆里抬头放眼望天下。岳父理所当然地告诉吕老师实现理想的前提是校长或科长同意你干领导。吕老师说我找过了，校长说没位子，科长说领导太累。岳父摆摆手，岳父还笑笑，你照我说的去做。

　　吕老师提了瓶茅台，校长笑笑，吕老师什么时候也变了？吕老师脸红了一下，马上又停止了。吕老师又掏出一张购物卡，一点小心意。校长推了推，做老师的，不能这样。

　　科长也这样说。科长把购物卡推了推，要求进步的想法是好的，做法不可取。科长扶了扶眼镜，做老师的，还是要注意影响。吕老师点头，主要是为了工作，想更好地干工作。

　　吕老师就回来，科长说等机会，有机会一定先考虑你。校长也找他谈话，先工作，把工作干好，有位置一定先考虑你。吕老师说是，工作第一，学生第一。

　　吕老师带着毕业班，天天做试卷，每晚辅导都到十点半。吕老师想，等这届学生考好了，就有希望。

　　岳父却不这样认为，岳父说工作得干，关系也得找。吕老师说校长答应有位置就行，科长也说有机会就考虑，吕老师还说毕业班太紧，没时间去跑。岳父看看他，叹了口气。

　　中考很快就到了，吕老师带的班考得很好，全县第二。吕老师就去找科长，科长说行，只要有机会，一定推荐你。校长也表态，只要有空位子，就是你。

空位子有。学校考得好，教导主任提到副校长，教导主任的位子就空了。吕老师又找科长，科长说得校长推荐。吕老师又找校长，校长说行，推荐你。

暑假很热。吕老师坚持从县城到学校所在的乡镇来来往往，找校长，找科长。科长说先别急，在家等消息。校长也表示，推荐你了，等局里开会研究。

快开学时，局里研究了。结果不是吕老师，是李老师，初三年级组长，县优秀教师。校长请吕老师吃饭，喝茅台酒。校长劝吕老师，事情很复杂，还是干老师简单。科长请他喝茶，有些变化，还是干教学好，我已经推荐你参选省模范教师。

省模范教师评上了，吕老师领了奖状，2000 块钱。吕老师给妻子买了衣服，请儿子吃西餐，给岳父买酒。岳父说，好好教书吧，你不是干领导的料。

吕老师没有点头，吕老师心想，只是机会不对而已。夹着课本走进教室的吕老师写下一行字：不想当元帅的士兵不是好士兵。同学们说，知道，人要有理想。

吕老师微笑，挥手，点头，像领导一样。

# 关键时刻

从校长室一出来，彭老师就将脸上的表情全部调成快乐状，见了学生笑呵呵的，见到同事使劲地点头致意。张老师把眼镜往下拉了拉，你买彩票中奖了？

彭老师意识到自己失态了，忙本起脸客气着，有一道题终于被我解决了，难题，我想了两节课。他翻起作业本批改起来，但心里还是怦怦直跳。也难怪，干了十五年的教师，从一个毛头小伙子拼成一个有几根白发几百度近视的中年教师，谁不想当主任、校长？没想到这机会轮到自己了，教导副主任！副的也行，教导主任守不住清贫去民办学校，最多一年还不转正？彭老师在本上画出极具孤线魅力的对号，他看了看，对这个对号很满意。

爱人李老师却提醒他别得意太早，还有公示呢。他说没事，我们从不与人争长短，对领导恭恭敬敬按时完成任务，对同事客客气气笑脸相对，应该没有人使绊子。他又想了想，再说还有七八个是我学生。李老师放下备课本，小心点好，现在可是关键时刻，反正我心里安静不下来。彭老师打开电视，看电视剧休息一下，你想我去年选上市优秀教师不说明大家信任我吗？没事，没事。

李老师抬眼看电视，这可是提干，和选优秀不一样。彭老师脑子里就多了些事，电视上画面逐渐模糊起来。

第三天教育局就来公示。公示贴在教导处的黑板上，大家都看到了，都嚷着让彭老师请客。彭老师羞红了脸，笑着，请什么客，你们赶紧去提意见，谁提的多谁对我好。年纪很大的孙老师看着公示，意见是要提的，不过现在不提，等公示之后。屋里就笑成一片。

笑声中彭老师并没有轻松，他想笑的背后会不会有人就去提了自己意见呢，公示上电话、手机都有。转念一想，我没搞过有偿家教，没有婚外恋，不赌博，应该没问题。李老师依然担心，人家要是捏造呢？彭老师坚决地摇头，绝对不会，我们学校没有那样的人。

于是彭老师和大家开着玩笑，笑容满面地上课。没课时，他偷偷地去看公示，他发现他的简历很亲切，那里面有他的毕业学校，任教时间，做班主任时间，每一句简洁的话他都很熟悉，熟悉每一段青春飞扬，逐渐成长的岁月。校长也若有所思地看着，众望所归啊。彭老师一下子沸腾起来，我会好好干的。

校长点点头，今天是第五天了，正好星期五，今晚上先庆祝一下。彭老师笑着推辞，等局里宣布吧。下午放学时局里就来人了，校长说没到七天啊，难道提前宣布？胖胖的科长说带我到二（4）班。

二（4）班是彭老师当班主任，科长进去把门关上了。校长拽着彭老师，你体罚过学生吗？彭老师想了想，有过两次，太玩劣了，我打了一下。校长指着他，你啊你！楼梯口站了六七个老师，都不说话。彭老师低着头，来回走着，也不说话。

科长终于出来了，校长凑过去，没什么事吧，彭老师是市优秀教师。科长表情很特别，想说什么却没说，往校长室走去。一大群人跟着，到了门口，校长跟进去了，还有副校长，还有低着头的彭老师。

科长示意彭老师坐，科长喝了一口茶，有人举报彭老师不能认真教书，上课效果不好，一句话教学业务素质不高，我今天专门来调查这件事。校长腾地站起来，诬蔑，彭老师上课获过县一等奖。彭老师也涨红了脸，谁说的！

胖胖的科长脸色舒缓了许多，这个我相信，可是同学们也都作了证明说你上课时接打手机，不关心差生。科长看了一眼神情严肃愤怒的彭老师，而且是你们成绩最好的几个学生。

彭老师想不透学生怎么会说假话，我对他们很好啊！从学习到生活，常常不分白天黑夜地补课，谈心。他说谢谢领导，这个主任我不干了，我得问问他们怎么这样对老师。科长示意校长拦住他，别忙，听我把话说

完。科长喝了一大口茶，很激动，我也不信，彭老师的能力局里也是了解的，可同学们作了发言，于是我又认真地启发，启发他们说真话，说怎么想起来写信举报老师？科长站起来，挥着手指着东北方向，就是那个座位的一个女生，憋了半天才说我们听说老师一干主任就不当我们的班主任了，大家讨论来讨论去才想起了这个办法。科长拿出一张纸，你们看，这是她写的信。

彭老师读了信，看了下面的签名，密密麻麻，他都很熟悉，每一个名字，他都异常地清晰，清楚每一个孩子的优点，缺点，爱好。

彭老师将信还给科长，彭老师平视着校长说，公示的事我再考虑一下。

科长一摆手，别瞻前顾后了，大主任小主任一起干。彭老师指了指自己，不好意思地笑了。

门外，很多学生也笑了，包括写信的那个女生。彭老师看到他们，拍拍这个，拍拍那个，咧着嘴，开心地笑。

## 总想哭的丁克

丁克和别人不一样。别人一生气就想发泄，摔东西、骂人或打架，丁克不，他的愤怒一上来就有种想哭的冲动。

比如今天，广播响的时候，丁克是听见了，可他不愿意起床去操场带操，媳妇和他吵了一宿，怎么劝都不行。人家种地的出去打工一个月还1000多，你这个破老师不才八九百块？指望你买房子等太阳从西边出来。一说破老师丁克就恼，一恼就在二十平米盛满家具的学校宿舍里吵起来。结果是闹到天亮，她睡了，丁克睡不着。就在想，乱七八糟地想，于是没有心情去上操。

门响了。是班里的学生，说校长在操场上等着。丁克知道，不去不行，校长对付班主任迟到的方法是你们班学生在操场上等着一直到把你喊到操场为止。班里的学生果然在，都伸着头张望，后头还有几个挤眉弄眼。丁克脸红红地从校长身边经过，命令学生立正，解散。校长望了他一眼，转身走了。

丁克很难过，难过丢了面子，难过回到家发现炉子熄火了。手忙脚乱地劈木柴，引火，急促地做饭。忙完这一切时，上午的上课铃又响了。

教导处里站满了点名的老师，这是一天信息最集中的地方。今天格外躁动，丁克强迫自己静下心来听，终于听明白暑假要参加继续教育交报名费240元，评选论文20元，普通话培训115元。学习、考试、拿证，变成了教师的主打工作，总结到最后一条就是交钱。

丁克便更加失望，更加有些愤怒，怪不得爱人嚷着出去打工，日子得靠钞票翻过去啊。于是丁克就进了教室，进去就发现少了一个人，李立风。班长说早操就没去，扣了一分。有没有请假？班长说没有，刚刚学生会查班又扣了一分。丁克的愤怒臃肿了一些，一分就是从班主任津贴里扣掉0.5元钱。到哪儿去了？大家说吃早饭时没看到，也许出去吃饭了。

丁克就叫学生去找，丢了学生可不是小事。没有两分钟，李立风就回来了。丁克说你到哪儿去了？

吃饭去了。李立风昂着头，不像犯错误的样子。食堂不有饭吗？你非得上外面吃？

外面的饭好吃，李立风笑嘻嘻的。

你迟到你知道吗？丁克感觉自己开始酝酿风暴了，一个学生就不尊重老师，太嚣张了。

我知道，可我饭没吃完。

丁克感觉大家都在看着他。你把家长叫来。

我们家人都不在家。李立风仍然笑嘻嘻的，甚至还朝一名女生笑了一下。

丁克想到早晨校长的眼神，怒火又旺了几分。很快地走过去，抢起巴掌打了一下，叫你狂妄，明知故犯。巴掌很响，教室里一下子静了。

李立风捂着脸，吃惊的样子，涨红的样子，哇的一声哭出来冲出教室。

丁克说上课，马上后悔起来，他要是出走怎么办？他要是想不开怎么办？报纸上关于这样的事屡见不鲜，那样就得挨处分，评职称、先进都泡汤了。丁克就让大家自习，喊了班长下楼去找。

走过教导处时，丁克想是不是要给领导说一声，以便出问题时更主动。正在犹豫时，校长出来了，问怎么回事？丁克说了，脑海里却是设想的严重后果，比如打电话投诉或者一生气喝农药。

校长没说话，意味深长地盯着他。还不快走，连同教导主任，一齐向寝室去。

寝室没有，丁克的心抽了一下。校长打电话问门卫有没有学生出去，门卫说有。丁克飞快地跑过去，差点撞倒了一个老师。一核对特征，门卫说不是。丁克更沮丧，更沮丧中的愤怒，真出事了。

校长他们也到了，丁克说再到别处找，校长的脸就严峻，不说话。丁克装作平静地问跟来的学生，平常他喜欢到哪儿玩？

树林，操场边的小树林。几个人迅速奔向小树林。果然，葱郁的林边，坐着一个学生。

是李立风，谢天谢地。丁克松了口气，丁克发现这孩子也很可爱没做想不开的事，丁克决定道歉。立风，老师刚才脾气不好。丁克拍了拍他肩膀，校长也蹲下来，老师其实是为了你好。

李立风不吱声，牙咬着嘴唇。丁克继续拍肩膀，刚才呢老师想严格要求你，你很有希望，当然不能迟到。打你是不对的，要恨就恨老师吧。

李立风突然哭出来，哭得直接不需要渲染。丁克吓了一跳，将他拉起来，忙说别哭别哭，老师不好。

李立风的哭声在一阵激昂之后暂停了，他擦擦眼泪，不是，家里人都出去打工，没人骂过我，打过我，谢谢你。他弯了一下腰，拽着那两个同学向教学楼跑去。

丁克一下子就让泪水出来了，毫无阻拦地。他突然发现，哭出来其实很轻松。校长看着他，拍了拍肩膀。丁克哭得更厉害了，从上高中以来的第一次哭，汹涌澎湃。

# 小鬼当家

李老师正在读课文的时候，班里进来一个人。

是一个小伙子，长长的头发，惊慌不定的脸。他抓过最前面一排的胡旭升，掏出一把刀横在他的脖子前。

教室里一下子没有一丝声音。马上，几个男生高兴起来："抢劫！跟电影里一模一样。"坐在教室最后排的崔浩拉了一个架式："把刀放下，我是警察。"小伙子恶狠狠地剜了他一眼："坐到自己的位子上去，不准再说话。"

几个女生哭起来，捂着眼睛。

李老师说："小兄弟，有话好好说，不要伤了孩子。"

小伙子看看她一言不发。

李老师拍拍粉笔灰，走过去。"站住，过来我就杀了他。"小伙子把刀指向她。李老师停住脚步，微笑着。"别吓着孩子，他们胆小，"李老师的目光很亲切，"把刀放下，不要开玩笑。"

小伙子看着李老师，不说话。

李老师说："你年龄也不大，也还是个孩子，不能开这样的玩笑。"小伙子还是不说话，过了一会儿，他挥舞着刀："我没有开玩笑，我就偷了两块面包，差点被他们打死。"他又把尖刀指着一个企图从身边溜走的孩子："回去，不然我杀了你。"

李老师看着他，伸过手去，抱回那个孩子。

班里更多的女生开始大哭，离开小椅子，向老师跑去。

李老师拍着手，示意大家安静。她拿起一支粉笔，写下四个字：小鬼当家。"你们知道小鬼当家吗？"几个男生点点头。"今天是我们学校举行的一项演习活动，当有坏人来到校园时，我们应该怎么办？下面就请你们想想办法吧。"李老师又写下了"面对歹徒"四个字，并且在下面划了一条横线。

她看看小伙子，他没有说话。

女生们高兴起来："原来是这样。"李霜霜掏出一包纸巾："叔叔，你擦擦汗。"张慧跑回位子拿出自己的矿泉水："叔叔，你喝水。"小伙子看着她们，又把目光跳向李老师。

李老师拍拍手叫回她俩："我们在演习，得跟真的一样。"张慧歪着头："可是叔叔是演员，他已经累出了汗。"

小伙子的脸上真有密密的汗珠。

李老师说："小朋友们回到座位上想想办法，我来和胡旭升交换。"她拉回前面的三个女生，走过去。小伙子再次把刀指过来："你别逼我。"

班长史方方跑了过来，拽住李老师："我是班长，应该我来换。"大个子李强说："我个子最大，我来换。"后面的男生都举起手，教室里充满了喧闹声。

小伙子使劲勒了一下，胡旭升叫了起来。"别嚷嚷，再说我杀了他。"他把刀在胸前比画了一下。

李老师灿烂地笑了："小朋友们，叔叔演得像不像？"五十多个孩子异口同声："像。"李老师歪着头："那下面你们应该怎么做？"

张慧站起来："叔叔，我给你唱一首歌，你肯定喜欢听：采蘑菇的小姑娘，背着一个大竹筐……"她的歌声很甜，她唱得很认真。李霜霜举起一只纸船："叔叔，我刚叠的，送给你，你放了他。"许多只手举起来，手上面有文具盒，铅笔，有玩具熊，有玩具车，有酸奶瓶，五花八门的，很好看。

小伙子把刀挪到另一只手上，捋了捋头发。

李老师把手摁下去，叫大家坐下："你们都动了脑筋，相信叔叔会感动的。让我们共同唱一首歌，献给他。记住，要响亮，叔叔听了才喜欢。"

李老师优雅地伸出手，邀请胡旭升和大家一起唱。小伙子把胳膊松了松，胡旭升揉揉嗓子，跟着唱起来。

门开了，冲进来四五个人。有校长，还有警察。小朋友们笑了，鼓起了掌。

　　小伙子看了看李老师，目光跳了一下，亮亮的。然后把刀递过来，举起手。

　　孩子们跳跃着，挥着手："再见，演员叔叔。"警察愣了愣，问校长："谁是演员？"

　　李老师走过去，给他捋了捋头发："孩子们都说他演得好。"

　　小朋友们眉飞色舞地抢着说："真像，跟电影里一模一样。"李老师坐了下来："你们演得也好，都是聪明的小鬼。"

　　她悄悄地把手在裤子上蹭了蹭，湿漉漉的。

# 班主任

舟子上大学时，乡亲们问学什么，父亲说师范，就没有获得啧啧的赞叹声。师范有什么了不起？当老师，村里小学就有。

毕业后分到镇上的中学，一辆自行车骑来骑去。乡亲们更觉得平常，哪有开警车回来的明子，坐面包车的强子威风。再说，放假了他还在田里镐刨锹挖的，跟我们一样。

舟子不问，见到谁都笑呵呵的，对学生也认认真真和和气气。渐渐有了点名气，先是镇、县、市后是省优秀教师，教坛新星。有一次县长检查时不知来了什么雅兴非要听一堂课，学校就推荐舟子上。那堂课是《岳阳楼记》，舟子上得神采飞扬，让中文系毕业的县长大加赞赏，连说人才难得。

被称作人才的舟子暑假后就调到了县城中学，还是老师，班主任。

舟子却感觉到一些变化。比如在乡下和同学们一起去食堂吃咸菜打饭，这里不行，和家长吃。一开始不去，家长就请到了校长，校长打电话给他，这也是工作，说明大家相信你。校长还说，家长工作也是很重要的嘛！于是，舟子经常就和家长一起吃着，谈着，气氛很好。

星期天，舟子还回乡下老家。乡亲们就问，这几天不见回来？舟子憨憨地笑着，我调城里去了。

去干什么？提干还是改行？大家表现出极大的兴趣。舟子一面骑上自行车，一面憨憨地说，还是老师。

大家就对视一眼，读书都读死了。村长听到了，心里有些庆幸：昨天听说他调城里，还准备送他一张请帖商量招商引资的事，结果还干老师！

舟子不知道这些，他在城里稳稳地教他的书，教得孩子们心服口服。

第二学期时，班里转进了十来个学生。

舟子去找校长。校长客气地让座倒水，谢谢啊！你给我争得了荣誉，有两个孩子是从市里转回来的。不瞒你说，县长的公子也进去了。

舟子没办法，只好认真地教。认真教书的舟子没想到自己成了所谓的名师，连县长都愿把儿子交给他了。出了名的舟子走在县城大街上感觉就不一样了，卖鞋卖衣服百货的家长客气得不得了。还有一次上医院看病，老家的村长弟兄几个正在那儿走来走去，说是挂不上号找专家。舟子想起班里有一个学生父亲在医院里，就联系了一下。三两分钟的事，院长出来了，热情得很，握着舟子的手直说太客气，平时请都请不到。舟子在院长陪同下看完病后，买些水果去看望村长父亲。村长千恩万谢的，看不出你在城里混大了。上次强子、刚子回去都还说，想找你吃顿饭你都没时间。

舟子拍了拍脑袋，也真是。天天家长请，根本抽不出时间。其实自己不喝酒，他们非要拐弯抹角地请，仿佛坐在那儿，孩子就有了保证。有一次吃过饭，马明的家长那个做生意的老板非要请舟子一条龙服务。再三推辞不行后，他本了脸，我是你孩子老师，你希望我把你孩子也教成这样？一席话让老板直打嘴巴，对，对！你是好老师。

舟子心里清楚，我不是好老师。比如调位，家长都找，不能都坐前排吧，只好轮流。比如班干部，都想干，也只能轮岗。有个底线吧。不过，舟子还是留了点私心，县长公子的位子总是左右移动，刚子姐姐家的孩子一直干着学习委员。怎么办呢？人，生活总得实际一点吧。

过年时，村长登门来请，说村里开庙会呢。舟子说，当然回去。还给村长看了荣誉证书——省优秀教师，村长看了又看，摸了又摸，我们村第一个！回去的舟子不再骑自行车，坐车，县长的专车。县长对他说，也体现我对教育的重视嘛！谁说教师地位低？

坐着车很快就到了，村长亲自迎在路口。唢呐声声，村长隆重地介绍在外工作的人，舟子竟然是第一位。当所长的强子，任化肥厂厂长的刚子都谦虚地请他坐在中间。

村长粗声粗气地介绍：舟子，大学毕业，省优秀教师，县一中主任。舟子赶紧纠正，班主任。

　　村长说，反正是主任，我看比局长都管用。

　　强子接过来，就是，我们局长给我招呼过了，他公子下学期跟你上，你可得给我面子？

　　舟子笑笑，还没说话鞭炮噼里啪啦炸响了。雾气中，舟子看到母亲在台下笑着，掉了牙的笑很阳光，有一种说不出的愉快。

# 每一片叶子都会跳舞

孙小丹褂子的背面多了两片树叶，细细的，长长的，向同一个方向飞扬着。她跑过来时，叶子也跟着跳动，划出欢快的痕迹。

最早发现这个秘密的是杨赛。上课时，坐在孙小丹后面的杨赛用直尺轻轻地刮了一遍，又用手摸了一下，却被老师发现了。杨赛不好意思地站起来，指着那两片树叶，我想看看是不是真的。

全班同学的注意力一下子被吸引过来了。老师也仔细地看了，摸了。真漂亮，老师说。孙小丹恬静地笑了，看着书本。老师问是一买来就印在上面的吗？她摇摇头，我妈绣的。

大家都觉得她真幸福，成绩那么好，人缘也不错，还有一个会刺绣的妈妈。于是，在五彩缤纷的条纹中，图画中，那两片叶子静静地，像一个美丽的女子挥着长袖缓缓起舞。于是，下课时她行走的背影聚焦了羡慕、赞美的目光，仿佛看到了春风起处两片绿叶在树上舒展着优美的身姿。

孙小丹又换了一套衣服，青布的褂，青布的裤，在满带着饰品拼着图案的服装中间非常的低调。孙小丹没有感觉到，依然静静地读书认真地写字欢快地玩耍，一点也没有向往那些写满"流星花园""王子变青蛙"服装的意思。大家却还是把目光给了她，给了她背上的三片叶，裤子上的两片叶。很多人都看出来了，那些叶子充满了力量，飞扬着，飞动着，飞舞着，在阳光满地的校园有一种别样的美。到底什么样的美，清新？绿色？典雅？超俗？谁也说不准，不过爱美的女生总是不由自主多看两眼，看那些叶子优雅地变换着舞步。

班里的女生悄悄地问，都是你妈绣的？看书的孙小丹点头，我妈绣的叶子最漂亮。

过了一段时间，燕子飞回来了。校园里出现了各式各样的线衣，农村孩子把线衣直接穿在外面，孙小丹也是。不同的是线衣背面只有一片树叶，法桐叶，三个叶尖向上努力着，鼓满了力量，仿佛后面吹来温暖的风。

终于，李宛宛忍不住了，她拽孙小丹去吃糖果，能不能叫你妈给我绣一片叶子？孙小丹腼腆地笑着，你衣服已经很漂亮了。

郭倩倩请她吃冰棒，大大方方地说叶子太美丽了，请你妈绣一片最好看的，我天天买冰棒给你吃。孙小丹红着脸，你这身衣服有这么亮的条纹，不需要叶子。

很多人找她，请她帮忙给妈妈说一声绣一片叶子，哪怕简单地勾勒一下也行。孙小丹羞涩着，你们的衣服已经非常美丽了，不需要叶子点缀。

于是孙小丹依然带着叶子翩翩起舞，于是她和叶子依然就是大家心中独一无二的风景。

李宛宛悄悄地写纸条，我们到她家去，有着同样梦想的孩子点头，对，直接请阿姨帮忙。所以，在某个春风和煦空气中散播着花香的星期六，五个女生出现在孙小丹家中，孙小丹正在院子里闭着眼睛背单词。

孙小丹高兴极了，她搬板凳，倒茶，她们不要。郭倩倩看到院子里很静，她说阿姨呢？孟萍翻着她的英语书，阿姨出去打工了吗？孙小丹犹豫了一下，我妈走了，不在家。

孙小丹拿了一个镜框出来，这就是我妈，走了好几年。大家看了，白皙的脸，齐耳的短发，很漂亮的妈妈。

那叶子呢？孙小丹说叶子是她妈妈绣的，她在走之前买了很多衣服够穿三四年的，都绣上了树叶，花叶，荷叶，还有小草的叶子。那年我上四年级，孙小丹将镜框放在桌子上，妈妈又教我绣叶子，她说女孩子衣服上有些东西好看，将来买不起带花的衣服就自己绣，也一样好看。

喏，你们看，孙小丹又欢快起来，指着竹竿上的衣服，这都是我绣的，快赶上我妈了。

李宛宛有些难为情，小丹你别生气，我们还以为你不想给我们绣自己漂亮呢。郭倩倩也羞涩着，不知道你家里的事，真对不起。孙小丹看看这个，看看那个，自己腼腆地笑起来，没事，我还怕你们看不上眼呢。她拍拍脑袋，要不我教你们绣？

李宛宛点头，郭倩倩点头，去的孩子都笑眯眯地点头。

星期一开学时，班里多了许多漂亮的叶子，飞扬的，静静的，大方的，羞涩的。绿了大家的眼，仿佛教室是一片葱绿的树林。下课时，女孩子在操场上玩游戏，叶子跟着步伐就飞舞起来，每个舞姿都不雷同。

飞跑的孙小丹停下来，我妈打电话说要来看我了，还带着弟弟，到时叫我妈给你们绣。来回追逐的孩子们也停下来，想象着千里之外的妈妈来时肯定会带上许多衣服，每件衣服上都会绣上最美丽的树叶，花叶，荷叶，还有小草的叶子。

因为，因为每一片叶子都会跳舞。因为每一个孩子都是母亲一生的舞蹈，从不停止。

## 十六岁的盛宴

十六岁那年，我上初三。

临近中考时，县一中提前招生。浩子，大淼，北京，还有我和刘海都报名了。

结果就考上了。家里人都说继续上，没准中考还能考上个师范什么的，早日吃皇粮。

但我们自认为有了保证，学习不那么用劲了。看着同窗红着眼睛读单词背政治，浩子说得想些办法打发一下生活。北京最聪明，互相转转吧，三年同学都不知道家在哪儿！

只有刘海有些犹豫。北京就拍他肩膀，认认门，又不比吃喝。大家都说是，苟富贵，勿相忘。

1992年的阳光很温暖。我们五个人在周末到了北京家，北京父亲是村长。村长家的酒菜很丰盛，有鱼有肉，还有两瓶罐头。看着我们一脸的惊奇，村长就说专门到镇上买的，你们尽管吃。大家都有些激动，因为谁也没有和大人同桌吃饭喝酒的经历，何况村长还庄重地喊着我们的学名，让听惯乳名的我们热血都沸腾了。回来的路上，浩子说我想唱歌，生活太美好了。幸福的歌声就像影子一样随着我们游走。

第二个周末是浩子家。刘海牵自行车时有些迟疑，还有几道数学题没做呢。北京就夺过车把，你真想考师范？浩子很生气地说，嫌我家没有好吃的？刘海笑了，我们都笑了，浩子家怎么会没有好吃的？他爸是厨子。

果然是一桌丰盛的大菜，有鱼有肉。浩子的父亲还精心将菜摆成各种形状，比如鸡蛋点缀上芫荽，花生配上葱蒜，让人赏心悦目。浩子说我爹从来没有做过这么好的菜。他爹端起酒杯幸福地说，那是因为你们都是人物。

年少的心一下就幸福起来了。而且这种幸福一直持续了两个星期，因为大淼的爸爸竟然烧了一盆牛肉粉丝，虽然粉丝比牛肉多，但足以让大家两眼放光。我妈炸了丸子包了饺子，吃着过年的特产，我们惊人的一致，风卷残云，而且没有空暇说话。

到刘海家会吃什么呢？我们苦思冥想。看来刘海也是，见了我们竟有一丝躲闪。浩子说，也许有秘密武器吧，大家都咂咂嘴巴。

到了星期四，刘海竟然还没有正式邀请我们。性急的北京就嚷道，还叫不叫我们去了？浩子和我们都绅士地点点头，主要是认认门，吃都吃够了。刘海慌乱地说，该认门，我家不好找。

刘海家真不好找，我们跟着左拐右拐骑了两个多小时才到。他的母亲，一个瘦瘦的妇人，迎接着我们，叫我们进屋，让我们吃花生。北京客气地说，大，我们来玩呢，不吃东西。那个瘦瘦的妇人就笑，很慈祥地笑，没有好东西，只能吃花生了。

刘海说家里没地方，到村上逛逛。逛了很长时间，也没有什么特别，一样的房屋一样的牛棚池塘。但肚子开始鸣叫了，刘海说，该吃饭了，我爹也该回来了。

没看到刘海的爹，只看见满满一桌子的菜，有白白的土豆丝，青青的凉拌蒜，当然也有肉，有鱼，浩子不由自主地惊叹了一声，是鸡肉！一句话就勾起了大家的食欲，农家喂鸡母的下蛋，公的逢年过节卖个好价钱，没人舍得吃。我们找了凳子坐好，刘海也坐，刘海说吃吧，随便吃。我说大呢？他们怎么没来？要知道在那几家，家长都是陪着我们吃饭。刘海伸筷子，吃吧，我爹说年轻人一起吃，说话方便。

我就起身去喊，父亲告诉我要学会尊重长辈。到了锅屋门口，听见他们正在争吵什么，会不会因为我们的到来？

你怎么现在才想起来？是刘海的爹。

我忙晕头了，跟自家吃饭一样，忘记买了。那个瘦瘦的妇人有些委屈。

那你鱼怎么烧的？依旧是埋怨。

我直接放水煮了，这下丢人了。刘海的母亲扯起围裙在脸上擦了一把，透过粗大的芦苇泥墙缝隙，我想起了我的母亲。

默默地，回到堂屋。没有回答他们的诧异，我尝了一口土豆，我尝了一口鸡汤，我尝了一口鱼汤，咸咸的，没有一丝油味。刘海很羞惭的样子，我家炒菜不放油。一刹那，我们都不说话了，像在学校里犯了错误，后悔而且难过。是我们的到来，那位可敬的阿姨杀了鸡，炒了很多菜，让她在穷苦的生活中又费尽了周折，生怕让孩子失去尊严。

浩子说其实我们家也不怎么吃油，都放盐。大淼说上次在我家吃饭，我妈心疼了好几天，说一顿抵得上两个月的油了。我使劲喝了一口汤，别说了，还是这汤鲜。大家都说这汤真鲜，多喝两口。

刘海的母亲搓着围裙，有些拘谨地站在桌前，北京就拍脑袋，大，你别生气，我们吃起来忘记喊你们了。大淼端起盆猛喝了一口，比我妈烧的鱼好吃多了。

我们是松了两节裤带走的。刘海的父亲没有送我们，他说上午打鱼时崴了脚。但我们都恭敬地在低低的烧锅屋里和他握手，像一个成年人一样话别。

1992 年的阳光依旧温暖。在温暖中我们一下子长成了大人，回来的路上没有人再说话了。只有快到学校时，我忍不住恶狠狠地说了一句，下星期不准再转了，认真读书。他们都低着头，努力地前进着。

我知道，有了父爱，有了母爱，有了努力，有了尊严，人生这道宴席就是一顿丰盛的大餐。像刘海家的午饭，我从十六岁一直品尝到现在。

## 阿啊同学

阿啊是我高中同学，但不姓阿，姓董，也不叫啊，叫壮。

高二时，学校举办歌咏比赛，调剂生活的那种。在团支部书记动员若干次小嘴快要挂油瓶时，他挺身而出。班主任要他试唱，他不愿意，我要一鸣惊人。我前面的女生陶桃允诺三个糖果，他也没有泄露自己的参赛曲目。

在班会上，他只说了一句，要唱就一炮打响，谁说我们重点班五音不全。班里掌声如潮。

我们是抱了很大快感去听歌的：以往歌唱比赛，我们这个重点班全部秃头，今天，终于要呐喊了。班长偷偷买了十个哨子，准备结束时，突然发作，造成轰动效果，让评委大吃一惊。

董壮上场了，不弯腰，不鞠躬，只是用手捋了捋头发。我参赛的歌曲是我自己填词，自己谱曲，希望大家喜欢，他张开双臂，做了个放飞的姿势。十个哨子突然响起，很尖利也很响亮，我们一下子受不了，好家伙，自己填词自己作曲，太不可思议了。男生站起来，狂喊董壮加油。女生拼命拍着小手，表达对董壮的景仰。

董壮开始唱了，真是自己填的词：我的班级，我的青春。班长小声说，怎么曲子这么熟？我捣了他一下，别瞎说，人家是原创。可后面的大浩也踢我，怎么像《十五的月亮》？我没理他，因为我听着也像。会场上有了响声，有人开始喝倒彩。我们坐不住了，赶紧看董壮。董壮正握着拳，全力抒怀，啊……啊……啊……声音调到最高后，再也"啊"不上去了。喝倒彩的声音越来越响，董壮坚持又"啊"了一遍，还是没接上去。

董壮中途退场了。他说了一句，很抱歉，由于嗓子不舒服，发挥不好，希望下次可以为大家带来优美的歌声。

班主任气得笑了，他一边笑一边指着董壮说，你小子还啊啊的半天，累坏了吧！董壮坐在板凳上，灿烂地笑着，我以为能"啊"上去，哪知没劲了。后面的女生开始踢他，太丢人了，你羞不羞？董壮抱头逃窜，走时，向班主任告状，我可是为班级做贡献。

从此，男生一致决议，叫他阿啊同学，以纪念我们失败的歌唱比赛。

阿啊经常说，做人要有责任感，那么重大的活动，没人参加多丢人，关键时刻，我不下地狱，谁下地狱。很多同学哄他，赶快去贴广告，离开我们班。阿啊就拿出笔来，写声明：因为本人在理（2）班得到众多女生喜爱，以至引起不断的摩擦，所以决定离开生活三年的班级，前往其他班级，概不负责以前所有的感情纠葛。阿啊把声明贴在教室门上，他请班里最漂亮的女生去看，然后冒着被抓的危险护住声明。直到班主任来了，阿啊赶紧撕那张纸，撕成碎片。班主任大度地说，阿……同学们接着，啊……班主任说，对，阿啊同学，把作业交过来，我检查。

阿啊只好交作业，照例是没写完。班主任恨铁不成钢地点点脑门，自己说，怎么罚？阿啊向后趔了趔，逃脱班主任手掌的范围，我唱首歌，同学们跺跺脚，不行，又啊半天上不去。阿啊瞟了瞟老班不怒自威的面孔，我为大家读一首诗吧。掌声响起来了，我们都知道阿啊是诗人，他会写诗，也会读诗，比如徐志摩的《再别康桥》，比如舒婷的《致橡树》，比如阿啊的《我的母亲》。

其实阿啊读得并不太标准。一九九三年的泗县中学，我们都不习惯于说普通话，但大家都把掌声给了阿啊，因为他的《我的母亲》：母亲，你是一穗麦，粒粒饱满；你是一朵棉，丝丝温柔；母亲，你是一瓢水，口口生津；你是一缕炊烟，永不弥散……他读的时候，我们想到了田野，田野中荷锄带露的母亲，想到母亲额头上的汗水。所以，阿啊同学总在大家沉思的时候说声谢谢，溜回座位。

这样的时候毕竟不多，我们大多数时间得从早晨四点半起来看书背单词，然后上课做作业做试卷，晚上十点钟时，才依依不舍地离开教室。阿啊说不能再写诗了，马上高考了。我也说是，你一星期读一次，感染感染我们。阿啊认真地说，不行，上次月考退步了，我得加紧赶。

阿啊和我们一样早起，背书背单词，他背得快，完成任务时就提给我背，提给后排的女生背。我会背时总不忘开玩笑，阿啊不能太偏心，只喜欢女生。阿啊不生气，他一本正经地说，这是我小妹，不要胡说。小妹并不认账，阿啊，你这么小还想占便宜，快叫姐。教室里便响起了啪啪的声音，正在闭着眼睛背单词的同学们循声望去，依然是经典的情形：阿啊用手护着头，两个女生毫不留情地实施"空中轰炸"。

努力没有白费。阿啊的成绩赶到了班级二十名，班主任还表扬他，说坚持下去能考取大学。阿啊十分激动，请我和班长吃炒面。炒面油光光的，十分诱人，阿啊劝我们，使劲吃，我要是真考上了，请你们一人吃五碗。晚上的大街很静，阿啊兴奋地说，兄弟三个，妈最疼我，说我有出息。

可是阿啊毁了。高考成绩揭晓，我们班五十四人，三十七人达到建档线。阿啊差了八十多分，怎么可能？阿啊是我们班前二十名，应该能考上的。班主任铁青着脸，你们去问他，装什么诗人？我们就去问阿啊，骑自行车，从县城，翻过一座山，问了很多人，天黑时才到一个偏僻的村庄，三间普通的房子。阿啊在屋里不出来，阿啊的母亲年龄很大，一副沧桑的样子，叫我们去劝，说躲在屋里不肯出来。

班长用肘抵我，叫我说。我没说，我拿出一张纸条，给他，班主任写的：从哪儿跌倒，从哪儿爬起来。阿啊哭了，阿啊说我不该信那个丫头的话。那个丫头是阿啊高考时前面的同学，要和阿啊合作考物理，一个做前面选择题，一个做后面大题。阿啊认真地履行了协议，并且把纸递给她，结果被逮到了。我叹了一口气，考场无情，怎么能轻信他人？阿啊哭得更厉害，我看她长得清纯，不像坏人。

阿啊没有随我们回去。高四班已经开学一星期，原来理（2）落榜的兄弟姐妹坐在理复（1）的教室，发现只少阿啊一个人。班主任发话：找他，必须回来。数学老师也说这小子成绩其实不错，复习一年能上本科。

阿啊没来。很长时间后一个秋叶飘零的上午，他来了，骑着自行车，带着一个长筐，里面装满了萝卜、白菜。阿啊请我们吃萝卜，说是贩的，便宜，随便吃。班主任远远地看着，铁青着脸走了。后来阿啊就不来了，但来县城。在菜市场我遇到时，他正装芹菜，我怕见到班主任，没脸。他捣了我一拳，好好学习，天天向上。我突然想起来，你还写诗吗？他怔了一下，一捆沾满水珠的芹菜横在胸前，没时间，只是看。

他不再说话，装好车推过去，慢慢地蹬走了。

后来就没有遇到，高四的生活太紧张，我们忽略了阿啊。可是阿啊怎么也忽略了我们？

这一忽略就是十五年。高中同学匆匆忙忙，能学习的大唐跑到美国和世界公民共事，做学问的班长还在某个研究所摆弄着仪器，爱炫耀口才的林淼果然在一家公司滔滔不绝招揽订单，只剩下我们四五个人在家乡坚守三尺讲台。婚姻，家庭，工作，职称，一直锁住日子的每一个细节，联络已经很少。只有有同学从外地回来，大家团聚一桌时，才回到高中生活，才会偶尔想起阿啊。阿啊现在干什么？结婚了吗？班长认认真真地问。我摇头，宏志歉意地摇头，没有联系了。班主任叹了一口气，可惜了这小子。

可是阿啊竟然联系我们了。他骑着一辆摩托车到学校里来，说要请我吃饭。我看着他，很长时间，我说你小子蒸发了，还是发了财不理大家了？阿啊皮肤不白了，黑，健康的黑，阿啊说走，请你吃饭。我说你开什么玩笑？该我请你。阿啊拽了我一把，别磨蹭，上车，今天我请班主任。

阿啊请班主任是为孩子上学的事，一个上高一，一个上初一。我说不对啊，九三年毕业，结婚，再生，怎么就上高一了？阿啊平静地喝酒，是我侄子。阿啊点燃了一支烟，那年我正准备复习，二哥出了车祸，走了。阿啊笑了笑，侄子刚两岁，二嫂不愿改嫁，要带他过日子……阿啊和班主任喝酒，后来在舅舅的劝说下，我就娶了二嫂。阿啊又和我喝酒，我不后悔，侄子学习好，嫂子对我也好。阿啊趴在我身边说，我那老二，学习也行。

阿啊那天喝得不多。他说得办事，在县城租房子让两个孩子上学，还准备做些小生意。阿啊让班主任喝，请他原谅，那年没听话去复习。班主任什么也没说，喝酒，点燃一支烟，看烟雾轻轻弥散。

阿啊结过账就走了。走时和我握手，好好写东西，我看过你不少文章。我有些诧异，你还写诗？他笑笑，早不写了，有时看。他和班主任握手，和宏志握手，然后走了。

班主任打了一个饱嗝，这小子，天生一个诗人。

我想老班的话是对的，阿啊写了最好的一首诗，比我那些风花雪月都厚重都朴实。

# 从空而降的礼物

那天是星期六，我记得清清楚楚。

星期六的学校食堂没有饭。我们在街上吃，小笼包子，一人二十个，巩民生说多吃才有劲，有劲才能抢到。他的话博得大家一致赞同，我们开始风卷残云。我在连续打了三个饱嗝之后，发现大街上已经挤满了人。

泗州商场开业，要请飞机往下撒礼物。飞机，低空飞行，撒礼物，对于我们这样的小城，对于 1991 年的孩子，无异于一场顶尖的音乐盛会或者大型比赛。我们早就约好了这个星期天谁也不准回家，好好抢一把，没准抢到一大把人民币。李文胜神秘地说，他听他爸爸说，他爸爸又听朋友说，飞机将撒下五十个红包，每个红包 10 块钱。

我不敢肯定他们是否为此作了详细的计划，计划买上一张电影票外加三包瓜子吃上一碗拉面。反正我是考虑好了，就这么干，先吃拉面，再看电影，剩下的钱坐车回家，不骑自行车了。所以我使劲紧了紧裤腰带，防止跳起来时松开。巩民生笑了笑，他退在电影院门前仔细地紧鞋带，看样子万事俱备，只欠东风。

东风一直没来。一个胖胖的中年人拿着喇叭，向西挥着手，九点，九点！在环城路，有大红包。

环城路？我想拍拍脑袋，庆祝自己知道，但胳膊拿不开，只能装模作样地摸摸。他们也知道了，向我靠拢，从商场南边的巷子里迅速西蹿。

我们不是先行者。环城路上站满了人，柳树下，栅栏边，而且都是年轻人，向西南方向翘首期盼。西南是蚌埠，有许多明显内行的人说从蚌埠机场请的飞机。也有人说不是扔人民币，取消了，上级不准许扔钱。巩民生和我对视了一下，我们笑了，不是钱也行，只要是礼物，飞机上撒下来的肯定不会差。

突然人群里没有了声音。来了，来了，许多人突然叫了起来。大家迅速抬头，向天空望去，果然听到有轰轰的声音，是飞机的声音。一架小小的飞机在天空飞翔，噢！许多人欢呼起来，招手，蹦起招手，手扶在前面的人的背上招手。虽然是冬天，但我们从心里到身上都是暖融融的，甚至温暖如春，兴奋涨满了每一个汗毛孔，仿佛马上就可以磅礴而出。

飞机径直飞走了，空中没有留下一丝痕迹。

许辉扯了扯我的衣袖，我们得分开行动，抢到的机会多。西南方！还是西南方向！那架飞机又一次低低地飞过。果然，更多的小降落伞式的礼物在空中高高低低地舞动着，一条线，不，一条弧线！鼓鼓的，用布包着的礼物，从西南向东北，划出一条美丽的彩虹。冲啊！巩民生推我。我说二贵快判断方向，你物理学得最好。蒋二贵犹豫了一下，马上坚决地说，就是我们这儿，肯定是这儿。容不得多想，我们四人按计划扩充了领土，向外推搡着，个子最高的二贵站在了中间。

礼物包继续歪歪倒倒。仍然有许多掉在了护城河里，但还有许多掉在了人群中，一下子引起一片"高楼"，他们都跳起来了。二贵也跳起来，他说你们顶住，这个肯定落在我们的地盘。

二贵飞快地跳起来，去抓那一个即将落下的礼包。还有一本书的距离，他的身子歪了，我们迅速将阵地前移，将他又顶起来。另外一个高大的年轻人被我们挤了个趔趄手无可奈何地落下。包，在二贵手中。

许多人围过来，快看是什么？他们充满了好奇和嫉妒。许辉低声说，快走，像电影里的黑衣人一样喊着，风紧扯呼。我们四个人又一次像泥鳅一样滑出了人群，沿着人民旅社，大药房，百货大楼，蹦着，跳着，向学校进军。

学校里没有人，他们都上街去了。我们兴奋着，在校园里最有历史的槐树下打开那个包。紧紧的，一个纸盒子，纸盒子里，一块崭新的手表，银白色的链子，白亮亮的盖，清清楚楚的时针、分针、秒针。我拿起来往手上套，被二贵打了一下。我笑着，将手表放回盒子，用布包好。

他们也回来了，没有收获，垂头丧气。许辉将手表递过去，罗安，我们抢到了。罗安小心翼翼将布包打开，仔细地看银白色的链，白亮亮的盖，清清楚楚的时针、分针、秒针。然后又盖好，包好，递给许辉，给你们吧，你们抢到的。

许辉生气了，我也生气了，所有的人都生气了。说好抢到给你的，你不是请过一人一根冰棍了吗？君子一言，驷马难追。

罗安只好收好礼物，收起从天而降的手表，和我们每人击了一掌。我们都笑了，罗安终于有礼物送给他姐姐了，姐姐快结婚了，姐姐因为罗安上学才离开校园，罗安说一定要送她一个特别的礼物。姐姐经常来，带许多好吃的，给罗安，也给我们。我们都喊她姐姐，姐姐经常语重心长地说，好好上学，考一个好大学。

姐姐一定会高兴，我们拍着罗安的肩膀，从蓝天而来，与白云相伴，分分秒秒都不会忘记，这样的礼物，姐姐能不高兴吗？罗安笑了，笑了的罗安豪气地挥挥手，中午我请大家吃面。大家笑着，跑开了，谁去吃，挤了半天累坏了！

那一年，我们十七岁，姐姐十九岁。

罗安说，谢谢你们，姐姐看到手表哭了。我们笑了，我说那么珍贵的礼物，姐姐怎么会哭呢？她在笑啊！大家点头，青春的头颅像啄米的鸡一样，一下子啄开了成长的大门。大门里，许辉搂着我们的肩膀说，落地为兄弟，何必骨肉亲，老班昨天刚说的。大家又一次点头，对着罗安说，就是，落地为兄弟，何必骨肉亲。

就在那一刻，我们发现自己真的长大了，而且充满神圣和力量。

# 飞落的诗稿

韩昌洋是我小学同学，天资聪明。

初三时我成绩平平，考取了高中。他是有实力考取师范的，结果也没有。因为他不可救药地迷上了诗歌，而且还在上学、放学路上大声朗诵，让我们无心欣赏两旁的庄稼。

他说诗多好啊，想怎么喊就怎么喊，想怎么说就怎么说。1989 年的乡村，我们习惯于按照老师的教导写作文结尾照例是最高昂的口号。韩昌洋不，总用一句诗结尾，比如《我的老师》这篇文章，他深情地写上：像一座桥，弓着腰，努力，将我们弹射出去。校长看了，不知为什么，叹息一声。

校长的叹息是一种征兆。成绩优秀的他和学业平平的我考上同一所高中，让很多老师顿足长吁。韩昌洋很高兴，说念高中可以考上大学读中文系写诗歌。于是，我很崇拜他。

结果是他像一条鱼终于游进了大海，办文学社、出诗刊、留长发，他在高中诗人一般地行走。我是无意中说出去的，他父亲脸色铁青地将他领回了家。我爹说，写什么诗歌？胡闹。

我悄悄地看他。他说没办法，家里叫考师范。那诗呢？照样写，他一脸的坚决。诗是我的生命，他拍着我的肩膀。

我承认我的文学火花就在那一刻被点燃的。只不过我很笨，忙着赶功课。他是轻松的，复读半年考取师范，把所有的时间都给了诗歌。

我的诗发表了，他告诉我。那时我已上了大学，他分回了村小。我的诗选进书中去了，他打电话给我，那时他已经结婚，添了一个儿子。但他不提儿子，只说诗，说见到某某诗人，说准备去流浪。

我想他是美丽的，在古老的村庄用诗句擦亮孩子的眼睛，用行列排列故乡的元素，他该是富有的。父亲却一边卷烟一边说，疯了，疯了！一天到晚不问柴米油盐净瞎划。

我去的那天阳光灿烂，我也是灿烂的。我的散文发表了五六十篇，报纸上出了专版，我们该是乡村共同的风景。他慌忙着，扯起几根棉柴往腿上一折，塞进灶里，脸烤得红亮。他的爱人在絮叨，说工资有三个月没发了，又得买化肥，种子，农药，还要交提留。人家的男人都出去打工挣些钱，就他死守在学校里，还写些不中用的玩意儿。

絮叨将阳光扯进屋里，又将日子拉得漫长。韩昌洋望着我苦笑，河南有一个笔会请我参加，据说有北京的编辑，我很想去，全市就两个人。他的妻子更加絮叨起来，去，去！一天到晚写啊划啊，评不上先进，赚不来钞票，连农活都不愿干。说着说着激动起来，去一趟得八九百块，三个月的工资，我叫你写。她跑进屋里抱出一沓纸、笔记本，向灶门奔去。

我赶紧去扯，韩昌洋伸开双臂挡住去路，她又奔向门外，将诗稿远远地扔出去。韩昌洋堵住门，脸变了形，媳妇自知理亏，嘴里嘟哝着向邻家走去。

阳光暖和，有些安逸的味道。我和韩昌洋蹲在地上，一页一页捡着诗稿，那上面有隽秀的字深刻的语言。风不大，有些被吹起，牛槽、柴垛都飘落些句子，这时有几只公鸡兴奋地追来追去。

我说也不要生气，人得现实。他停下来，其实她也不错，每次只是扔出来，不撕也不踩，今天是有客来。几个小学生兴奋地跑来，捡起一张读着。

我想象着以前，韩昌洋在门前追着诗稿的情景：每一个字，每一节诗，要么在天空中飞舞，或者在手压井、牛棚组成的场景中真实穿梭，要么安然地回归大地，只有一个小学教师，来回不停地行走，生怕漏掉了某一个细节。

# 同学铁蛋

铁蛋是我小学同学，一年级时留了三次级。

别人读"a""o""e"，他在窗外推铁圈。我们认真写"1""2""3"时，他在位子下面叠卡片。期终考试时，数学20分语文30分，当然留级。

留级的铁蛋对学习依然不感兴趣。老师罚他劳动，他干得热火朝天。老师宣布，铁蛋干班里的劳动委员。

第二次留级后，铁蛋已经不学习了，该背的也会背，就是写不出来。老师看他高高的个子，说你干体育委员吧，带着大家做操。

一年级体育委员铁蛋在操场上声音贼响亮，做操贼标准，校长都说好。

但是成绩依然不好。铁蛋父亲找到校长要再留一年，于是铁蛋干了班长。

铁蛋干班长的班级纪律最好，学习也好。站在班里的铁蛋望着萝卜头一样的同学，严肃地说，都给我读书，不然下课不带你玩。

铁蛋获得了奖状，优秀学生干部。每学期都有，因为铁蛋老干班长，个子大，还有经验。除了奖状，还有别的东西，铁蛋也是高高兴兴带回家，比如红领巾，少先队中队长的臂徽。铁蛋爹说那有屁用。个子很高的铁蛋脖子一扬，我是第一个。

铁蛋的确是第一个，第一个加入少先队，第一个干了我们村小少先队中队长，第一个在小学加入了共青团。那时我上初三，我不信，我还没入呢，铁蛋指着胸前闪闪发光的团徽，校长到乡里给我入的。

铁蛋救了一个落水的低年级儿童，铁蛋年满十四周岁，符合入团条件。

入了团的铁蛋上初中理所当然干上了团支部书记。铁蛋爹不想让他上初中，跟我做木匠学门手艺。铁蛋不听，他正骑着一辆新自行车带着一个跛腿的同学风雨无阻地去上学。

铁蛋还领奖状，优秀学生干部，优秀团员，优秀支部书记。铁蛋很忙，带着学生会的人忙着检查卫生检查纪律。他走过的时候，班里的学生鸦雀无声。

铁蛋成绩依然一塌糊涂。但老师很喜欢他，有他在教室里，班里井然有序。所以老师喜欢和铁蛋聊聊天，表明自己的关心。十七八岁的铁蛋也喜欢和老师谈谈心，表达自己的志向。

铁蛋的志向是当领导。老师点点头，好好干，你能行。铁蛋更加坚决地收交作业，包括经常不交作业的同学。

老师在一起聊天时就说，这家伙真能干领导。这是我亲耳听说的，那时我已经考上大学回到母校玩，我的班主任后来也是铁蛋班主任说的。铁蛋也知道，他说我不羡慕你，我能干领导。

我当然不信。但铁蛋确实干上了领导，建筑队的带工小队长。干了没有半年，管了三个队，利利索索。后来，整个工地都交给他打理。我大学毕业时没找到工作，先在外面打工，找到了他。铁蛋领着我在工地上转了一圈，你随便挑个活，工钱不拖欠。

一年后，铁蛋包了一个工地，自己揽活干。他说你不要回去，帮我看图纸，我给你多开工钱。铁蛋手上戴了三个戒指，他满口酒气。

我回家做了教师。铁蛋在外面干老板。铁蛋给我打电话时，总是说累啊，管理一百多号人，天南海北都有。

铁蛋并不嫌累，他管的人越来越多，从一百多号到五百多号。不像我，总是四五十人的规模。铁蛋回来时找我喝酒，事业做大了确实累，不像你们老师，轻闲。他声音洪亮，像是小时候带操一样洪亮。

我说你把你家志强带走吧，天天东遛西逛，还逃课搞恶作剧，跟着你出去也挣点钱。志强的爸爸，老板铁蛋马上本起脸，我错了行不？老师不轻闲，老师比我累。

铁蛋走时拉着我的手，当年幸亏我一直上学，一直干班长，要是下了学，铁蛋摇摇头，现在只能提泥兜当小工，被人管着。

　　铁蛋抱了我一下，一定要让志强上学，学校是个好地方。

　　他满口酒气，一说话就吹了出来，都散在我们的校园里。

# 花　喜

花喜是预言家，我从小就知道。

我搬着小板凳找花喜上学时，花喜放下碗筷将我拽到一边："不要去了，有人打针。"看到我不解的样子，花喜趴在耳边说："我看见穿白大褂的人藏在沟里，等上学时一人打一针。"我还是不明白："打针干什么？"他摇摇头："信不信由你，打过针就长不大了，管三十年。"

他一溜小跑地走了，连书包也不带。

我也不去上学了，我想长大，长大到县城去。我去过县城，有三层楼，还有汽车。我回家时告诉了生产，生产妈拉着我问了半天。我一句话也不说，挣脱她的大手，往家跑。

到家时，父亲正牵出全村仅有的那辆自行车，看见我，赶紧丢了自行车，问我知不知道？我说："听花喜说了。"父亲严肃地说："那今天就不去上学了，在家做作业。"

父亲点燃一支烟。门口已经有不少大人，他们要父亲拿主意，要到沟里把那可恶的医生揪出来，赶出村去。小学老师也来了，问我怎么不去上学？父亲和许多大人围着老师，要他保证孩子们的安全。

老师问了许多人，听了很长时间的唾沫纷飞的解释后，终于明白了怎么回事。他问我父亲谁说的？我父亲说是二猛父亲，二猛父亲说是队长父亲，队长父亲说是大利父亲，大利父亲说是正月父亲，正月父亲说是听正月说的。老师说正月也没来上课，正月父亲撇了撇嘴，谁敢？

于是浩浩荡荡的人群向正月家出发，锁在院子里的正月一口咬定是花喜说的。花喜父亲也在，飞快地跑回家，没有找到花喜。

花喜不见了！会不会是被医生抢走了？全村的人都出动，房前屋后都找遍了，也不见。大家又往田野里找，许多人喊着花喜的名字。终于，在村西边的大沟里，找到了花喜。

花喜眨巴着眼睛："我在放哨，医生一来我就报告。"他父亲怒气冲冲地走过去打了一巴掌："你听谁说的？"

花喜很委屈："我昨天做梦梦见的。"当着很多人的面，花喜一滴泪也没掉："我是学习雷锋好榜样。"

但最终花喜在校会上做了检讨，检讨是我给他写的，他悄悄地对我说："我就是梦见了，他们说来给小孩打针，一针管三十年。"

自从做过检讨后，同学们都不愿和他玩，我也不敢。父亲说："那孩子爱撒谎。"我知道，撒谎不是好孩子。

花喜不以为然，他说："那些人小气，我才不理他们呢，我理你，告诉你一个秘密，上初中时有外国人当老师。"

他发誓没告诉别人。冲这一点，我又偷偷地和他玩了几回，但是考上初中后，学校里一个外国人也没有，只有我们村的黄大牙费力地教我们外语。

花喜没考上初中，他到城市里去了，跟他姑父扒煤。他写信给我，他不扒煤，坐办公室，办公室里有电扇，一圈又一圈地转，凉快。他还说，等到年龄开汽车回来看我。

他确实回来看过我，已经吃烟，很痞的样子。给我一根，我没要，笑嘻嘻的："等你考上大学，我就有自己的车了，开车送你去。"我想问他这次有没有车，又想起已经聊了十来分钟，耽误不少作业，就闭上了嘴。他也闭上了嘴，和我告别，说他快结婚了，城里人，比你们农村人漂亮多了。

可我没喝上他的喜酒，他一直没有结婚，总说又换对象了。还有一次问我借50元钱，正是快高考时，我怕他耽误我学习，就赶紧借给他。我问他汽车呢？他不以为然，应该是轿车，过两年就买。

其实，我知道花喜说的都是谎话。他扒了两年煤后，就因为打架被赶了回来，他一直没找着对象，一直在外面面不改色地说着一些动听的话骗取一身行头。我还知道，他所有的预言都不可能实现，因为有一次他妈妈还我 50 元钱后说："不要理他，没有一句真话。"

所有的人都知道他不说真话。所以有一次酒桌上他说他能喝两斤白酒，一次放倒七八个外地人，一次喝过十五瓶啤酒，当然没有人相信。大家都笑着，不理他，互相碰杯，热情地喝着。

没有人注意花喜喝了多少，大家举杯他也举杯，大家散场时才发现他倒在了桌子下面。

结果是花喜在抢救室走完了生命之旅，二十六岁。花喜妈说昨天他还说头疼得很，难道要死了，花喜妈后悔地说没理他，她以为花喜又用这种方式要她的钱花。

花喜妈哭得很伤心，怎么就这一句当真了？然后，又哭了。

我听到这个消息，愣了愣。门口的树上喜鹊在叫，叽叽喳喳，我大喝了一声，将它们赶走。

在我们淮北，喜鹊就叫花喜。叽叽喳喳的花喜走了，不知怎么，我心里还是有些难受。

# 寻找老八

老八是淮北人，在寝室里排行老八，故名老八。在 QQ 群里，很多人都提到他，说他现在不知干什么了？挺想念的。

这话不知是真是假。因为周铁说，他原来的志向不是当官吗，有一番远大的抱负？周铁我知道，班里的副班长，一副胸怀大志的样子，现在是一个副县级镇的镇长，春风得意。周铁还把老八写给他的毕业留言贴在网上：相信有一天，江淮大地上会有一颗耀眼的明星，为人瞩目。

一片怪叫。大家都激动了，赶快找找吧，没准现在已经做了县长，不！也许是副市长，马上把他找出来。对！许多人响应着。

周铁查到了老八所在的县政府办公室，人家说没这个人。老三又打到了老八所在的市政府办公室，被训了一顿，捣什么乱，哪有这么年轻的副市长？想想也是，才十年，刚刚而立，怎么可能？

晚上的聊天室都满满的，仿佛回到了当年，在六安，在那间四层楼上的教室内，一群年轻人在听着教授喋喋不休地讲解着鱼的头骨。老四又提到了老八，说怎么就失踪了？

老八是个多么有意思的人！

老三说他的笑很有力量：上食堂去，他笑眯眯的，大师傅的勺子总是不由自主多放一些菜。到阅览室，不用证件。到小餐馆吃饭，可以打九折。老三说，他怎么见人就笑呢？

老六说他笑因为他喜欢说话，我们寝室成了"聊吧"，每一天都有许多人和他聊天，从文学到乡土，从饮食到政治。老六的观点马上得到了一片赞同，朱键强马上说，每个周末我们都在聊天中度过，聊未来，聊理想。

朱健强现在是一所本科院校的讲师，他说没有老八的鼓励，我肯定还在某个水库里搞水产养殖呢。

郑南国也信。他说老八的聊天还是有水平的，旁征博引，说要有理想，虽然专业是水产养殖，但照样可以努力拼一个好前程。郑南国急急地打出一句话：谢谢老八。

老八没有出现。老八难道在某个角落和别人聊天吗？

老二说不会，老八是个有理想的人，肯定在干事业。老二举出三点证明：当年聊天时，老八自信可以分到县政府；在学校，老八是团支部书记、三好学生；还有老八是一个多么容易亲近的人，工作那么认真负责。老六立即赞同，没错，那次补考，要不是老八去和老师沟通，还不挂红灯？一直沉默的老大也说，那次实习，天天到十里外的集上买菜，不容易。

记忆的闸门一下子被冲开了。那个笑笑的，胖胖的，酒量很大的老八出现在大家眼前。老八是团支部书记，是老五推荐的。老五起初是，但挺累人的，天天拿信拿报纸，出板报，收团费，就渐生退意。同是寝室中人，老五就点老八，老八笑着推辞了，但老五去意已决，发动全寝室的兄弟劝他。如是三番五次，老八才羞涩地接任，当然是选举，全票通过。

老五开玩笑说，从这件事看他挺有心计，欲擒故纵。

朱健强说，不，是他有抱负，小小的团支部书记干得有声有色，干成了模范支部，他和我聊天时就说过理想就是做个"头儿"，一个可以施展才华的头儿，一个让下属崇拜的头儿。

班里已经有不少人做了头儿，有大有小。周铁用了十个感叹号强调自己的观点：我相信老八，决非池中之物，因为当年竞选优秀学生干部时，我就没选过他。但让下属崇拜，不太可能。

周铁的话像当年一样遭到不少人的反对，你怎么能和老八比，老八是一个多么随和、有趣的人。过了三天，有人抛出一篇文章，题目叫老八轶事，不妨摘录两件：

（一）老五中途回家，带回两只咸鸭。先慷慨请弟兄们吃一只，然后说剩下的自己慢慢品尝，大家都表示同意。

当夜无事。第二日上课，为"鱼类解剖学"，四人一条鱼。至课中，老八举手，教授问何故？老八痛苦状，内急。于是老八出，十分钟后未回，老六、老四相继举手请假。教授不解，食物中毒？否。老五猛然意识到不妙，急回寝室，鸭子不翼而飞，老八正和老四老六打电话。老五诧异，老八笑云打电话给伯母，她的鸭子妙极。片刻，老八爬上壁橱，摸过来一个塑料包，递给老五："特意留了两块好肉，不然他们都回来就没有了。"老五眩晕。

（二）实习时，住宿农家，班委叶新每天都到邻家玩耍，而且喜欢带一本书。

好事者追踪发现，邻家有女，青春年少，于是众多同学都摇身一变成为文学少年，慷慨激昂，置实习于不顾。

一日学院领导检查实习情况，水库边只剩五名女生和老八等三名男性班委。领导大怒，问其故，女生窃笑，老八挺身而出，云：老乡插稻任务紧，缺劳力，所以集体支援。

领导不信，亲临稻田，见二十余名男生勤奋插秧，满身泥水，但歌声飘飘。老八振臂一呼，领导看望大家来了，请领导讲话。领导不愧是领导，现场讲话，赞扬了同学，还亲切和邻家大娘握手，称如有困难，继续支援。

当日夜晚，老八受到最高待遇，男生凑份子买了卤菜、酒，请老八同醉。

文章贴出后，一时间，发言者群集。当年的生活真实再现，许多美丽的、忧伤的往事一一提出来，抛在网上，落进心里。

叶新说，爱情虽然未成功，但老八义举还在心中振荡。

老五说，此等老八，怎么说失踪就失踪了？

聊天室里乱糟糟的，小公务员，商人，大学讲师都发表自己的看法：会不会辞职下海？会不会援藏了？

一直沉默的老七说，我们应该换个思路，老八未必从政，理想总会在现实中碰壁，也许混得不如意，外出打工了呢？

一片沉默。

不会吧？他挺有理想的？老四打出了七个问号。

再找找吧，我下线了，每天坚持时间最长的朱健强说，大家都很忙，先放一放，也许自己会出现。

于是就放一放，一放就到了暑假，发洪水了。江淮大地都在忙着与洪水奋斗，上网的人越来越少了，大家心都放在了洪水上。淮河天天告急，媒体毫无例外聚集在抗洪抢险上。

聊天室挂起了许多告示牌，许多同学都贴出告示：奋战在一线，祝大家平安。

噩耗就是在这时传来的，老五从电台里听到了老八的名字，说在一次堵决口时被冲下水。老五还查了新闻提到的县市，果然就是老八的籍贯。

不可能！为数不多的同学都断言否定。老八怎么可能是村民小组长？老八又怎么可能会水？当初在学校里拖都拖不下去。老八的年龄也没有近四十岁？老八……？

但有人小心翼翼地献上优美的诗歌，优美的图画，祝福老八平安。

老八不该有事。即使冲下水的是老八，也还会在下游上岸，因为他是一个有理想的人，他的理想是头儿，一个让下属崇拜的头儿。

洪水告急，淮河告急。坚守群里的兄弟们担忧着担忧，牵挂着牵挂，老八在哪儿？怎么写信到他老家的村子也没回信？

老八，成了我们班里的话题。那个胖胖的，永远挂着笑容的淮北男孩成了大家焦急的思念。

思念，在时间的河流中静静地流淌。回忆，在不断添加的资料中还原成真实。

我悄悄拭去眼角的泪水，尽管永远不会有人看见，我说我就是老八，老八没事。

面对着汹涌的提问，质询，问候，我说没事，我当了头儿，一个班级五十多个孩子的头儿，他们都挺崇拜我的，他们读的杂志上经常有我的文章。我和他们关系都很好，跟你们一样的关系。

他们相信老八说的话，当然相信。老五说，老八的理想实现了，果然有抱负。

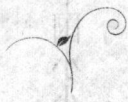

大家都说是，我也说是，定下理想，无论如何也要实现，不管受到什么样的困难挫折。

　　我没有告诉他们，毕业后一年就下了岗，做了四年的代课教师，然后考编被录用为正式教师，一直在一所偏远的农村中学，给孩子们传授知识，引燃理想。

　　我没有机会从政，没有条件当头儿，可孩子们说我是头儿，说我是作家，他们挺崇拜我的，我一切都好。我得改作文了，星期天再聊。我打出上面的文字。

　　群里很安静。老四把百度里的一份资料贴上来，那是 2004 年安徽省优秀教师名单，有我。

　　我擦去一些泪水，想起十年前的理想，想起大家的关心，我关上电脑，开始批改作文。

　　作文本里有一张明信片：老师，教师节快乐！密密麻麻签着五十多个熟悉的名字。

# 我的青春我做主

陆小小宣布：从下周开始，不去网吧。

张小山接了一句，回家上？你家买电脑了吗？陆小小很严肃地看他，这次是真的。

寝室里很多人笑。陆小小的宣布是古代的"狼来了"，经常被复制。比如陆小小说要做有为青年不做无为之事今晚不再包夜，然后激动很长时间挨个床铺和兄弟击掌，然后翻来覆去睡不着直到十一点才羞愧地对大家说，打扰兄弟们，我再不去你们就睡不着觉。类似这样的誓言还有"本周末和大家踢足球，不去就请客"，球场上自然人多可唯独少了陆小小，打手机不接打电话说去踢足球了，于是临近中午时集体到网吧寻找陆小小请客。结果自然大胜而归。

陆小小看清楚了房间里的不以为然。陆小小在纸上用墨水写了 N 个"不去"，贴在墙上。室长关切地问，真要卧薪尝胆？陆小小抱起语文课本，坚决地点点头。

点头很有效果。一个星期，陆小小没包夜中午也没溜出校门。陆小小在深深浅浅地看书，有时还和科代表陈民讨论。陈民有些吃惊，陆小小，你太有才了，说戒就戒，比我强多了。室长也夸张地耸耸肩，伟大。顿了一会儿，又重复一遍，伟大。

陆小小保持着伟大。晚自习回来，照例要扯扯闲话放松心情。主题一般是老师的表现，经久不衰的轶闻，最热烈的内容无非是女生董燕晴和某一个幸运的男生说话。往常陆小小是最积极的主讲，包括董燕晴的服饰或者一个眼神都加以点评。有一次，陆小小和室长打赌，说他能让董燕晴去校园外替他买一件 T 恤。室长当然不服气，陆小小在班级里既不属于"学习型"优等生，又不属于艺体特长生，不应该引起董燕晴的关注。全寝室作证，一人一支冰棒。结果是陆小小赢了，陆小小拿着T恤在狭小的寝室走了三遍，才说出水才看两腿泥，没有我陆小小办不成的事。当然，再谈论董燕晴时，陆小小就多了十分自信。

今天晚上，陆小小不说话，仿佛不认识董燕晴。室长引火烧他，专说董燕晴和别的男生说话。陈民神秘地透露，高二理（7）班的李天明给她写了一封信，千真万确。李天明是篮球队的，很阳光，一笑起来有两个虎牙。陆小小继续沉默。室长便觉得没意思，认认真真地问，你心有所向？陆小小很坚决地说，从今以后，别提董燕晴。

理所当然，一片大笑。这样的话曾经也被复制过N次，结果一次又一次复活。而且，大家都知道，陆小小的嘴巴没有闲着的时候。陆小小生气了，晃动着床，我说的是真的，不准提她。

寝室里就没人再提，大家都是好兄弟，陆小小人好，和谁都能谈得来，没必要让他生气。大家都不提，可是过了一个星期，陆小小主动提到了董燕晴，而且揭露那次打赌的真相，他请董燕晴吃了一份扬州炒饭，6块钱，帮助他胜利。于是，陆小小遭到了围攻，要他请一人一支冰棒，2块钱的那种。

陆小小和大家出去买冰棒时，遇到了董燕晴。董燕晴说，别吃了，多俗气，我们去做义工吧。

立夏的阳光，温暖无法阻挡。董燕晴带着十个男生去医院，陆小小的父亲出了交通事故，住院很长时间，请不起护工。董燕晴给大家排了班，利用休息时间帮助陆小小的爷爷。扎着马尾辫的燕晴很神秘地说，小小最后一次上网时告诉我，他家里有事，不会再上网，我不信。现在，我要向他学习，走康庄大道。

陆小小忍住了眼泪。陆小小大大方方地把同学介绍给七十多岁的爷爷，躺在床上的父亲，包括长着一双大眼睛的董燕晴。陆小小对自己说，好样的，坚持住。

## 到胡方家去

寒假开学第二天时，胡方不见了。

胡方是我们班的数学课代表，成绩好，人缘也不错。马上就有人说："昨天他就来了，还在寝室看武侠小说呢。"

班主任忙着收学费。他一边点钱一边安排值日生扫教室。"他怎么会不见？还有三个没来报到。这些懒家伙！"他笑笑。

那三个懒家伙第二天早晨赶到了学校，一个个吃得红光满面。班主任转了一圈："胡方怎么还没来？"李斌和时宏良主动要求到胡方家去。他们俩是城里人，和胡方关系不错。我画了一张路线图，从县城到乡镇，从镇上到胡方的村子。他们抓起图纸就走，唱着歌，在大家羡慕的目光中走出教室。

胡方没来。李斌说："他在家埋头看小说，不说原因，也不理人。"时宏良夸奖着："农村的风景真不赖，空荡荡的，开阔。"他比画着胡方家的池塘："贼大"。

许强白了他一眼："又不是去看风景。"他问班里谁愿意和他一起去叫胡方？举起了很多手，还有女生。大家都渴望这样一个可以游逛又不用担心老师批评的公差。我站起来示意大家肃静，我说："只能去两个人，得问明原因。"许强问我："班长你去不去？"我递给他一封信："把这个带去，全寝室的人签了名。"

签名也没用。许强咬牙切齿地说："中邪了，他只会哭，眼都哭肿了，就是不肯跟我来。""原因呢？我不叫你问原因了吗？"许强冲我摇摇头："他父亲问了几天都问不出来，他看到信哭得更厉害。"

这个胡方，将班里搅乱了，大家说好五十六个人一颗心迎接高考的。

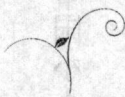

班主任叫我到他家里去。班主任给我一封信，密封起来的。他拍拍我的肩膀："就看你的了。"

我是一个人去胡方家的。胡方父亲正在门口晒太阳，他的母亲拿着一个鞋底使劲地穿来穿去。"胡方呢?""胡方在屋里睡觉。"他父亲殷勤地带我进屋，叫我坐下，给我倒茶，小心翼翼地叫醒胡方。胡方看到是我，又把身子侧过去。他父亲歉疚地笑着："成什么样子，一点礼貌也没有。"我说："大爷，没事，我和他聊聊。"

屋里只剩下我们两个人。我很冷静地对他说："我代表的是全班五十六个人，包括你自己，是叫你回去上学而不是请你回去上学。"我当然说了："你不上你会后悔的，人生只有两三步最要紧，走错了就遗憾终身。"我感觉我不像个学生，而是一个大人、家长或者老师。他猛地坐起来："错过还能回头吗?"

我把班主任的信扔过去，告诉他我在外面等十分钟，要想上学的话跟我回去。

他父亲看到我出来，马上唉声叹气起来："这孩子，烦死人了。"我坐下来，看着远处田野里空荡荡的，只有笔直的白杨和浅浅的麦苗。

胡方出来了，拎一个书包。他父亲高兴地推出自行车，将书包挂好。母亲扔下鞋底，跑进屋里，兜出一围裙鸡蛋，塞在他的书包里。"都煮好几天了，带回去给同学吃。"还塞了四个在我挎包里。"真是好孩子，多会说话。"

大家都很高兴，用热烈的掌声欢迎胡方回来。胡方脑腆着，坐在位子上，低着头看书。班主任大手一挥："好了，从此安心学习，冲刺高考。"

课下许强、李斌问胡方怎么愿意回来? 胡方没理他们，把鸡蛋扔过去，一人一个。他们问我，我也没理，把纸团扔过去，一人一个。

可今年他们又问起这个问题。这是毕业生十五周年聚会，寒假很多同学都回家乡过年，做生意的许强就发起了聚会。酒喝到高兴劲，许强问胡方："怎么我们叫你叫不回，班长一叫就回?"胡方看看我，笑笑："你问班长去。"我马上罚他一个酒："自个儿的事不说清楚别往我身上扯。"李斌他们又问我用什么样的方法让浪子回头的。

"啪"的一声，胡方的酒杯歪倒了，他不好意思地拿过湿毛巾擦起来。

班主任坐在那儿慈祥地看着我们。我站起来，端起一杯酒敬给他："是赵老师的一个纸条将他带回了校园。"同学们立刻都热闹起来，非要胡方说说那个神奇的纸条写了什么有这么大的力量？沉默了好久，他才站起来，给班主任斟上一杯酒，端起来敬给他。待班主任喝完，他才说："纸条上很简单，就写了九个字：事情已结束回来上课。"

事情已结束？什么事情，大家都不明白，要他解释。班主任找胡方喝酒："来！我们喝酒，提那些陈谷子烂芝麻的事干什么？"于是，胡方，不，现在是胡局长的胡方端起酒杯跟班主任碰了一个响杯。

那天晚上胡局长喝得烂醉。班主任也喝了不少，不过，他还清醒，他拽着我到一边说："你一定不能说出去"。我说："十五年前没说，现在还说吗？"

十五年前的那个寒假开学时，学校保卫科抓住了一个站在女生寝室后面偷窥的男生，在写交待材料时又偷跑掉了。保卫科的人说，提前开学的只有你们高三四个班。我和班主任把全班作文本上的笔迹核对了一遍，反复核对了就是胡方。班主任严肃地说："你绝不能说出去。"我点头，非常认真地点头。

班主任现在也点头，非常相信地点头。他说："你也干老师了，你看我做得对不对？"

我看了看胡方，他正在嚷着，到处找班主任："走，赵老师，上我家去。"

# 候　鸟

玲子下车的时候，熟门熟路地找到了出站口。

爸爸站在门外，打着一把伞。玲子没有扑进爸爸的怀里，她将书包递过去，伸了一个长长的懒腰。

玲子更期待见到妈妈。午收时，爸爸一个人回家收麦子，忙着收忙着晒，还得忙着种。玲子问妈妈怎么不回来？爸爸一边洒化肥一边回答："请不掉假。"

妈妈在一家超市上班，请一天假一个月的全勤奖就丢了。今天当然也没请假，玲子和爸爸到住处时，妈妈还没下班。爸爸带着玲子开始溜达，先熟悉院子里的情况：住着十户人家，每家一间屋，房东自己住楼上三间屋。爸爸告诉玲子，不要多说话，自个儿玩就行。

爸爸和玲子往外走。傍晚的风吹来许多凉爽，爸爸得意地说："这是郊外，风景好。"玲子看到了菜地，棚子里有一家人开始做饭。窄窄的水泥路上，不断有骑着自行车的人经过。爸爸说："这是下班了，大家都回来了。"玲子便希望妈妈回来，她已经很长时间没有见到妈妈了。

七点半时，妈妈回来了，带回两袋虾条，一袋狗肉。妈妈一边做饭，一边问家里的情况，玲子说："虾条很好吃。"妈妈说："那当然，原来 2 块钱一袋，暑假促销 1 块钱一袋，好吃着呢。"玲子便拿两根给妈妈，妈妈不吃，她说在超市天天吃，都腻了。

一家人开始吃饭。爸爸说从明天起你就在家做作业，不能乱跑。妈妈说阴天时爸爸带你到市里逛逛。为什么晴天不去？玲子认为晴天空气好，景色才更加美丽。妈妈解释，只有阴天，爸爸才不干活儿，才有时间带你去。

玲子便向往阴天。她按照爸爸的安排写作业，累了就听收音机。房东喊她过去看电视，她犹豫了很久，还是没去。爸爸回来表扬了她，不能麻烦人家，把房子搞脏了不好意思。玲子就在院子里溜达，希望看到邻居或者邻居家的孩子。当然也没有，邻居们和爸爸一样早早地出去，很晚才回来。玲子看看天空，依然没有一朵云彩。

妈妈经常带回来一些食品。她说原来非常贵，现在降价了。玲子吃东西时是幸福的，她想延续这种幸福。当她提出跟妈妈到超市去看看的时候，妈妈犹豫了很长时间，她说："店里的规矩挺多的，不能带小孩去。"玲子保证只转一会儿就出来，妈妈不同意："出来之后谁看着你？不行。"

玲子就更加向往阴天。爸爸嘿嘿地笑着："阴天干啥？少干一天活儿60块钱。"看到玲子不高兴，爸爸又保证："等活儿轻快时，哪怕是晴天也带你去玩。"玲子说那得拉勾，爸爸就伸出手指，和玲子使劲地拉勾。

有了希望，玲子写起作业来更加卖力。连房东喊她去吃西瓜也没听见，房东把西瓜捧过来，叫她吃下去凉快凉快。玲子谢了房东，玲子问房租多少钱一月？房东说不多，250块钱。玲子打量着这一间屋，一张床，一个煤气灶，没有说话。她想起了老家的绿树环绕下的一个院子，一口水压井，一个牛棚，非常的美丽和宽敞。

玲子不再提阴天的事情。她学会了摘菜，学会了给妈妈、爸爸洗衣服。她开始在院子外的小路上等着爸爸回来，她相信爸爸很远就会看到她。

但爸爸没忘。在玲子快要回去的前一天，爸爸庄重地说："今天上动物园。"妈妈也同意，她说正好今天休班。玲子看着爸爸找干净的衣服，擦着皮鞋。玲子说："我不想去动物园。"爸爸睁大了眼睛："我请过假了。"妈妈也着急地问玲子怎么了？玲子摇摇头，玲子说："动物园门票60块钱一张，我不去了，我们一家人逛逛吧。"

爸爸拉着玲子的手，玲子搀着妈妈的手。他们在八月份的一天，坐上公交车，看复旦大学，看英雄钢笔水厂，看上海大学。到了终点，又坐上一辆车，看大楼，还看到外国人，高高胖胖的，玲子冲他们挥挥手，爸爸也挥挥手。上海的公交像池塘里的鱼一样多，他们整整游了一天。

玲子很高兴，玲子要回家了，爸爸送她到汽车站。妈妈也来了，玲子说："你又请假了？"妈妈说不是，请人代班，不扣工资。爸爸帮她检查书包，还有背包里的食品，食品很多，都是妈妈超市里的。但妈妈坚决保证，不是促销品，都是最新款的。

玲子点头，她相信妈妈说的话，妈妈还说秋天收玉米时也回去，她也想家了。玲子挥着小手，离开了上海。

玲子从车窗里看到爸爸、妈妈还在挥着手。她对自己说："不想他们，他们马上会回去的，上海不是我的家。"

房东告诉她的，他们的房子只租了两个月。玲子感觉爸爸妈妈像两只燕子，从上海到老家，飞来飞去。

玲子知道自己当然是小燕子，叽叽喳喳的，像爸爸妈妈一样飞来飞去。司机转过脸，示意大家安静："放电视了，小家伙们。"

满车的小朋友，停止了叽叽喳喳，开始踏上回家的路。

## 焦　点

任百祥今天晚上绝对是焦点。

同学毕业十五周年聚会，他出了绝大部分的钱安排在阳光大酒店，他代表同学发言，他还第一个向老师敬酒。大家也都围着他聊些上市公司，投资方面的事情，他坐在椅子上，架起腿，端着一杯酒，滔滔不绝。

当年的班花，现在的一中老师陶丽也小鸟依人地站在他旁边，用敬仰的目光注视着。任百祥依然笑容满面，挥舞着一只手，指点他公司的美好蓝图。

班主任笑眯眯的："任百祥，我这样的收入能不能炒股？"任百祥皱了一下眉，马上做出思考状。他将酒杯伸过去，和班主任碰了一个响杯："交给我，相信我。"

同学们都鼓起掌来，为任百祥的自信和不忘师恩。

我当然也鼓了掌。尽管我看着西装革履的任百祥想起了他和我同学时的情形。

那时他不是焦点。他和我坐在教室左边的最前排，冬天到了，每一个人进门，都会给我们带来一阵寒气。任百祥总是跺跺脚，呵口气，搓搓手。我也是，我们俩互相瞅瞅，摇摇头，又看起书来。

任百祥也做过官，语文科代表，他总是收不齐作业，刘波他们说他抱走得太早。他只好往返在办公室和教室之间，他只是摇摇头，自言自语的。

当然也有快乐。因为他的身体好，胸肌很发达，我们每个男生都在上面试过拳，用力撞上十几下，他笑笑，很得意。所以，下课了，很多人都叫他，包括女生。他不忙的时候，总是走过去，挺起胸脯，挨上几拳，又微笑着回来。

但他仍然不是焦点。成绩只能是中等，长相一般。所以他写了一张纸条给班花陶丽，苦苦等待一星期不见回信后，他再也不关注谁是班花，谁是校花。

他像一只鸟儿，默默地飞完那一段旅程。

今天他又飞回来，像一只雄鹰，掠尽风头。他在五张桌子间穿梭，和每一个人碰杯，眉宇间都充满了春风，很多人站起来，和他碰杯，叫他任总。他客气着，和男同学勾肩搭背，和女同学握着手，优雅得体。

房间里开始热闹。很多人站起来在桌子间穿梭，寻找当年的同桌，前后位的同学或者同寝室的兄弟。酒杯响个不停，语言在空气中不停地流窜，室内的温度急剧上升。

任百祥走到最后一张桌子时，他发现他回不来了，男同学连很多女同学都站了起来。大家像是西方人聚会，端着酒杯碰个不停。他将手往下按了按，示意大家安静，准备说话。

附近的刘波也帮助他示意大家安静："任总有话要说。"但屋内的语言已经像云朵一样覆盖了天空，刘波和任百祥的力量太微弱，没有人听他们的话。大家兴奋地回忆起十五年前的校园生活，快乐的事或难堪的事，都让人难忘。

刘波拿了一个麦克风，他说请大家安静，任总同学要说话。这家伙，既加上了官职又叫了同学，聪明。任总于是就讲话，讲他的公司，讲他的大学，他的发展，当然还有他今天晚上的心情。停了一下，他又说起他的公司："公司在香港上市，前景很好。"

"他是不是喝多了？"刘彬低头对我说。我感觉也是，我就端起酒杯和刘彬干了一个。刘波看到我们，把手指放在嘴上，嘘了一声。

任百祥还在讲话，听不出主题。不少人侧头低声说着什么，我想应该和任百祥有关。

我走过去，拍拍任百祥的肩膀。"小任，干一杯！"他愣了一下，刘波也愣了，我没愣。"喝酒吧，小任！"任百祥终于弄懂我是在喊他，但他还是用手指着自己："我，小任？"我点点头，冲着他给了一拳："看你现在壮不壮?"

刘彬拦了我一下："不能开玩笑。"我说："我没开玩笑，他就是小任，当年你们谁没喊过他小任?"

任百祥笑了，他揉揉胸脯，腼腆地笑着。他举起酒杯："老班长说得对，我就是小任。"他把麦克风给我："下面请老班长讲话。"

我什么也没说，我拉着小任像鱼一样在空气中游动。我们所过之处，都是温馨而又快乐的往事。

任百祥拉着我的手："谢谢你，让我回到了高中生活。"

我用力握着他的手："谁叫咱们是兄弟。"

他又像鱼一样游了进去，但我的目光一直没有离开他，没办法，谁叫咱们单位招商引资的任务重，领导给我下了死命令，一定要和他搞好关系?

所以，他始终游离在我视线的焦距之内。

## 出租假日

"你有过梦幻童年吗？放风筝，挖蚯蚓，钓鱼，这一切你还想拥有吗？赶快拿起电话，拨打我们的热线，就会立刻实现你的愿望。请记住，不是风景区不是农家游，立足于中国第一的缘梦公司保证你亲自挑选农家小院，拥有最真实的蓝天白云田野树林。你可以做些什么？哦，太可笑了，你的地盘你做主，用手压井压水，用草锅做饭，看"黄发垂髫，怡然自乐"，你会发现最古老的桃源风情，最时尚的生活方式已经为你拥有。"

揉了揉发涩的眼睛，我又继续敲起键盘：还在犹豫吗？去商场购物疲惫了心情，把目光交给电视网络耗费了精神，到旅游区人满为患自然是失望而返。那就和我联系，赶快行动，与农村儿童零距离接触，真情碰碰碰，触摸纯真质朴，聆听至善至美的儿童心语。你会发现，你依然幸福，依然快乐。

我又加了一个标题：二十一世纪最让人心动的休闲方式。当然我又置顶了一行滚动的字：200元！你的一个指甲剪的价格，完成一次时尚的心动之旅。

妻子说，能行吗？我把烟点上。烟雾开始飘散，我自信地笑笑，市场前景无限。

真的，我的手机已经被打爆了，一上午接到七十三个电话，每个人平均通话三分钟。我赶紧又公布了一个电话，我说老婆得加紧啊，得挑他们，不能什么人都来。

五天后，在一千个报名者中我认真挑选了三十个白领。他们开着三十辆奔驰宝马帕萨特来到了村庄，我带着他们先浏览了风景，包括一条小河，长满芦苇的池塘，和周围都是白杨的农家院落。他们很满意，然后焦急地问住进谁家？我说得看你们的缘分了。

从村东头开始，每一个院落都是空的，推开门，有一个或两个孩子正在做作业。白领们很快就认下了各自的院子，和孩子们交谈起来。

我适时地把寻梦合同拿出来，嘱咐白领们柴草日常生活用品酌情给予补偿，给结对子的孩子买学习用品属于自愿行为，如果儿童对你的表现不满意，应该无条件退出院落。白领们很不以为然地和我签了合同，没事，小孩容易摆平。

很快，平日寂静的村庄热闹起来，烟囱里飘出袅袅炊烟，厨房里响起了噼里啪啦的声音。来自南京的 CEO 郑小姐拿着菜刀正在切土豆，来自徐州的财务总监李先生手忙脚乱地往灶里填火。一句话，白领们忙得不亦乐乎！

下午，郑小姐和明明去钓鱼，李先生和京京放风筝。我提醒他们合同上写着要帮助孩子完成作业，郑小姐摆摆手示意我走开，明天上午，我和明明定了计划。明明点点头，郑阿姨还要教我外语呢。

第二天上午，村长和我转了一圈，所到之处，白领们都在辅导孩子们功课。一个做物流的彭先生问我，乡下孩子就这点作业？我说是，没有各种各样的兴趣班。他坐在小小的板凳上说，太幸福了。村长也幸福地说，太好了，有人带孩子了。我说三十人太少了，下星期多招点来。村长似信非信，我说我保证。

用不着保证，白领回去后都在网上发了帖子介绍农家寻梦活动。郑小姐用了"真实得让人感觉在做梦"来形容，李先生说农村孩子真好，和他们在一起是一种缘。于是，我的电话又被打爆了，一个星期，两千个报名参加活动。

当然，我只选择了一百个，因为我们村只有一百多户人家。根本用不着安排，他们按照第一批人的介绍自己和孩子们见面，马上就住进去了。我拿着合同找他们签时，他们都在院子里或者门前摸摸这摸摸那，仿佛到了仙境。我提醒一定得让孩子们满意，每一个人都生气地把我赶出来，简直是废话，怎么会让孩子不满意？

郑小姐指着明明，我给他买了一个复读机，他正在读外语，能不满意？彭先生说我给小刚带来一个新书包，两本童话。

孩子们，都很高兴。

镇长也很高兴，他说你能不能把别村也安排进去，年轻人都跑出去打工，把孩子丢在家里，周末放假确实孤单。我说那费用的事？镇长一瞪眼，谁敢跟你要费用？你做了一件大好事，我还准备把你报为全省"关心下一代先进个人"。我吓了一跳，我还以为镇长会问我要白领们租用假日的费用呢！

县长也很高兴，他说你开创了一项崭新的事业。他说话时我不停地表示歉意然后接电话，都是报名参加农家寻梦与儿童碰碰碰的连锁经销商。大约在第十个电话完毕后，县长很理解地说就这样吧，全县的农户都交给你，任意安排。

市长也是很满意的样子。握手的时候电话又响了，是妻子，她说经销专利已经批下来了，我们可以放心经营。我说你赶快去云南，你三妹去吉林争取打开西南东北的市场。没办法，网络时代信息太快了，现在报名总数已经达到九百多万。在中原地区每一个村庄里，都有来自大城市的白领和农村儿童真情碰碰碰。市长很真诚地表示理解，你们的事业无限宽广。

七表弟又打来电话，说生意忙不过来，报名人数太多。我说要快，一定要快，把白领全部安排进村，和孩子结好对。要快，我大声喊着。

因为我听说在城市打工的民工夫妇知道这件事，危机感挺重，都派了妻子回家准备带着孩子上学。所以我得快，我上网发了个帖子，最后四个周末，价格400元。

# 那一年，桃花笑春风

他们是邻居。一起上学，一起到田野里割草。田野里有绿油油的麦苗，也有青青的草，五颜六色的花。他们就在温暖的阳光下细心地找着荠菜，或者珍珠草。风，暖融融的。

她刚学会使刀，竖起，轻轻插入泥土一割，草就掉了。可有时太急，就划到了手。她会跺着脚地哭，气自己不聪明。他会拍着她的肩膀说不怕，有我呢。

真的，他会跪到沟底，掏出干干松松的沙土，捏碎，轻轻地放在伤口上。他还会吹着气，吹掉大一些的沙粒，说这样就不会有血了。他带着她到塘边洗手，到一棵桃树下摘一片桃叶贴在上面。她还会埋怨他怎么不快些，放沙土的力气太大伤口更疼。

他只是笑着，仿佛没听见似的。那一年他九岁，她七岁。

读中学时有晚自习，他们俩当然一路。乡村的夜晚很静，狗是村庄的看护人，它们来回游弋着，时不时汪上两声。他在前面，她在后面，他手里拿着两根棉柴，她手里拿着一根秫秸。他往往大声呵斥扑过来的狗，使劲地将"武器"摔打着地面，还要转身扑退她的"进攻者"。她会站着不动，叫他快些把狗赶走。

没有村庄的地方就有寂寞与神秘，总有一些神仙鬼怪的故事镌刻在心头。他这时会唱歌，她会说太刺耳了，受不了。他唱得更响，她在想比我们班同学差远了。

她们班有一个男生，高大而阳光，打篮球时既勇猛又潇洒，不像他，唱歌老跑调。

那一年，他十五岁，她十三岁。

上了高中，当然不要和他这样胆小的人同路，因为他考取了师范。可星期天回家时，她家人总是唠叨，看人家年纪轻轻就端上公家的饭碗，他也文文静静地问她高中的课，看哪些相同哪些不同。听惯了老师理想熏陶的她，看着捧着书读的他，心里不禁感叹，注定是一个平平凡凡的孩子王。

放假时，他们还会去打猪草。他说学校里开了很多课，都是为教孩子做准备的。她听着，脑子里却想着遥远的城市，有一个美丽的大学在等着她。于是，锋利的刀又割破了手指。于是他又忙着找沙土，她笑着拒绝了，用纸擦就可以了。他又去摘桃叶，她举起手示意，用纸包了。风儿，轻轻地吹。田野里，一片柔柔的绿。

桃花朵朵，正在灿烂地开放。那一年，他十九岁，她十七岁。

生活从不因为高中或者师范而停止。转眼她专科毕业了，他已在小学任教了。他说你会教书吗？孩子们很听话，她笑笑，她要到县城，村庄太小。他骑自行车送她去坐车，她问你会教一辈子吗？他点点头，自行车蹬得更有力气。

她是一个聪明的女子，她在城里安了家。她在政府里上班，婆婆家有一些地位，经常在电视里露脸。她的母亲在门前摇着扇子说，还是念高中读大学有用。他一边切着猪草一边点头，那是，像我这样，只能在乡下转。不错，虽然他由小学调到了中学，还是乡下。

她有时回来，匆匆忙忙的。遇到他，问学校的情况，他说挺好，同事好，学生也好。她也就点头，那就好。他会叫住她，带上一段桃枝。她忘了，有孩子的人带上桃枝可以避邪。

他挑的是没开桃花的那枝。那一年，他二十五岁，她二十三岁。

逢年过节时她都会回来，他也过去闲聊，逗逗孩子。她往往要关心他的婚事，他总是笑着说缘分没到。她想起了初中晚自习的夜路，就说你应该很勇敢啊。他嗯了一声，那时年龄小不知道怕。

他是一个细心的人，教书细心，对学生也细心，渐渐就做出了成绩，优秀教师，优秀班主任。于是，他就调到了县城。

他去看她，他准备要她请吃饭尽尽地主之谊。她婆家人说已经离婚了。他去找她，她摇摇头，谁也不见。他去安慰她，说其实好男人多得是，比如他。她差点笑了，你也是好男人，婆婆妈妈的孩子王。

但她找他去看电影，找他去打球，叫他扛煤气罐，拎提二十斤重的面二十斤重的米爬上四楼，还叫他陪着她一起骑自行车回老家。他都微笑着做了，她说其实你挺男人的。他很腼腆，我不行，小时候下晚自习遇到狗怕得要命，然后他笑了，还得装勇敢替你解围。她也笑了，笑出了眼泪。

她说再陪我回老家吧。她要割草，他陪着。春和日丽，麦苗青青，野草油绿。她用刀割着荠菜，漫不经心地问你怎么一直没结婚？他说你别割着手，我可没带创可贴，她说沙土也行啊，他笑了，那是小时候不懂，不卫生。她说你还没回答我的问题，他说一直没时间，真的没有时间，他摊开双手，等有时间给我介绍一个老师，在学校挺好的。

她知道他真是一个好老师，一个好哥哥，仅此而已，她想说谢谢，她没说出。因为她看到他盯着自己，手又划了一个口子。她看到他快速地去找沙土，轻轻地撒在上面，还是那个细心的邻家男孩。她看到他拽着自己到塘边洗手，去摘桃叶贴在伤口上。

她的心莫名其妙痛了一下，她想起一句诗：人面不知何处去，桃花依旧笑春风。她看到他微笑着，递过来一个创可贴，她也笑了一下。

这一年，他三十岁，她二十八岁。却还像那一年，他九岁，她七岁。

# 穿越小城的目光

林浩回来了，在大门前等我。

我笑了，"到底回来了。"他点头，"回来，过中秋，散散心。"

我们往广场走，和许多人一起，老年人，胖胖的中年人，情侣。

林浩向西走去，"大棚还在吗？"我指了指，"在，卖衣服，卖鞋。"林浩笑，"好地方，高中时，我的鞋都是从那儿买的。"

然后是沉默，一人点起一支烟，看摊主将衣服收进箱子，抱上三轮车，蹬走。"一到晚上，太黑了。"他解嘲式地笑，"什么也看不见，我就站在这里。"

"那些日子，晚自习下课铃一响，我就飞快地跑，跑过老槐树，跑过操场，主席台，灯光球场，然后站在大棚里。过了一会儿，就有同学回家了，一群人，也许三两个。有时，没有一个人，只有我，站在石板后，等着她过来。"林浩浅浅地笑，"她过去了，我就跑回去，到教室继续写作业。"

"可是，太黑，你看得见？"林浩向前走，"这一条街，穿过大棚，有光亮。"街上，很繁忙，正热的馒头，喷香的卤菜，还有下班的人群。不像那些青春的夜晚，一个少年，穿越校园的明亮，在大棚，一个人，站立，等候着，一群人中的一个，从身边经过。也许，有她；也许，没有她。他需要寂静，喧哗后的平静。平静中，喜悦开成了一朵花，不再忧虑地开放。

"十五年，还记着？"林浩不说话，让香烟在指间燃烧，一丝轻雾很快弥散在夕阳的余辉中。"曾经试着忘记，"他挠挠头，少年式的笑，很纯真，"效果不好。"

晚饭的效果也不好。一盘咸蛋，一盘花生，一人一瓶啤酒。林浩又要了一瓶，"她，现在怎么样？"漫不经心，又有些小心翼翼。"还好吧，开一家广告公司，其实就是印标语，各种各样的牌子。"我掏出手机，寻找着，"好像还有她的手机号。"

他没要。"就是问问，都过去了。"他深深浅浅地笑，竟然有一丝淡淡的忧郁，不像网上他说的，领导一个七十多员工的老板，果敢而坚毅。我们就喝酒，深一口浅一口，不尽兴。

第二天醒来时，看到一条短信：中午，请你吃饭。还在那个小餐馆，小得精致，亮得舒服。"要不要把她叫来，聚一聚？"我试探着。林浩没有答应，"其实想聚聚，又怕没话说，"他看着窗外，"不像我们，是哥们。"他说得对，我们是哥们，高中时的同桌，寝室里的上下铺，毕业后靠写信然后打单位电话再打手机来维持感情的兄弟。"其实你知道，我写过一封信给她。"他竟然有一丝得意。

那时的她，在班里，很受男同学欢迎。但又因为母亲是干部，许多乡下的男生只是轻轻动了下心思，没有谱写成青春的诗篇。"后来，没有给我回信。"林浩的话，让我想起，他曾经交给我一封情书，叫我润色，说是他表弟的。于是，我罚他一杯酒，算是报酬，林浩没有拒绝。"也许是差别吧，当时，我们是自卑的。"他一饮而尽。

晚上没有课，林浩叫我去大棚。我说，"凭什么，又脏又破的地方，我不去陪你。"他打电话，给我爱人，替我请假。"转一会儿，过节我就回去了。"三十多岁的人，竟有些江湖风雨中的平静，让人无法抗拒。大棚里依然是黑暗，间或有两旁的住户的灯光漏了出来，增添一些朦胧。我们走，看香烟一亮一灭的，在秋风中，传递温暖。一辆电动自行车，悄无声息地从身边驶过。林浩说，"她也骑一辆，红色的。"我愕然，追问原因。他招了，他说下午偷偷地去看过，远远地看，看她忙碌着。然后是寂静，寂静中的光亮闪闪烁烁。

我们在水泥台上坐，坐在白日讨价还价的地方，让人记着喧哗，热闹。林浩感叹了一声："还是没变，风风火火。""约她来一段浪漫的故事，或者拼死拼活地爱上一场，与婚姻有关？"我自言自语，像我写作时，独自对话。他笑，"哪儿的事，回忆有错吗？"他跳下来，我也跳下来。"就在那些夜晚，我拼命地跑，提前来，为了守候她，听她安全地过。"林浩明显激动，"三个月零九天，我都在这儿站着。"

夜色中，我拥抱了林浩。像高二时，他因为困难上不起学，我代表全班同学将捐款交给他，我们真诚地拥抱。那次，因为友谊；这次，关于爱情，一场朦朦胧胧的白丁香般的感情。

林浩走了。他回老家陪父母过中秋，他不愿意和她见面，聊一聊。他说走时就直接走，不再打招呼了。

我也是，买过节的东西，带着孩子逛街，忙碌而温馨。妻扯了扯我衣襟向前指着，是林浩，坐在银行大厅里，注视着对面。我知道，对面是她的店，她在店里，指挥着店员，复印，打字，喷绘，写真。我也知道，她肯定在店里，因为，那是她的工作，也是生活。我悄悄地退了回去，退回到熙熙攘攘的人流中。人流中，会有一份属于自己的宁静，同样属于林浩。下午的太阳照在大街上，光亮而透明。玻璃里的凝视在悄然进行，晶莹，如一颗玲珑的翡翠，在流逝中温润，没有嘈杂，和秋风。

我知道，林浩还会去大棚。她的家在大棚里面的小区，经过那一段黑暗，和长长的空寂，林浩应该知道。十五年的忙碌没有削减少年时的一段经历，他在寻找过去，也许，仅此而已。也许，用回忆疗伤，都市繁华中的伤疼，在故乡，可以被往事冲刷。

我拨了他的号码，又停止。此时，他应该独自守候，一个十五年前的女同学。而且，只是守候，远远地看，聆听，然后想象，让心宁静。

然而没有，他回去了。他说："上网，我们说话。"说中秋，说同学，说故乡的变化，当然，他说了她。"其实，我想回去，只是看看，看她怎么样，因为，当年，在三个月零九天的守候后，我写了一封信给她，她拒绝了我，很高贵地拒绝了我。"我发了一朵玫瑰过去，还有一张笑脸。

"可是我平静了。当她抬着标语牌蹲下去钉钢钉时，当她骑着电动车带着孩子在阳光下驶过时，我知道，我该走了，每个人都有自己的生活。"林浩不说了，他在等我。

我什么也没说，发了一首歌曲过去，《香烟爱上火柴》。"如果你是我眼中的一滴泪，那我永远不会哭泣，因为我怕失去你……"对，不能流泪，让往事随风而去。

他发了一个拳头，很大的拳头，应该是坚强，男人的坚强。

我没有告诉林浩，我打电话给她了。我说林浩回来了，想找时间同学吃个饭，结果太忙了。她哦了一声，"是在合肥的林浩吗？"我说："是，做广告公司，发了点小财。"她笑了，"好，等下次回来，宰他一顿。"然后，爽朗地笑，没有沉默，和犹豫，或者预期的伤感。

我也没有告诉她，林浩准备回来，在她面前，大声地说，我很好，我不差。但林浩没有，我也没有。我知道林浩的目光，在小城里穿梭，让平静归位，让真实出线。他找准了焦距，用心守候着一段往事，和挥之不去的情感。

因为，青春没有过错。比如我，也曾在那个静静的大棚里，让目光游弋，穿越黑暗和焦急，点燃心中最初的烟花。

# 我和妻子手牵手

那是一个下午，阳光正暖和地照在我们身上。还有暖暖的春风，扑面而来，大街上的行人都在春风中阳光满面地行走。妻也是，我们手牵着手，幸福地在步行街上闲逛。

是王老板。他握着我的手，摇晃了两下，很用力，"哥们，能耐不小，挺俊的。"其实我和他不熟，朋友的朋友这种关系，但他夸我的老婆，我挺有面子。我笑了，毫无阻拦地笑了，然后问他最近怎么没往我们报社去？他说，"忙啊，公司忙，家庭忙，像你一样。"他在我耳边小声地说，"有个情人，不忙能行吗？"

哎，这怎么回事？大王走了，很理解地看了我一眼，意味深长地看了妻一眼。妻说你这朋友挺有意思，神神秘秘的，别是你外面有情人了吧。我牵上了她的手，"我还想呢，就是找不到你这样漂亮的。"妻满意地笑了，我们又开始用脚步丈量着幸福时光。

第二天上班时就接到了朋友林志的电话。他大着嗓门训我，"你小子胆太大了，找个情人哪能大白天在街上逛？"我一头雾水，"谁告诉你的？"他高兴地笑了，"承认了，你看！大王夸你那小情人长得挺俊。"我说你净扯淡，那是我老婆。办公室里的人都向我这边看，我赶紧走到走廊里，"我老婆年轻，人长得不错。"林志啪地挂断电话，撂下一句话：和老婆还有手牵手的，扯淡！

接着我的一个作者也打来电话，他说韩老师你进步挺快，一写通俗文学就养情人了。我当然怒气冲冲，"谁说的，我是那样的人吗？"他毫不退步，"我亲眼看见，你们手牵着手，幸福得一塌糊涂。"我说那是我老婆，他明显不信，"牵手都是恋人手，情人手，父子手，母女手，同学手，要么就是黄昏老人手，有几个夫妻手牵手？"

同学陆明也知道了。他跑到编辑部关心我，"千万不能找情人。你看我，老婆离了，情人跑了。"我悲哀地看着他，找情人时他给我炫耀过，离婚时在我面前哭过，现在以小人之心度我之腹。我趴在他耳边大声说，"你和你老婆牵手逛过街吗？"他摇摇头，我挥挥手，"你走吧，不要来烦我。"

对面娱乐版编辑风风凑了过来，给我一支烟。我说别套我话，我没情人。他理解地点点头，"我又不是总编，我信你。"他猛吸了一口，又似信非信地伸出手，"你真的和老婆手牵手？"我有些轻蔑地看着他，你小子娱乐界污染时间长了，什么叫爱情都不懂。他回到桌前，开始看稿子，过了很长时间又抬头，"你们经常这样上街吗？"我点点头。

其实我有些心虚。结婚后忙着工作上班吃饭，逛街也是她购物我在大厅等着，手用来提东西，最多同时牵孩子的手。总编也认真地问起我们牵手的次数方式状态心情，我一边搜肠刮肚地编造，一边小心看着他。总编不看我，他忙着记。记完他很慈祥地盯着我，"我希望我相信你，因为这是一个轰动新闻，会给报纸带来一次机遇。"

第四天时，我们报纸整版推出一个专题：你和老婆牵手了吗？用套红大号字"执子之手，与子偕老"作为标题，下面是我和妻的三幅照片：我们在街上散步，我们在医院门前，我们在车站。然后是娱编风风的调查报告，报告数字显示夫妻结婚五年没牵手的占82%，十年没牵手的占90%，十五年没牵手的占98%。结尾时他痛心疾首地说：爱情迷失了方向，婚外恋成为时尚。让我们从今天开始，和妻子手牵手，开始新的心动之旅。

报纸一时洛阳纸贵，加印了五千份。我和妻子也成了名人。我们上街时许多人在看，在跟着。妻说怪不好意思，我说得坚持住，我们身上责任重大。真的，前面也有人牵手，是总编。总编夫人感激地握着我的手，好样的，我支持你们。还有陆明，他跟着我很久，他说你能不能给我老婆打个电话？告诉她我永远牵着她的手。

我和妻子回家时，手心都握出了汗。我愧疚地对她说，"从今以后，我们就这样上街。"因为那天是我刚动完白内障手术出院，妻怕我不适应阳光，才牵着我的手，我们也是很长时间没这样手牵手了。妻兴奋地点头，使劲地点头，"这样真好，跟恋爱时一样。"

第二天上班时，总编找到我，赞赏地看着我，"明天，就是明天，你骑自行车带你老婆上班，我再搞个专版。"

回到家，我收拾自行车去修理。我对妻子说，"我以后骑车带你上班，星期天去看电影，坐在公园里看书，一起陪老人听戏。"妻子点头，眼里亮晶晶地点头。

总编边擦湿润的眼睛也边点头，他说，"你放心，你们所有的活动我只拍一次。""当然，也只要拍一次，"他指着窗外，"你看，满大街的人都幸福地走着，手牵手幸福地走着，幸福是会传染的。"

我相信，王老板陪他妻子上街理发了，陆明已经和他老婆手牵手了。这个城市，这个时代，都在忙着沉浸于幸福。很快，他们会忙着骑自行车，忙着去看电影，忙着陪老人听戏，逛公园看书。因为各种各样的夫妻突然会发现，这些久违的生活是多么的珍贵。

## 寻人启事

　　大民没想到小琴会走，人家都说天上下雨地下流，小两口吵架不记仇，她怎么说走就走了呢？大民在屋里转了两周，发现柜子门开了，仔细一看，小琴的衣服少了几件。大民拍了拍脑袋，看来小琴这次真生气了。

　　其实小琴一天到晚笑眯眯的，知老知少，庄子上没和谁红过脸。大民有些后悔了，不就是钱吗？她说小舅子结婚给三百，我怎么偏偏说二百呢？大民妈一边做饭，一边唠叨着，跟孩子似的，不知道体贴人。老栓本着脸，吃什么吃，还不快去找？

　　大民硬着头皮到了小琴娘家，小琴不在。反倒挨了一顿训，小舅子，小姨子，一齐上阵找他的不是。大民只好低着头赶紧退出来。

　　退出来的大民又跑了几家亲戚，都没有。毫无例外都被教训了一顿，都说小琴这么好的媳妇，你怎么把她气跑？傍晚时候大民回到了家，老栓不让他进屋，老栓说你和二民一道上电视台。上电视台？老栓瞪他一眼，登寻人启事，我出钱。

　　电视台很好找，有高高的铁塔就是。广告部的人也很热情，问了年龄、长相、穿的衣服，就说你们回去静等好消息吧。大民交过 50 块钱后，问他真能找到吗？工作人员抬起头，你想想全县人都在看这条广告，还能找不到？

　　大民第二天就看到了屏幕下方的寻人启事：小琴，女，二十六岁，身高1.65米，走时穿蓝色上衣，黑色裤子，脚穿一双布鞋，如有知其下落者请和大民联系。大民想小琴肯定也能看到，看到就该回来了吧。他望了望墙上，结婚照上的小琴正在向他笑呢。

　　大民坐在电话机旁，等着小琴或者知情人打来的电话，到了傍晚也没有。二民说哥咱再去找电台登，大民说电视台登了没用，电台还能有用？正在读高中的二民笑了，嫂子也许没看电视，但她能听到广播，听到不就回来了吗？还有电视台的寻人启事冷冰冰的，感动不了嫂子。

二民和大民又到了电台，二民写好一段话交给编辑部的人。那个人看了，说很好，交过钱今天晚上就播。电台的钱不多，20块钱。电台的速度也很快，在他们兄弟俩又找了若干可能落脚点黄昏骑着摩托车回家时，广播里就播了。大民将车停下来，听着播音员用优美的声音播送二民那段话：小琴，你在哪里？我好后悔，我很怀念我们在一起的日子。我伤害了你，我希望你能原谅我，我真的好想你。接着又放了一首歌曲《真的好想你》。二民说，走吧，哥。大民没有理他，大民说这风真舒服。八月的风，凉习习的，正温柔而肆虐地拂过他们，向远方奔去。

村庄里的风也凉习习的。乘凉的人们都到了大民家。大民散了一圈香烟就一言不发了。旺叔摇着蒲扇，应该快了，电视广播都有了，一定能听到。财叔也说，县长也不过这样风光，小琴这下可出名了。大猛拍拍二民，你写的吧？下次俺老婆跑了，也找你。二民嘿嘿地笑着，一定免费，实行三包。

电台播了两天，没有消息。大民已经吃不下去饭，他说小琴会不会被人拐了，我在家吃饭有什么用？他说二民你的寻人启事一股子软劲，小琴听到就不喜欢。他说电视台的寻人启事闪得太快，小琴肯定看不到。二民摇了摇头，出去了。

老栓说你闭嘴，我去登寻人启事。大民没理他，他只上过二年级，字都不识几个。老栓说你在家不要乱找了，我求财叔去。大民更不说话，都糊涂了，财叔只不过干过两天生产队长，能写什么？

但广播很快播出了。大民没听，他只在屋里等电话，他知道财叔也写不出花来。但他等到了电话，是小琴的电话，他大声说，小琴你在哪儿？我错了。小琴哭了，你怎么那么没用，才走几天就乱成一团糟。大民还是大声地喊着，你赶快回来，快点回来。小琴说，好，好，我回去。

小琴就回来了，才两三个小时。她进屋就上猪圈，进羊棚，然后说大民啊大民，你这下有钱了，登寻人启事花了有100块吧。大民嘿嘿地笑着，我也不知道，反正你回来了。小琴就瞪他，还不洗头去，跟疯子似的。

大民答应了一声。他没有洗头，他跑到财叔家，问财叔写的什么寻人启事。财叔说敬一包烟，大民早准备好了。财叔拿出底稿，大民夺过去看了：小琴，你走后猪生病了，母鸡死了一个，羊下了三个，兔子下了七个，一家人都在到处找你，无人照看。希望你赶快回来。就这？大民笑了。

就这。财叔点起一支烟，你啊，年轻，不懂女人。

# 月亮上来了

媳妇哪天能上来呢？根旺没事时经常这样想，而且得意"上来"这个词的美妙。多好听啊！上海是大都市，从乡下来当然叫"上"来。

这是有一次阴天工地没活干，在超市里听两个上海人说的，说自家亲戚从安徽上来了。根旺就想，人家真自信，认为自己海拔高。

媳妇不可能来，有两个孩子，一头猪，一头牛，一圈鸡，三只羊。孩子要上学，要有人做饭有人洗衣服。猪天天要打野草，又快下仔了。鸡养得辛苦，一不小心就生瘟，天天要扫鸡舍。羊好喂一些，也得牵到地里放青。根旺算计这些的时候，总是又幸福又酸溜溜的。幸福忙了几年，也忙了个鸡猪满院，酸的是想着想着就会念起了媳妇。工地上清一色的男子汉，连呼口气都感觉是浑厚的，燥人。于是，根旺只好和工友们摔起了扑克。

思念像野草，见缝就长。根旺想着有一天，也许真来了，哪怕看一眼也好受些。他是不能回去的，他计划干到麦口拿够5000块，来回一趟得折腾不少钱。如果有一种飞行器，一小时上千公里，那就好了。看科幻书的儿子对他说，下课时就飞到爸爸那儿，老师正找着呢，坐飞行器又回来了。

根旺不想儿子来，他将来应该考上大学来，他想媳妇能神奇地上来一趟最好。工友说，做梦。根旺说，我就做梦了，你们能不想？装得挺像，谁不夜夜想亲娘，想老婆？工友们不说话。没有自己女人的日子每天都是阴天，干活也不起劲。

实际上阴天不多。根旺大多数时候得在阳光下工作，砌墙，很结实的墙。工友说，你老婆来了？

你老婆才来呢！根旺拿起一块砖，翻刀，抹泥，头也不抬。这样的玩笑，一天几十遍。

那就是俺媳妇了！同村的工友坏坏地笑。

尽管不相信，根旺还是像往天一样地回头，最起码是一种希望吧。根旺揉了揉眼睛，根旺砍下半块砖头，根旺跳下脚手架，站住了。

你咋来了？根旺有些害羞，上面许多人在看呢！

咋不能来？媳妇低着头。

根旺说，那大虎，小凤，猪狗牛羊呢？

他们好好的，你净想他们。

根旺还想说什么，脚手架上的工友嚷起来，还不快去亲热？晚了被人占先了。

媳妇才笑起来，没正形。下来，二柱，你媳妇捎的布鞋。全喜，你家人带的小褂。

工友们领过衣服，将他们推到仓库里，那是临时住处。根旺一把抱住，想说俺想你，刚才都是讲给别人听的。

媳妇说知道，就你一个人聪明。你又瘦了。

根旺说，我不瘦，壮着呢。媳妇将头埋紧，一声不出。

门外的笑声兴奋地挤进来。媳赶紧推开，一群愣头青。

大家都说想家了，想听嫂子讲讲庄上的事。根旺只好嘿嘿地笑，只好跑到街上买10块钱的卤菜，围在一起脸红红地喝酒。

酒高胆壮。根旺端起一杯，财叔，下午我不上工了。财叔也端起一杯干净地解决了，那是，年轻人好玩。

工友们一阵哄笑。媳妇打了这一个，又拍那一个，人家来一趟还不兴逛逛？

吃过饭的工友就要上工地。媳妇赶紧拽根旺往街上走。根旺边走边说，走啥，走不就没地方了？

媳妇说怪臊人的，都是东庄西邻低头不见抬头见，再说我黑天就回去了，逛逛吧。

那你上来弄啥？根旺有些窝火。

妈来看眼病，我就跟着大哥一起来。上午看过没事，他们去外滩，我就来找你，媳妇也不看路边的招牌。就你才来几天就起洋，还上来？上海话啊！

根旺说那儿有家旅店呢！我去问问。

媳妇不吭声。根旺就去。

50 元一小时，老板娘细声细气的，身份证拿来。

根旺说没身份证，老板娘说那就 100 吧，一张老人头小意思了。

根旺的手没拽出来，口袋里只带了 80 块钱，汗津津的。媳妇拽了拽他，走吧，我想上街。

逛了一下午的根旺很没有精神，人来人往，没有安静的地方。媳妇却睁大了眼睛，可劲地看，一直看到太阳下去月牙上来街灯明亮。我得去车站，哥说好了八点钟到，十点的火车。

根旺有些不甘心，咱上公园吧。媳妇挽住他胳膊，给娃买点东西吧，我等你回家。

月亮爬上了天空，在高楼大厦间悬挂着。根旺一边买望远镜一边将手搭在媳妇的肩上，回家好好带孩子。

望远镜 80 块钱。根旺利索地掏钱，儿子说拿起它就能看到爸爸，买。

根旺说月亮你要喂好猪拴好羊插好门，没事时看孩子做作业不要跟人家学打牌。

叫月亮的媳妇眼亮亮的，在上海的路灯下，在上海的月光下。知道了，月亮给根旺捋了捋头发。

根旺狠狠地捏了下媳妇的手，上车吧，下次上来时，我带你住旅馆。

月亮昧地笑了，洋气，记住多吃饭。

根旺看着公交车在清晰的路灯和遥远的月光下前进，心想真有意思，天上的月亮上来了，是俺媳妇的月亮又下去了。

于是，身上已经没有钱的根旺开始往回走，都市有灯，今夜有月。回去喝酒，回去打牌，根旺还想起得说月亮真好，我们住了旅馆。

# 小 茄

小茄来到了上海。

当文彬看到拎着包站在厂门口伸头张望的小茄时，吓了一跳。高高大大的文彬摸了摸小茄的额头，你怎么来了？黄豆地的草不是还没锄完吗？

小茄看着不断从身边过去的工人，咬着嘴唇，不说话。

豆豆和帅帅在家怎么办？他们有作业，离了你没人辅导。文彬一边说，一边打量小茄。

小茄看车，看楼，看祁连山路上一个公司的大门，不说话。

吵架了吗？文彬拉着她的手，小茄抽了抽，没抽动。我早给你说过了，钱你尽管用，我挣得够你们花，不要因为小事闹别扭。小茄撅着嘴，还是不说话。

文彬看着她，笑了，一千多里路跑来，变哑巴了？小茄也笑了，谁哑巴了？上海只兴你来，不兴我来！我就是来上海过两天，享受享受，然后找份工作。

文彬又被吓了一跳。文彬说，先吃饭，然后带你走走。

一份青椒肉丝，一份红烧牛肉，一瓶啤酒，两碗面？饭店老板满脸带笑地报上菜名。文彬点点头，行，老习惯。小茄说老习惯？和谁一起来吃，和老板这么熟？文彬笑，和工友，加班，就在这儿吃。文彬拉过小茄的手，响应你的号召，挣钱不能亏了身体。

文彬给小茄夹菜，使劲吃，吃过带你看跳舞。社区广场上，很多人，翩翩起舞。你也跳吗？文彬笑，我会吗？晚上没事，就和大民他们几个来看，看到散场再睡。

这话，小茄信，大民是她表弟。大民打来电话，表姐，我有事，不能接你了。大民还说，让文彬带你逛逛吧，看跳舞，看录像，都行，我们晚上都是这么过的。

二柱子也在，还有三四个村上的人，都在看。二柱子要请他们吃大排档，小茄说吃过了。然后又说，没吃也不用你请，你这个小气鬼。二柱子很委屈，嫂子，你千里迢迢来查文彬的岗，我请你一顿还不是应该的？小茄笑着去撑，谁查岗，我来了，就不走。

真的，小茄住下就不走。小茄跟文彬上班的路上知道了菜场，中午文彬回来时，充当饭桌的椅子上就有了五花肉，有了鸡蛋汤。文彬下午上班时，小茄跟着去认超市，买些洗面奶，洗头膏。文彬问，认得回去的路吧？小茄很得意，两三里路，记住了，你记着回来吃饭。

晚饭又很丰盛。一桌子菜，一桌子人，大民，二柱子，村上在附近做工的三四个人，都齐了。二柱子拿了鸡腿就啃，嫂子，该我们给你接风才对。大民开啤酒，是，该我们请你才对。小茄新买了围裙。她拿着锅铲忙活，你们吃吧，也解解馋。

二柱子说嫂子来吃吧，赶明儿天天来吃你就烦了。大民一惊，表姐，真准备在这儿找工啊？小茄点头，坐下，吃菜，在家闷得慌。大民摇头，回去，干活太累，女同志受罪。

文彬也说累。文彬请了一天假，陪她去外滩，去南京路，也坐地铁。文彬说你看啊，我其实也是第一次出来玩，做工就是忙钱，忙钱就是为了改善生活，可豆豆和帅帅学习没人辅导，生活不就没有希望了吗？正在看熊猫的小茄歪着头，人家孩子不都留给老人？文彬不说话，掏出手机给她看，今天我接了六次电话，都是豆豆打的，催你回去。

小茄不说话。文彬陪小茄买衣服。就这件吧，合身。小茄拽着文彬跑出店门，吓死人了，一条裙子240块。过了一会儿，小茄说，我不要衣服，我想回去。

文彬摸了摸额头，生气了？回去是回去，但来一趟不容易，我再带你转转。停了一下，文彬又说，二柱子还要请你吃饭。小茄笑了，自家人，吃来吃去，都是浪费，我想通了，回去，豆地草还没锄呢。

文彬就去买票。第二天早上八点钟，汽车票。大民说，我请表姐，大

开往梅陇的地铁

民买的菜，小茄做的菜，还是一桌子菜，一桌子人。小茄说，一条裙子，240块，贼贵，文彬挣钱，我回去能买四五条。大民说喝酒，表姐不喝，其余都得喝。

小茄也喝。喝过酒的小茄对文彬说，累了，就去吃青椒肉丝，吃红烧牛肉，不要心疼钱。又喝了一杯啤酒的小茄对二柱子说，你也多吃点，家里花钱不多，身体要紧。

二柱子点头。二柱子把1000块钱交给小茄，叫她带回家。给媳妇，买化肥，也买衣服。一桌子人都笑，二柱子出息了，知道疼人了。

上车时，二柱子又给了小茄一个包，都是媳妇和孩子的衣服，叫他们穿。二柱子趁着文彬去买水，认真地说，文彬没事，活多，累人，哪有心思想那事？

小茄点头。小茄知道，文彬每天早晨五点半起床，晚上八点回来。小茄还知道文彬并不是天天去加餐，一星期一次，六个人，吃青椒肉丝，吃红烧牛肉。文彬他们晚上最大的爱好就是看人跳舞，然后吃烟，等曲终人散，没有时间和别的女人说话。

小茄有些后悔，不该来的，不该听庄上的媳妇们说小三和老婆离婚了，民主离了，就跑到上海来查岗。

小茄轻轻地说，我不该来。文彬拍拍肩膀，活忙完了再来，豆豆帅帅也来，我带你们使劲转。

文彬说检票了。文彬把票给她，还有一个袋子。小茄看了，那条裙子，240块钱的裙子，小茄撇嘴，谁叫你买的？小茄掐了文彬一下，使了很大的劲。

# 有事你说话

　　田叔一般一两个月打一次电话来，问问我父亲的身体情况，聊聊庄上谁家添了人丁去了老人，结尾时总不忘客气一句，大侄子，以后来蚌埠，有事你尽管说话。

　　这话我信，父亲也信。1993 年我考取蚌埠一个中专时，田叔很准时地在汽车站等我们，熟悉地找到学校，熟人似的和老师打招呼要照顾一下，说是他乡下的亲戚。吃饭时，高大的田叔豪爽地喝酒，大方地叫我们吃菜。父亲腼腆着，说今非昔比了。田叔撸起袖子，端起酒杯，别扯淡，咱们是什么关系？患难朋友。然后一饮而尽。

　　父亲走时告诉我，有事找田叔，他当年插队时住在我们生产队。田叔也拍着胸脯，有事你尽管说，你田叔大能耐没有，照顾你没问题。

　　田叔经常到学校来看我，给我带一些菜和零食。每学期开学时父亲也总叫我带上些玉米棒子、大豆粒、香油什么的，找到单位，田叔很高兴，拉着我的手送很远才罢休。遇到熟人，他总是介绍，这是我插队老乡的孩子，来看我。

　　后来毕业了。田叔依依不舍的，带着我到饭店吃饭，送我上车，交代了许多做人的道理，才和我挥手，以后家里有困难，尽管开口。

　　他下车了，走时迅速地塞给我一个纸包，摁住我的手，记住，有事一定要找我，城里好过多了。

　　纸包里是 50 块钱。到家后递给父亲，他深深叹了口气，遇到贵人了。奶奶插嘴道，说小田吗？那可是个好孩子。

　　田叔确实不错。隔一段时间就打个电话，问问我的工作，家庭还有奶奶的情况。往往是一番感叹，日子过得真快。我总是寒暄着，有时间来看一下吧，大家都挺想念你。田叔马上高兴起来，上天家京、家华还来我这儿玩呢，大侄子，你也别客气，有什么事就张口。

家京、家华他们到蚌埠是去看病，这两年我们乡下人经常得癌症，一发现就是晚期了。正好省里的肿瘤医院就设在蚌埠，村上的人当然会找他。可我不会，我对自己说，我们平平安安的。

其实我们这地方的人到蚌埠还有一个原因——坐火车。所以有时买火车票免不了要找人，田叔在电话里往往拍着胸脯说，提前说一声，想买哪天的票都行。

在庄子上聊天时，家华佩服得五体投地，到蚌埠一下汽车提到田德彬的名字，连蹬三轮车的都免费。

父亲笑吟吟地回来，乖！混这么大了，什么时候再去破费他一顿。我想了想，暑假吧，正好毕业十来年我也没见过他。

八月的一天，我和父亲到了蚌埠。车站出口挤满了拉客的三轮车夫和的哥，热情的声音聚集了不少温度。宽阔的大路旁停着很多三轮车，父亲从后往前打量着，不是说提你田叔名字都知道吗？我们来试一试。父亲就问前面那个五十多岁的师傅，田德彬，知道吗？师傅看了看我们，泗县的吧？父亲高兴地点头，向他，也向我。我知道他很兴奋，家华没骗人，连蹬三轮儿的都知道田叔，田叔在蚌埠混得真不错。老师傅说你们等一会儿，我刚才还看见他在这儿溜达，我去找找。

没有多会儿，田叔来了，蹬着一个三轮车。田叔和父亲着实拥抱了一下，又好几年不见了，这下可得多住几天。说着就把我的包往车上拿，他一边拎着包一边说，蹬三轮儿的亲戚有事叫我替他看车，就碰到你们了，省打车的钱了。

我按住他的手，不了，田叔。我把包放下来，今天是专门来找你帮忙的。田叔高兴起来，这就对了，有事你说话呀。

我说想带父亲到南京旅游两天，买不到车票。我把包递给他，这是家里的香油，家贵叔磨的。田叔高兴地挥着他那粗大的手，大民、大贵，帮我把人送到火车站。

买了票，田叔还买了许多食品瓜子，塞到父亲怀里，眼睛湿润地说还

没来及吃一顿饭。我说机会多着呢，麻烦你的时候将来多了，别烦就行。田叔爽快地笑着，拍着我的头，长大了，会说话了。当然他没忘那一句极豪气的话，大侄子，有事你说话，一家人不说两家话。

南下的列车咣咣当当。父亲伸出头和田叔摆了很长时间手后，问我怎么想起到南京？看着窗户急驶而过的树木，像毕业后一闪而过的十几年，我对父亲说没什么，就想叫田叔帮忙买票。

父亲望着我，一脸疑惑，你买不就行了吗？我摇摇头，到了蚌埠，得找田叔。父亲深深地吸了一口烟，对着窗户吐出去，这个田德彬。

我说田叔不错，父亲没说话，低着头，一会儿就睡着了。

## 永远的老乡

学校有两个垃圾池，池子不在，废纸、塑料袋倒不少，当然苍蝇也不少。除了值日生，谁也不愿到那儿去。

有一个人例外，一个矮矮的老乡。每天早晨，学生到的时候，他也到了，用一个铁钩子在里面拨来拨去的，然后往口袋里塞，就背走了。天天如是，大家习以为常，没觉得有什么不好，反而感觉省了不少麻烦。可这种平静被打破了，一个孩子早上一来就在垃圾池扒，说是昨天下午钢笔丢了，值日生说也许倒垃圾池里去了，然而没找到。老乡说，再找找。孩子突然想起来了，肯定在你的口袋里。老乡说没有，孩子非说有。最后校长来了，打开了口袋，扒拉了半天，那支笔在里面。

"怎么会这样呢?"老乡挠着头，掏出烟一支一支散给大家。校长说:"老乡，这么大年纪了，这样不好。"

"不是……"老乡涨红了脸，结结巴巴的。

早上点名时，有住校的老师说前天早晨放在门前的鞋没有了，有人说昨天一把旧锅铲丢了。大家议论了一番，一致锁定:就是那个老乡。是呀，捡废纸卖几个钱，肯定是顺手牵羊。按着想象，老师们越觉得自己的判断对极了，老乡是"贼"。

"贼"老乡第二天又来了，却发现垃圾池没有废纸了，几块西瓜皮招惹苍蝇乱飞。刚转身时，发现池外有只破锅，便装了。出大门时，有两个老师拦住了，说要看口袋，老乡说就一口破锅。"破锅哪儿来的?""垃圾池里的呗。"老乡放下口袋，掏出破锅。"老乡，这是我家的，你怎能随便拿呢?"老师得意扬扬，"不要什么都拿，传出去不好听!"围观的人多了。

"有什么不好听? 我是捡破烂的，但我光明正大!"老乡反而镇定了。

"爹……"一个学生拽了拽他衣角。我一看，是班上成绩最好的学生。

"孩子，没事！"老乡拍了拍孩子，拉过来揽在怀里，"我天天早晨送孩子上学，他说学校垃圾多，又不好意思拾。我来！这又不丢人。我大儿子在哈尔滨读大学，这是我小儿子，我能给他丢人吗？"

老师挥了挥手，驱走学生。"老乡，开个玩笑。"老师握住老乡的手，"你有两个好儿子。"

老乡摸了摸儿子的头，"去！上班里读书。"

后来老乡不来了，一天，两天。垃圾池的垃圾又多了。校长说，怎么这么招苍蝇，又难看。我说，叫老乡来弄吧。校长说，那几家不说少东西吗？丢鞋的说鞋找到了，少锅铲的说锅铲在厨房里呢。屋里的老师互相瞧了一会儿说，还是请老乡吧。老乡的儿子上大学。老乡不是坏人。

老乡病了。听儿子回家讲了老师的话，笑了，"哪有这么多事？我捡我的破烂！"

老乡到了学校，垃圾池里没有了垃圾。池边，整整齐齐地摆着三个口袋。看得见，一袋废纸，一袋塑料，一袋废锅、废铁。老乡怔了怔，背起口袋走到儿子的窗前，儿子和其他孩子一起摇头晃脑地背着课文。

老乡咧咧嘴，背起口袋走了。

## 母　亲

母亲是个文盲，母亲不认识"一、二、三"以外的任何一个汉字。

母亲却喜欢讲故事，讲一些遥远的年代里书生苦读的传说。正在吃饭时，她说古代有一个人把头发系在梁头上，困了用锥扎自己的大腿。听多了我会告诉她那叫头悬梁锥刺股，母亲往往高兴地说："还是读书好，一下子就记住了。"夏夜乘凉时，母亲说有一个读书人，没有油点灯，就捉了很多萤火虫放进瓶子用来照明。还有一个人在雪地里借着雪光读书，母亲说时意味深长地看着我。我告诉她那叫囊萤映雪，老师说过几百遍的。

母亲怔了怔，马上又高兴起来，"老师也说过了？那就好，真有这回事。"母亲没有注意到我目光已经投向静静的夜空。

母亲的目光却一直在我身上。读书累了的时候，旁边多了一片西瓜；埋头算题的时候，总有轻轻的风从扇下流出；周末回家时，还有一桌可口的饭菜。当然，母亲的故事也是不可或缺的。她说南村有一个学生考上大学，留在北京。她说东庄的一个学生考到了合肥，又出了国；她还说西边村子里的孙小康考上了南京的大学。我离开了饭桌，我到书屋里独坐，我想母亲的故事能不能换个内容？

高考前的那个寒假，我突然晕倒住进了医院，除了头身上其他部位都不能动。看着来回穿梭的医生、护士，一种莫名的伤感突然涌上心头：我才十九岁，我还要读书。母亲坐在床边，捏着我的脚，"东庄有一个学生，"我打断了她的话，"又是考上大学的？"母亲没有理会我，她说那个学生得了重病又怎样好起来。她看着我，"身体要紧，只要你好了，我们不要大学。"她的目光很清纯，很坚定。

我的心一怔，为母亲，为母亲说的话。

很久以来，我都忘记不了医院里母亲的目光，它让我知道母亲不仅仅是让我读书考学，不单单是让我有个好前途，甚至这一切都可以不要，只要有我，只要我能够健健康康。这是母亲的光芒，比烛光更摇曳，比灯光更温暖，比阳光更灿烂，不分方向不分时间地包围在我的周围。

所以，我很幸运，在母爱的光芒中成长。上了大学，找了一份教书育人的工作，闲暇时写些文章，再闲暇时到田野里走走，田野里一直有风，有微笑。是母亲的微笑，化春风化细雨，在田野在我的身边肆无忌惮地吹拂着浇灌着。

我发现母亲的微笑依然年轻，宛如当年我放学回家时，拿到奖状时，我做了一顿饭时，从医院回家时。母亲却笑着说："年纪大了，身体不行。"

母亲的身体真的有些不行。先是心口疼，心闷，父亲告诉我，带她去医院，不愿意。执意再三，才肯跟我去，在熙熙攘攘的大街上，我搀着母亲，就像当年她搀着我一样。做了心电图，又做心脏彩超。母亲说多少钱，我说150元。她有些犹豫，后来竟不愿做，我再三劝说，进去了，兴高采烈地出来，说那屋里真凉快，比风扇还凉快。

搀着母亲过马路，母亲很幸福地说，150块，东院的二柱妈心口疼，二柱就舍不得做。

后来母亲说肝有时疼，买了一些药，吃过好一点。我带她去检查，医生说这边不是肝，是胃。母亲长吁了一口气，"吓坏我了，这么好的日子我得过啊。"我听了，心里湿漉漉的，母亲辛苦了一生，当然应该过上一个幸福的晚年。母亲说："净费钱，查来查去都没病。"

我送母亲回老家，房前屋后绿树环绕的老家。我开始经常回老家，没有什么事，和父亲和母亲闲聊，扯一筐草烧锅看炊烟袅袅，扔一块馒头看鸡飞狗撵，日子就慢慢过去了。母亲又絮絮叨叨讲起一些故事，都是我们兄妹小时候的事。我问她怎么不讲头悬梁锥刺股囊萤映雪的故事，母亲看着我，一脸的疑惑，"我讲过了吗？"

父亲笑着说："那是你妈妈从小学老师那儿学的，然后讲给你们听，早忘了。"母亲摇着蒲扇，不好意思地笑了。停了一会儿，她又进屋，捧出一迭报纸，"这个我可没忘。"我翻了翻，每一张上都有我的文章，还有我的名字。

母亲得意地笑了，"我记了好长时间才记住你名字。"她笑得很随意，没有任何约束。

我也笑了，在浓浓的树荫下毫无遮拦地笑了，像是小时候，在很多快乐的日子里快乐地笑着。

# 门外的父亲

第一次参加高考时，父亲从乡下赶来，说不住校，我们到外面住旅馆。

旅馆干净，僻静，有风扇，有电视。父亲要我睡，我会喊你。他坐了一会儿，又起身出去。那你呢？他笑了，我到战友家去，好几年不见了。

第二天早晨五点多就醒了，心里有些紧张，推门出去转转，父亲已经在走廊里了。睡得怎样？父亲笑着，我在那边一觉睡到现在，怕你醒就过来了。每天早晨，每天中午，父亲都准时来喊我。高考结束了，我收拾东西回家，旅馆的老板娘说，你父亲真有意思，给过了钱不进屋里睡，天天晚上在走廊里转悠，差点被当成小偷。

我愣住了，原来父亲根本没到战友家去，他就在门外，守候着，呵护着，小心翼翼地看着守着已经十八岁的儿子。

分数下来了，意想不到地失望，第一次沉重的打击使我无法承受，在野外徘徊了半天直到天黑才摸进家门。父亲坐在灯下，还有母亲和一桌子饭菜，赶快吃饭，饿坏了吧？母亲笑着给我盛饭，我冲进房门，没有说话，真的。少年初识愁滋味，思绪像野草，纷杂而疯长。一直在想，不知什么时候睡着了。

醒来又想了很长时间，当然都是毫无结果。这时，饥饿战胜了面子，我拉开房门，父亲憨厚地笑着，起来了，赶快吃饭吧，你妈都热了三回了。妈盛饭，让我洗脸，吃吧，吃吧，傻孩子，你爷站了一晚上，怕你想不开。

我看到了一地的烟头，那些手指上的光亮跳跃在黑暗中，一定不曾中断。不语的父亲和焦急的母亲在夜色中，又是怎样打发时光。

115

我决定复读。

第二年高考，我不让父亲去，父亲说那好，你安心考就行了。我心情坦然地走进考场，我相信，在田野里的父亲一定会将希望埋在土里，贮藏，发酵。结束的那天下午，阳光灿烂，随着人流涌到了大门口。铁门外，同样是涌动的人群，那是家长，在招手，在微笑。我随意地看着天空，父亲在家里，在锄地，在打药，我突然特别地想念父亲，想告诉他，我已经结束了考试，我已经学会了坦然面对，真的，特别想念。突然，有人喊我的名字，很响，循声望去，在大门外，在涌动的人潮中，父亲抓住铁条，挤得很高，向我招手，笑着，幸福地招手。后面的人不断向前挤，他还向上爬着，招着手，笑着。笑容在阳光下很真实，真实得像他的犁尖划过大地的土浪。

我能做到的就是挥手，不断地挥手，踮起脚，对着拽住大门的父亲，对着刚刚放下锄头卸下药筒的父亲使劲地笑。

这种微笑一直保存到现在，好几年过去了，升学，工作，我经历了很多坎坷，父亲已经帮不上忙，我却稳稳地走了过来。我始终相信，在每一个困难的环境里，父亲就在门外，走来走去，为我驱走喧嚣。即使是黑夜，他也会用香烟点亮希望。

"世界是用无数个城堡组成的。"我幸运地推开了一扇扇门，因为我相信，父亲，就在门外。他是一个世界，他在微笑，世界对我也就充满微笑。

## 阳光的味道

麦子回到家时，娘正发愁：八九亩的小麦都熟了，怎么割？麦子一边放包一边说，不是寄钱找收割机割了吗？去年我没回来不也照样收完吗？

娘说找收割机得等得带到地头弄不好是夜里，收下粮食还得往家拉，今年你弟还要考大学，我能不急吗？麦子掏出衣服让娘比试，我知道，要不是他考大学我还不回来呢，反正多花点钱雇人拉到家。

娘就说你钱是水飘来的，想花就捞啊。麦子说哪是，就是想让你老人家少受罪。今年好了，你去看强子考试，地里的活我包。

小麦招摇着麦穗，饱满而骄傲。麦子戴着草帽，路边地头清除杂草做准备工作。栓叔说歇歇吧反正都机器干了，麦子笑着，不累，闲着也是闲着。

并不闲着的麦子又打了个电话给强子，好好考。强子说没事，妈在这儿。他的欲望像麦穗一样即将炸开，六月的田野和学校，都在收获着希望。

小麦轰隆隆倒下，麦粒饱满，充满喜悦。麦子一板车一板车地往家拉，旺叔将四轮机开过来硬要装上车，麦子说谢了，天好慢慢拉。真的，阳光灿烂，空气中都燃烧着成熟的味道。旺叔本起脸，你爸不在了，这点活我不干谁干。麦子边谢边拉车，一圈一步地，吱吱作响。

强子回来了，冲上来就抢车把。麦子拨过去，姐能干，你歇着去。拉完麦，娘说晒吧，还得抢时间种，麦子说有我呢。拾麦穗，烧麦茬，刨窝窝，撒玉米种，麦子干得一丝不苟。娘说悠着点，别中暑了；弟说姐拼命了，小心晒黑了。麦子连汗都没擦，在外面都享福了，回家应该多干。

田野里的土被翻了一遍时，麦子终于松了口气。娘说你回去吧，家里没活了。麦子背起草筐，再割几筐草，等强子分数下来。分数很快就下来了，上了二本线。弟说高兴吧，姐。麦子看着他，那是，你好好玩两天，反正上大学的钱姐从去年就攒下了。

强子兴高采烈地出去串同学，麦子汗流浃背地割草，一天两筐，还穿插着给棉花锄草，松土，打杈。娘就生气，你疯了，日头那么毒你也不歇一会儿？麦子又背起喷雾器，在厂里轻松惯了，得磨炼磨炼。

回到家的强子也不愿意，姐，你歇一会儿陪我两天？麦子又将粮食搬到场上，趁日头好晒过粮食就走，姐心里高兴呢。

七月的阳光骄气四射。麦子一袋一袋地扛，一锨一锨地扬开，来来回回用脚蹚上两遍。娘，舒服呢，麦子抓起一把小麦向天空撒去，纷纷扬扬地落下，像花瓣，像笑容。

终于，麦子把能想起来的活都干了一遍，强子的通知书也到了，麦子说姐得走了，再不去厂里就不要了，学费钱够。强子低着头，有些伤感。麦子就给他擦眼泪，姐高兴呢，爹在地下也高兴呢，咱家出来大学生了。上学的钱不用愁，姐每月给你寄去。

麦子走了，在布满绿荫和花香的七月走了，在充斥着热浪和牲畜粪便的乡道上走了。走着的麦子不敢回头，她怕一回头就失去了走的勇气。她想说，娘啊，家里真好，有风有雨有阳光，阳光照在人身上多舒坦，哪像我待的地方，从包厢到包厢，说着言不由衷的话，在客人间穿梭，听不见鸟语闻不见花香。她想说，强子啊，干活真好。汗滴禾下土，滴得畅快，阳光下一切都是好的，没有一丝脂粉气。真的，弟弟，你得阳光一样地生活。她还想说，我也要重新开始生活，真实的生活，找一个小厂，找一家超市，哪怕只有300块钱的工资，只要能够抬头看见阳光。

于是秋天的某一天，麦子收到了弟弟的照片，站在大学门楼下的强子很神气，很自信。强子也收到了姐姐的照片，站在厂门前的麦子微笑着，美丽着，照片在寝室里传看，大家都说，姐姐笑得真灿烂。

# 七 爷

七爷出现的时候，是要有些响声的。

一辆打扮得干干净净的自行车，大杠下面系着一个油亮的皮口袋，车把上拴着两根红头绳，座垫上套着一个崭新的棉套。这是他的坐骑，他出现时要摁呼车铃。大家知道，七爷又来闲聊了。

七爷本来可以不骑车，一个庄子，走走就到了。可七爷从不离车，他说，吕布有赤兔马，我兴民有自行车啊。摁响车铃之后，七爷开始吃烟，七爷从不给人烟吃，也从不吃别人的烟。不是七爷吝啬，是他吃烟袋，啪嗒啪嗒地，喷出一阵烟雾。"道不同，不相谋"，七爷想宣传烟袋的好，可大家都打断他，说纸烟多好，一人一颗。

七爷便起身，将烟袋伸到人面前，请人尝尝烟枪的威力。当然被拒绝了，开小卖铺的兴务趁机损了一句，要不，我送你一包？

七爷一点也不恼。他伸手，等着兴务掏出一包纸烟。兴务的脸红着，借故和别人说话去了。哄笑中，七爷不笑，他继续深吸一口慢吐一阵，毫不理会阳光下肆无忌惮的笑声。

没有乘胜追击的七爷开始和兴务，和卖农药的兴旺，当队长的兴才聊天。这时，他是主角，讲冰天雪地，讲战场，绘声绘色。如果有孩子在场，恰巧孩子很感兴趣，他往往会站起来，模仿各种各样的姿势，模拟着不同的表情，将附近的儿童都吸引过来。

听惯了的大人不再愿意听，问他立了战功吗？到乡里要补助了吗？七爷不理他们，他给孩子们比画着，手舞足蹈着。

然后，骑上自行车，咯吱咯吱地走了。

农闲的日子太长。走了的七爷天天还来，蹲在墙根，就着太阳，吞云吐雾。遇到孩子，照样比画着，一惊一乍的。

其实大人们也愿意听，在村庄上有红白喜事的时候，在有外村人在场的情况下，大家都怂恿着他讲故事。

七爷不讲，他喝酒，一口一口地喝，不留一滴。他摇摇头，哄小孩子玩的，没什么可讲。于是，大家和他喝酒，敬，陪，献，七爷来者不拒，大块叨菜，大口吃酒，一副满足的样子。

吃饱了，喝足了，七爷拱拱手，来到院子里，帮着刷盆洗碗。主家会忙着劝阻，您是客，哪能干活？七爷咧咧嘴，我不是没上账吗？

主家到账桌一看，果然写着，韩兴民，欠5元。

主家更不好意思，喜事人到贺喜，丧事人到尽哀，哪还值得记在上面？七爷甩甩手，掏出烟袋，点上火，慢慢等火进去，深吸一口。然后点点头，过两天一定补上。

等到收了麦子，收了棉花，七爷会骑上自行车一家一家还钱。七爷从不多说话，放下钱，抱抱拳就走。

于是，七爷在庄上成了品牌。他坐在账桌前，指着账房，记上，韩兴民，欠5元。村上的人都等着他，让他先登名字，尽管他没有掏钱。遇到外村的人，本村的人小声解释，七爷手头紧了，先赊着，再有不明白的想问个究竟的，周围的都训斥着，少见多怪，七爷只要有钱，立马还上。

其实，也有不还钱的时候。那是豆子刚熟，玉米棒子正甜的时候，七爷远远地来了，恰是人多的时候。七爷停下自行车，向乡邻们笑笑，冲账房点头，对着主家的亲戚抱拳，礼毕，立在账桌前。账房是固定的，民师昌华，昌华蘸蘸墨水，抬头笑笑，七爷，老习惯？七爷摇摇头，改了，记上一捆黄豆。昌华挠挠头，这怎么写？七爷问，不值5块钱？黄豆嫩绿，正饱满欲胀；玉米棒子，青得诱人。大家说，何必呢，七爷？多伤庄稼。主家也劝，心意领了，豆子带回去吧。

七爷挥挥手，记上，就记一捆黄豆。

于是，我们村许多人家的账本上都有这样一行字：韩兴民，一捆青豆。

所以，青黄不接时七爷欠账，庄稼欲收时七爷记大豆红薯玉米棒子；

庄稼收下来时，七爷又忙着还账。

可七爷一点都不急，忙了，干农活；闲了，晒太阳。一辆自行车，从庄东到庄西，从汪南到汪北。七爷，和日子一起，在烟雾中来来去去。

日子久了，庄子大了，七爷老了，礼钱也涨了，10块。七爷不着急，他在朝鲜战场上打仗的补助下来了，200多块钱一月。补助下来时，七爷还了一庄子，给过黄豆、玉米棒子的，他一家一家补钱。乡邻难为情，过去多长时间了，再说还吃了你的东西。

七爷抱抱拳，不提不提，都是日子紧巴才有的事。

然后，七爷骑着车，又在村庄上溜达起来。遇有红白喜事，必是第一个到，点头，抱拳，说，上账，韩兴民，20元。

账房提笔，不赊了？七爷笑笑，想赊也赊不成，不种地，没豆子。

于是，七爷开始喝酒。放下酒杯，开始讲故事，在战场上，与战友们一起的故事。

打工回来的年轻人说，七爷，你吃了苦，才200多块钱一月？我们都一千多了。

七你放下酒杯，知足了！

然后吃肉，大口！

# 父亲一直期待的生活

父亲有很多种期待。

比如当兵时他期待成为军官，退伍后期待安排工作，种完地练练字期待有人赏识，但都没有成功。父亲说，这不算什么，其实他最想成为一名读书人。

这是有理由的，他经常指着手掌上那条深深的纹告诉我，李集的大师相过的指定要摸笔杆子吃饭。所以家里有了不少书，他在太阳下看；所以我唯一一次被打是小学一年级某一个很好的天气放学后，他发现我书包里装满了卡片拿着笤帚追着打。一边打，一边说，我还指望你读出书来呢！

我便成了父亲的期待，上小学，读初中，考大学。父亲笑眯眯的，坐在田头，蹲在门前，吃着烟。捡起土块，很用力地写着，读书。这是我成年前比较稳定的印象，然后照例是一句很坚决的话，读吧，念到哪儿，供到哪儿。

可惜我只念了大专，学的专业还不好。分配时回到了家乡，父亲在跑了若干可能的单位后，你还是教书吧，教书好！他的语气很坚定。

1996 年的阳光毒辣辣的。父亲比较固定的工作是早晨骑着自行车去找一两个可能有门路的战友或同学，傍晚回来喝过一大瓢凉水后，和妈一起给我讲当教师的好，风不打头雨不打脸，课上说的都是正经事。母亲最后还会补充一句，你爷过去一直想当，就是没那个命。

父亲的奔跑有了结果，一年后我分进了一所乡村中学。他嘱咐我好好干，要多看书，还将家里的书都抱出来。我说那不能看，都是《杨家将》《呼延庆》的，对教书没用。父亲涨红了脸，怎么没用？都是文化人编的。

但父亲不愿到我的学校来，他很快知道我的身份没转，代课教师。他总是推辞，他总是用忧郁的眼光看着我，家里有地粮食多，尽管回家带，葱蒜辣椒都有。他原本不习惯一次说这么多的话。

偶尔来过两次。那是我很长时间没有回家他估摸着面应该吃完时，骑着自行车载着一大口袋的面吃力地送来，搬下，放好。很短地坐一会儿，看看我的孩子，看看我的书柜。多读书，吸完烟后他便认真地说，会有用的。就走了，走在校园里的父亲很高大，他推着自行车一边看着，一边走着。

大多是我回家，父亲就慢慢地说，说一些让我静心的古例或新闻，让我感觉生活阳光在前。一般是我懒散地听，缺了几个月的工资，同事讲一些闲话啦，心绪一直都有些低落。父亲便讪讪的，应该快了，教书时间不短了！忙着抱口袋，忙着扎紧，我说我弄，我是大人了。父亲不理我，狠狠地系绳子，催促母亲拔青菜一并带回去。站在老屋的门前，我发现我是永远的孩子，一点也没长大。

后来转正了，是考试解决。知道分数的那天我告诉他通过了，母亲说他破例地没干活，看电视，看书，找出一支陈旧的笔写字。我回去，他和我喝酒，大口大口地喝，说当老师好啊。一刹那，我醉了，无可救药地醉了，四年的代课生活有酸辛有艰难也有甜蜜，怎么让我和父亲有了同样的感受？

偶尔也还来，照例是一大口袋的面，一小袋给我女儿的零食。然后是坐，抽烟，闲聊，聊学校的事比如学生，比如家长，他认真地听着，不像过去急着走。有时我拿出发表的作品让他看，读了两句又还给我，多写，不要怕吃苦。之后还是走，走在校园里慢慢地看，问一些事。我突然发觉他像一个老人，真的，于是才想起父亲已经老了，老在我没有察觉的岁月，一天一天积攒起来迸发。

于是妹妹打电话来时我很诧异，父亲打工了，跟着三爷在工地上提泥兜。五十多岁，拉庄稼时跌伤了的腰，一切在我脑里排列组合，我无法想象。记忆里只有一次，前年在镇上一家铜厂里上班，父亲连声说好。我偶然的原因路过，浓浓的烟雾中他弯腰推着一车铜渣，倒出来，再深喘一口气，拉上口罩，推起车子在雾中返回。

　　那次我是悄悄地走了，我没有勇气过去，接过车子或者拉着父亲的手说不干了，回家啊。这次，我决定阻止他。妹妹说，可以在她开的超市门前看自行车，不累人。

　　父亲说不碍事，锻炼身体。匆忙地吃饭，匆忙地出门，说后面人家摩托车等着，不能误了点。只留下我和母亲，慢慢地吃。母亲说天天早晨很早起来吃饭去上工，中午十二点准时到家吃了就走，晚上六点回来，吃过就上床，腰疼。父亲突然回来了，说忘换膏贴了，便去掀枕头，两大盒的膏贴，还有几张报纸。

　　出了名也得多读书，父亲很快地出去。母亲便絮絮叨叨，那报纸上有你写的作文，你爷天天晚上看，说咱祖辈种地人家终于有人耍笔杆子了。

　　我走了。一路上一个三十岁的教师飞快地蹬着自行车，我突然知道我平凡的生活正是父亲的希望，是他一直期待着的，是他在村庄中行走的动力。因为父亲说，读书好啊！

# 飘扬的床单

韩茂廷是我老家的长辈，一脸憨实。

我对他没有什么特别的印象，在我十二岁之前。老家是一个比较大的村庄，一千多口人，我只能记住大队干部或者开代销店的麻五还有一口黄牙的民师，以及本族的人。其余的人我感觉都是默默无闻地生息着，种地、放羊、晒太阳，生活和生活中的人被一日又一日复制，毫无新意。

这种状况在十二岁那年得到改观，我一下了认识了很多人。因为他们每天都往韩茂廷家去，一蹲就是半天。韩茂廷和我家住得不太远。他家出事了，儿子得了白血病。

纯朴的乡亲无法将这一个陌生的名词与死亡或恐慌联系在一起，甚至都还搜肠刮肚地诠释着自己的安慰。在他们看来，一个白净的小伙子不可能与不幸牵手。

然而来自遥远城市的消息一次又一次像风一样刮来。确诊、住院、抢救、费用、数额巨大，一条条向村庄奔袭。

茂廷黑着脸，不再憨憨地笑，卖粮食，卖树。

家家户户端起碗时，将惆怅当成了作料将叹息拌在汤里。

茂廷开始卖猪，卖耕地的牛，甚至开始卖看门的狗，下蛋的鸡。每卖一样，大家的目光就紧一下。

本族的人就送钱去，不多，一种表达。茂廷说谢了，低头抽烟，不收钱。村干部来了，也被退回来，茂廷说大家都不容易。

茂廷正在上初中的儿子、女儿都回家了，到一个叫广东的地方做工。广东很遥远，做工对那时的老家人也很遥远。遥远得把大家的忧伤扯成线条，挂在日子的分分秒秒。

有长者去训斥，茂廷哭了，但还是不接受。有亲威来了，茂廷拿着钱，咬咬牙又放下。

茂廷要卖房子。房子是庄稼人的根，有房才有家。很多人去了，去生气，气他的倔。我也在场，以一个看客的身份听茂廷的分辩，我还不起这个人情。

于是有很多人想办法，于是终于有人想出办法。一汽车的床单拉进了村庄，床单是茂廷亲威的工厂生产的，顾客是我老家的村民。

没有人讲价，没有人挑拣。大家都说好，大城市生产的，多买两条。连最邋遢的老六叔也买了两条。

每条14元，一个孩子一学期的学费，一家人半年的油钱。我家留了五条，妈说挺好将来娶媳妇也可以用。

茂廷不知道，出厂是6元。大家都说床单挺好，比县城的大楼里便宜，还漂亮，真得谢谢茂廷呢。

屋后的槐花香了，家家户户都把床单洗了，说出出水就收起来留媳妇用。我和伙伴们第一次走遍了全村的角落，因为挂在绳上的床单，散发出的肥皂味比槐花还香。

新床单的味道，一直留在心中，因为十二岁以前的我和伙伴们，从没有用过床单。所以，飘扬的床单一下子奢侈了村庄的目光，一下子擦亮了我全新的感觉比如温暖或者感动比如什么是最美的风景。

# 修　路

　　大哥打电话告诉韩锋，村里准备修路，水泥路。

　　韩锋嗯了一声，然后问一人出多少钱？这是惯例，村里一修路就按人头收钱。大哥说是村村通工程，省里出，县里出，百姓也出，听村干部说一人80块钱。韩锋就对大哥说，我知道了，你先替我出，等回家时叫老三带给你。大哥急了，我种你的地，谁叫你出这钱？我是怕村里叫你捐款，让你有个思想准备。

　　韩锋有些激动，离家十五年，好容易混个人样子。韩锋自己认为也像个人样子，管理一个不大不小的厂子，月收入超过4000块钱，饭局也不少，逢年过节老板照例给厚厚的红包。所以，韩锋有时就想，什么时候能给村里做点事，风光风光。

　　大哥接着说，村里正在挨门逐户登记，凡是在外面工作的都要捐款，小学老师100，中学老师200，一般干部200，乡长以上300，县以上干部500。大哥压低声音，村里准备叫文胜出2000。韩锋知道文胜，大学毕业留校，又考取研究生读硕读博，现在在合肥一所大学当教授。大哥说，村长在广播会上动员各家各户通知外面工作的人为村里铺路出力，尽自己能力捐款，多多益善，把捐款超过500的人名字都刻在碑上。韩锋问村里人要是捐款呢？大哥说村长讲村里人用不着捐款，先让在外面工作的人捐，等他们捐差不多了，剩下的钱再由村里百姓平均摊，村长说他们都是村里的骄傲，为家乡出力是应该的。

　　韩锋心里开始充斥着幸福和自豪：能为村里出力，还刻名字在碑上，多么光荣的事，多么好的机会。幸福的韩锋就和媳妇商量，捐1000块钱。媳妇不高兴，凭什么捐1000块？又不吃村里喝村里，多少年都不沾家，不捐。韩锋笑，真是一年土二年洋三年忘了爹和娘，你才来上海几年就忘本？媳妇也不好意思，不是忘本，捐得有点多了，三五百块钱差不多。韩锋摇摇头，不行，人家小学初中老师就捐200，我大小也是个经理，怎么能少捐？再说了家里还有地，还有老母亲，根在那儿，多捐点名声也好听。

媳妇叹了口气，随你，你们爷们都爱要面子。韩锋笑笑，等他们找我，我就说和媳妇一人五百。

韩锋坐在办公室里还想起一个好主意：老板经常做善事，给贫困儿童、敬老院捐款捐物。要是动员老板捐几万块钱修路，自己不是更有面子吗？

于是，在老板清闲的时候韩锋请老板喝茶。老板眨巴着眼睛，有什么好事直接说？韩锋先说老板回内地投资办厂的事再说投资环境和人脉关系才说到村里修路的事。老板二话没说，反正准备上你老家办个分厂，修路我出1万块钱。老板喝了口茶，但是得能上电视上新闻。韩锋拍着胸脯，没问题。

韩锋告诉媳妇，媳妇也很高兴。媳妇说，过秋收回去办厂的事就好办了。韩锋点头，那是，这次回去和乡村干部接触接触，多交几个朋友。

韩锋就打电话给大哥，问村长的电话。大哥问找村长弄哈？村长太忙，忙得不沾家，一天到晚跑镇上县城跑省城动员在外面工作的人捐款。韩锋说你把他家里号码给我，我找他有事。

韩锋没打电话。他拿着村长的号码对媳妇说，现在不能打，等他找我时，我再做做样子推脱然后说捐1万块钱，村长还不高兴坏了？媳妇笑，你们男人就是心计重，要我说想捐就捐吧。

韩锋想给村长惊喜。1万块钱，再投资办厂，安排村里人进厂做工，一桩桩喜事都是韩锋操办，应该可以风风光光了。

可村长一直没打电话。难道不知道号码？韩锋想，大哥知道，韩三韩四都有他的号码，村长问一下就行，不麻烦啊？

韩锋决定打电话给村长。村长仿佛才睡醒，是哪个韩锋，找我什么事？韩锋说我是在上海的韩锋，小名叫二子，韩大的弟弟，上次在家办丧事请你喝过酒的二子啊，想问你修路的事。村长记起来了，二子好，二子好！修路的钱你大哥出过了。顿了一下，村长又说，得感谢我们村在外面工作的人，他们都出了不少钱，你们每人才会少出 20 块钱。韩锋啊了一声，他想说我也准备出钱的。村长说，村里知道你们在外面做工的不容易，就没叫你们捐，他们都是考上学校转上军官，不吃农村饭了，算个人物，支援家乡也是应该的。

韩锋嗯了一声，挂断了电话。韩锋想起自己的户口还在大韩庄，他还是大韩庄的一员，还是大韩庄在上海做工而不是工作的一员。

韩锋将修路钱寄给大哥，三口人，180 块钱，不多也不少。

# 村长家的广播

村长家的广播是村里的，属于国家财产。

新下派的书记说搬回村部吧，开广播会也方便，省得去打搅老村长。新村长红红脸，大家看吧。文书、妇女主任你看看我，我看看你，都不说话。

书记说这是集体的东西怎能放在百姓家里，要是乱播乱放一些不健康的东西谁负责任？

村长摇摇头，绝对不会，老村长从来不播乱七八糟的东西，他只放两段泗州戏，通知几件事。妇女主任也点头，非常准时，从来没误过点。

文书写了一张纸给书记，说老村长天天都这么播的。书记笑了一下，还有节目单。民兵营长点头，我都可以背出来，除了转播县台的节目他早晨放泗州戏提醒大家干活，中午放寻物启事，晚上播两段歌曲。妇女主任说还有汇款单和信件呢，每天中午十一点五十准时播，大伙都等着。

书记看了看纸，你们记性不错，一模一样，可他不干村长了，我们搬回来也可以这样播。新村长散了一圈烟，晚上机器谁照看？书记说，我！不在时找人看一下。工钱呢？青壮年劳力都走了，连老头老太太都看着一个大院子，你给多少钱也没人愿意看。

书记脸红了一些，那就不搬？文书赶紧打圆场，搬是要搬的，可放在老村长家二十年了，大家都习惯了。再过两天，等他自己提出来，不更好吗？

第二天书记打电话找村长，搬了没有？村长说老头子在家喝酒，我一去就赶上了，没好意思说。书记说也没什么事，寻思麦苗拔节了，该叫大伙施点肥。

第三天书记还打电话，村长说老头子昨天晚上已经播了，教大家怎么施肥怎么打药，比我想得详细。书记说那好，就是镇里快来检查计划生育了，搬回来通知方便些。村长迟疑了一下，要不再等两天，老村长是明白人。

没等到两天，老村长自己把机器搬了过来。书记说没打算要你搬，百姓都说听你声音听熟了。老村长摆摆手，唠叨一二十年大家都烦了，我也该歇歇了。村长说那不行今天你总得给大伙一个总结，再开一次广播会。

老村长客气了一下，戴上眼镜，老村长掏出讲话稿，村长将话筒摆在桌子上，对准他。老村长清了清嗓子，各位老少爷们，文书跑了进来，不行不行，没声音。村长把开关打开，小声说你讲吧。老村长清了清嗓子，停住了，我有点紧张。屋里的人都笑了，你说了二十年还紧张？老村长拽了拽衣襟，我再试试。他挺直了身子，各位老少爷们，我……他挠了挠头，不行，我讲不出来。

村长倒了一杯茶，你润润嗓子。老村长喝了一大口，我嗓子没问题，是这儿出问题了。他指了指心口，原来我开始干村长时，也在这里讲话，怎么都讲不出来，我一急就把机器搬回家了。

其实不一样吗？村长疑惑着。

老村长笑了笑，差别大了，在这里我就紧张，在家里我感觉和大家是拉家常，心里顺畅。

文书拿一沓汇款单，这个你给播一下，算是总结吧。书记也说这不是开会，给大家送钱，不要紧张。老村长翻了翻，我试试。

也喝茶，也润嗓子，字也清清楚楚，老村长还是读不出来。他摇着头，你们读吧，替我说上两句，就算总结了。

书记点头，笑着，你还真说不出来。老村长拍拍他的肩，晚上找人照看一下机器，当初花了不少钱买的。

书记说那是，我今天就把被子带来，把家安下来，不然我也像你一样讲不出话来。

老村长笑了，这样好，这样好。文书又一次跑进来，好什么好，你们拉呱广播里听得一清二楚。

老村长摁上开关，这一定得注意，我每天晚上检查一遍，就怕私房话曝光了。

这下，屋里的人放心地笑了，声音很响。

# 丢了一头猪

栓叔早晨起来时眼皮直跳，他骂了声见鬼就往猪圈跑，因为穷家破院别的没啥让人挂念，就一头猪将近100块钱！

果然没有，连猪绳都不见了。栓叔就往大路上奔去，有三三两两的乡邻正朝田里走。忙啥？找金子啊？有人打趣。

猪。我的猪。栓叔并不看人回答，直勾勾盯着前方。乡邻们放下锄具一齐跟着找起来。村头有一泡猪屎，还有些颜色，其余的再也找不到了。大家便帮着骂娘，骂贼的娘，不长眼生出这样的坏儿，竟然偷栓叔的猪，栓叔的闺女刚考上大学，一把交了1万元学费，借钱借得跟乞丐的衣服一样，都是窟窿。

回到家，栓叔的婆娘已经哭开了，声音不大，她不会骂人，只会哭。大家劝，栓叔拿烟散，低头吃也不说话。

报警吧，刘老三聪明似的嚷道。

报什么报，顶个屁用。有人反对。

栓叔也说不报了，反正这猪也是当初大家借钱给闺女上学时劝他喂下的。也许是本村的人偷的呢，有人嘀咕。

议论像麻花在油锅里一样翻滚。村长的到来适时止住了沸腾，报案！我们村怎么能出这种事？再说偷的是栓叔的猪。

人群便静下来。村长很威严地掏出手机讲话，栓叔现在一直后悔当时的怯懦，他刚想说算了吧，村长一个手势就让他又蹲了回去。

警车是半小时后赶到的，片警小何、所长老陶一脸的庄重。村长大气地握手，敬烟，让大家散开，"回去，回去，让警察安心破案，非得抓住这个狗日的。"

小何转了一圈进了屋，老陶转了两圈也进了屋。平常和邻里关系怎么样？

好哩！栓叔是好人，谁也不得罪，有名的好人，村长忿忿地说。

老陶点点头，揽过村长的肩膀，耳语了几句。村长说那好那好，你们忙，我去弄饭，干他两盅。

说吧，谁偷了你的猪？栓叔说我不知道。

老陶说我问你怀疑谁？栓叔摇摇头，我不知道。

小何加强了语气，你和谁家有矛盾？

栓叔想了想，我和大家都没矛盾，我闺女上大学时全村人都捐钱，对我挺好的。

小何有些不耐烦，根据现场看应该是熟悉的人作案，你仔细想想谁家会对你有意见？

栓叔认真地回忆了一会儿，还是没有，我觉得大家对我挺好的。

老陶呷了一口茶，那不行，你要不提供线索就等于不配合办案，再说我们替你保密，只是调查调查。

小何在屋里转来转去，你这人真是的，田边地头草垛鸡鸭，庄稼人怎么没有点摩擦？你说出来我们又不说是你说的，再说这是替你破案。

栓叔想了一会儿，真没有，大家对我挺好的。

老陶的目光严肃起来，如果我们查出来是你们村的人作案，你可有包庇罪啊。

栓叔觉得自己很吃力，像拉一板车化肥爬坡上也上不去退也退不下。他有些想哭，猪啊，你怎么就丢了呢？！

终于栓叔说了几个名字，比如根旺借药筒打药他没给，家科包鱼塘叫他入股他没干，宁华推销黄豆种子他没要。栓叔沮丧地望着老陶，他们挺好的，就是我觉得薄了他们的面子，怕他们有意见。

小何飞快地出了门。老陶意味深长地拍拍栓叔的肩头，早说不就省事了吗？

警车是中午时开走的。村长过来喊吃饭，准备好了，再忙也得吃饭，吃饭也是工作。老陶说算了，刚才邻镇派出所打电话说他们昨夜巡逻发现

一头猪，广播了半天也没人认去。我寻思也许是栓叔的，去认认吧。

坐着警车走的栓叔是步行着回来的，没办法，赶着失而复得的猪，猪又不能坐车。栓叔想着就笑了，笑了就想起应该和大家一起庆贺，乡里乡亲都跟着着急了。

于是栓叔买了一包黄山，10块钱一盒。揣着黄山烟的栓叔一脸笑容，呵呵！猪找到了，抽烟！抽烟！没有人接烟，熟悉的乡邻转过脸去，侧过身去，找到了好，大家都清白了。

栓叔讪讪的，笑容就僵硬了。拖着短绳的猪趁机四处走动，不知是谁，踢了它一脚，猪哼了两声。过了一会儿，栓叔走过去，狠狠地也踢了一脚，肥猪叫唤起来，栓叔又踢了一脚，向大家笑着。

## 张大民盖房子

张大民坐在桌前，扔过去一支烟，家贵叔，我们得签个合同。家贵叔咻地笑了，我盖了多少家房子，也没签过合同。

大民摆摆手，那不行，一定得签，这是我张大民的活，我说了算。家贵又笑，签，只要你给钱就签。大民就读合同，合同上约定何时付钱，质量问题，安全问题，总共十九条。十九条读完，大民问家贵叔，你都同意了？正在看电视的家贵叔赶紧转过脸，同意，同意。

同意了就开工。开工时张大民不仅放了鞭炮，还讲了话，希望家贵建筑队的老少爷们齐心协力，干好活，争取早日竣工。他老婆小琴站在厨房门前笑，大民没笑，他将手一挥，干活。

泥腿子干活，手闲嘴不闲。挖土的扬锨，倒水的拎桶各司其职又顺便扯扯村东村西见闻，工地上笑语一片。大民从集上回来，转了一圈，大家还是有说有笑。家贵笑笑，大民来上一段泗州戏解解乏？大民板起脸，干活时不能乱说话。家贵撇撇嘴，那还不憋死。工人们也都说真的，哪有不让说话的。大民举起手，直压下来，我们签过合同，有言在先，否则每次扣5块钱。

二柱子挠挠头，家贵，你肯定灌了迷魂汤，签什么合同？家贵操起卷尺，闭嘴，干活。

第二天干活时果然没人讲话。张大民转了一圈，怎么少了一个？家贵瞅了一下，是根旺，上茅房了。上茅房的根旺好大一会儿才回来，张大民就问怎么这么长时间？根旺说拉肚子。家贵看看他，肯定夜里没盖好被子，工友们都心知肚明地笑了。大民没笑，下次上茅房不能超过十分钟，半天不能超过两次。二柱咣当一声扔下铁锹，受这洋罪，不干了。大民看着家贵，合同上写好了的，现在不干没有工钱还得赔偿违约金。

二柱拾起铁锹，家贵叔，要不是看你的面子，我才不干呢。家贵摆摆手，我没有面子，干活，干活。大民拍拍他肩膀，哪里的话，按规矩办事，该我做的我当然也会做好。

这话不错。砌墙时张大民弄来十个安全帽，一人一个。家贵说用得着吗？大民摇摇头，合同写过了，我提供安全保障。他还搞了一个牌子，上面写着"施工重地，闲人不得入内"，专门把附近的孩子都叫来讲了一番大道理。二柱很起劲地扮了个鬼脸。

扮鬼脸也没用。大民叫二柱跟他上街买水泥，二柱说合同上没有这一条，我只负责干活。张大民说工钱正常给，另外有加班费，干不干？二柱挠挠头，那倒可以考虑。于是二柱就跟着上街买水泥，然后买钢筋，买门窗。根旺有些急，凭什么他一个人去，能看女人，还有加班费。

大民听到了，笑笑，今天都加班。家贵说今天加什么班？还没到浇顶时候。大民指指麦田，今天都帮我种棉花，每人加 20 块钱。根旺抢先说，挺好，赶紧干。人多力量大，半天就干完了。大民真的给钱，当场发到大家手里。根旺收好钱，问大民这也是合同规定的？

大民摇摇头，这是我张大民规定的。张大民规定的事还有很多，比如他让腊月替他到商店里买烟，每次都给五角钱零钱，下雨天时他规定大家在一起打扑克，不准赌博。谁家有事，可以先支钱救急。连家贵都说，没见过这样盖房子的，把自己整得跟大老板似的。

张大民确实像大老板。浇顶的那天晚上，整整干到凌晨四点时，楼顶才完全竣工。大民让小琴端上一锅热汤，一人两个馒头，算我请客，二柱子笑了，合同里肯定没有这一条。

张大民也笑了，你们都不看合同，合同里签着这一条，关心工人生活。连齐工时一顿饭都规定好了。根旺伸伸舌头，谁出钱？大民拍拍胸脯，当然我张大民请大家伙。

果然是一顿丰盛的晚餐。张大民准备了两箱白酒，四箱啤酒。张大民说合同上规定了这顿饭得吃好，喝醉了的家贵硬着舌头，别提合同，让人心里不舒坦。张大民举起杯，和二柱碰，干了。再举杯，和腊月碰，又干了。干了一杯又一杯的张大民指着家贵，合同好。他又指腊月，合同好，我在外面没有合同，加班不算钱。他又指根旺，只准上一次厕所，你知道吗？他拍着二柱说，我给老板买烟，自己掏钱。

小琴说你喝多了。大民指着桌子，我没喝多，我说过等我盖房子，大民又干了一杯，一定签合同一定按时结账。

张大民掏出钱来，捻在手里，清脆地响。

# 老　栓

老栓准备出去打工，想法刚暴露就遭到了围歼。

乡邻们认为闲着没事干想出去转转，你想想五十岁的人，两个儿子都另立门户过日子，就一个丫头读高中，还有十来亩地摆弄，怎么能出去？不缺钱花，家里该有的都有了。

儿子们坚决反对。我们年轻人都出去打工，你再出去，房子谁看，孩子谁带？

女儿也写信回来，外面都要年轻力壮的，还得有技术！她在技术两个字下面划了一道横线。

老伴生闷气，在家天天早晨打两个鸡蛋给你吃，出门谁疼你？

老栓铁了心，把背包扎得紧紧，走了。

到了城市的老栓有些眼花缭乱，高楼大厦，车水马龙，看不过来。幸亏硬着心出来，不然这些景一辈子也看不到，老栓暗自高兴。

高兴才维持四十八小时。上班了，一家塑料厂，老栓估计和村小差不多大，脏兮兮的。亲戚再三交待，看机器时一定不能分神，一定。老板也鼓着金鱼眼泡，仔细一点啊，老人家。被叫老人家的栓叔一肚子不高兴，仔细谁不会？我看瓜可以连蹲五宿，你能吗？

看机器和看瓜到底有些不一样。看瓜可以打瞌睡，这儿不能；看瓜渴了摘瓜吃，方便随地解决，这儿上厕所得领牌子，一天三次，弄得最爱喝茶的老栓上班前绝不喝一口水。

看瓜可以唱歌，看机器不行。上了年纪的老栓强迫自己只干一件事，盯住机器。可每到下午，五十岁的老栓就有些发昏，发昏就看不到不合格的产品，老板很认真地训了两次，还扣了十天工资。

老栓有些郁闷，郁闷过后就有些想家。想在家多自在啊，顶着孙子满村地转，抡起鞭子啪啪地响，牛儿跑得欢着呢。想家的老栓不好意思回家，多难听啊，才出门几十天就回家。坚持吧，到麦口，收麦子总该回去了吧。老栓仔细地为自己找理由。

女儿的信也很及时地赶到了，快高考了，高考提前到收麦子的季节，都是收获。老栓算了一下，再干三天就满两个月，可以拿到工资，拿到工资可以体体面面地回家了。

老栓有些兴奋，坐在凳子上睁大眼睛盯着。今天好像很巧合，一个不合格的也没有。600元的工资，除了吃饭除了路费，老栓心里计算着，还剩300多块，得给孙子买玩具，给女儿买条牛仔裤，店里的模特穿着很好看，给老伴买什么呢？老栓挠挠头，挠挠头的老栓突然想起是在看机器，好像有个次品溜过去了。老栓赶紧伸手去抓，就一下，像被什么吸住了，老栓一下子清醒过来，忙将手往外拽。机器什么事也没有地转着，老栓叫了一声就结束了在城市的日子。

老栓在儿子的陪同下离开了城市，带走的是小厂主给的4万块钱赔偿金。给钱时老板好像腮帮子痛，倒吸凉气，老栓也痛，三个手指头没了，怎么干活？

干活其实不愁，种、收都是机器，儿子劝着老栓。老栓就一人给了五百，别多想，留给丫头上大学。

缠着纱布的老栓在村庄接受大家安慰时，情不自禁有些高兴，原来就担心闺女上学的钱，现在竟然一下齐了。

老栓就打电话给女儿，抓紧时间看书，考好大学，不要愁学费。

说完，按习惯豪迈举手的时候，发现手还在绷带里。

# 20 块钱

父亲决定要卖猪了，现在猪价高，5 块六一斤。

几个猪贩子都骑着摩托车过来，他们在猪圈旁指指点点。我能看出来，他们都很喜欢我家的两头猪：白白净净，体形匀称。而且母亲正端着一盆猪食在槽里，是野菜、麦麸，纯天然的食品。父亲像将军一样挥挥手，谁出的价高给谁。

一番吵闹后，后村的荣利下了定金，随行就市，就高不就低。三天内拉猪，他和父亲对了对掌，很有些侠气。

父亲说每顿多喂点，多卖点钱娃的学费就够了。父亲说话时充满喜悦，因为我考上了大学，还有两头猪能卖 2000 多块钱，学费有了保障。母亲也充满了欢欣，她将菜刀挥舞得更快，野菜在菜板上零落成泥。

第二天母亲早早地就喂了一大盆猪食，可荣利没来。十点时，三爷过来说，还不再喂一遍，防止他过来。母亲看看父亲，父亲看看悠闲自在的猪，等等吧。

第三天母亲早早地就喂了一大盆猪食，还放了一大把野菜在猪圈里。父亲喊了两个人，准备帮忙捆猪。阳光毫无留情地射下来，到处白花花的一片。三爷又说，抓紧时间再喂一遍，一盆食少说也有二十斤。母亲看看父亲。三爷也看着父亲，别人家还有搀沙子在猪食里，更重。父亲摇摇头，端起一盆水，浇在猪身上，猪得意地甩着水。

中午，吃饭了，荣利也没有来。四叔说别是不来了，定金就不给他了。

外面没有一丝风，父亲拎起水桶往猪圈里倒水。猪在池子里舒服地打着滚，不由自主地哼上两声。

父亲和三爷、四叔在树下打牌。我拿着一本书无聊地翻来翻去。我们都在等着荣利的到来，他来了，猪就走了，钱也就到手了。可他怎么不来呢？父亲叫我压上一瓢水，他接过去咕噜咕噜就喝完了。

太阳明显地滑过了头顶，落到西方。三爷急了，他要走了，他说还有事。四叔也说得喂牛草，需要回家铡麦秸。这时，荣利来到了门口，他掏出烟散给每一个人，包括我。他一再地说着对不起，太忙了，没办法，答应人家总得去啊，我不能把定金都送给人啊。他跑到井边洗脸，把头埋进去，好长时间才上来。

他用系在胳膊上的毛巾洗脸，他一边擦着脸一边骂着天气。他说这样下去庄稼都得完了，黄豆、玉米都不行，巩沟、黄圩两个庄子的地里都冒烟了。我哧地笑了，这么夸张？他也笑，他问我考上什么大学，我说师范，淮北的师范。他恍然大悟似的，当老师。当老师好啊，他坐在板凳上给我举他的一个亲戚在城里当老师每年暑假补课就赚四五千块钱，哪像他累死累活挣点小钱。

父亲说过秤吧，天也不早了。荣利点头，好，你自己看秤。他叫人从车上推下秤，放好。他把挂钩打开，把秤砣放在上面。突然他捂住肚子，不好意思地冲我笑笑，凉水喝多了。他往屋后的茅房跑去。

三爷小声地说，他想拖延时间。过了十来分钟，荣利面带笑容地走出茅房，他连续不断地摇头，真丢人，我这样的身体还闹肚子。他将头闷进脸盆里，用手使劲抄着水，仿佛天热得不能忍受。

父亲已经不能忍受了。你买不买猪？父亲的声音不高，但很有力量。荣利脸上刻满了许多笑容，怎么能不买，马上过秤。

太阳已经落到房顶了。荣利和父亲跳到猪圈里去，三爷和四叔还有荣利带来的那个人也跳进去。猪没有意识到危险，在圈里来回地晃悠。

忽然那头大些的猪停了下来，看着荣利。荣利往后退了一步，那头猪转过身去，停下来。母亲很生气地说，坏了。果然坏了，它使劲一挺，屙下一大泡屎来。三爷踹了一脚，早不拉晚不拉，非得这会儿拉。三爷又踹了一脚，是另外一头猪，也不甘其后地拉出一泡冒着热气的大便。

母亲将猪盆踢翻。她抱着脚揉来揉去。

荣利在天黑的时候终于将猪拉走了。他结账时多给了 20 块钱，他说我买了很多人家的猪，都是喂得鼓鼓的，只有你们家猪肚子是不鼓的，这就算那猪屎钱吧。

父亲笑了，退给他，我怎么能要猪屎钱呢？

只是母亲，很长时间都念叨，早不拉晚不拉，非得过秤时拉，一拉就拉掉 20 块钱。

母亲念叨时，我在一旁看书，弟弟和妹妹都在认真地写作业。

# 开往梅陇的地铁

我要去的地方是梅陇，我要去打一场官司。

所以早晨乘坐公交车时，一手拿着油乎乎大饼的弟弟挥着手，别坐744，坐58路，图个吉利，一定能打赢官司，上海是大城市。我当然知道上海是大城市，就连这地铁也通亮而干净，令人赏心悦目。

我是站着的，地铁里人太多，不过他们不急，拿一张报纸悠闲地读着。我伸头想借机看两眼，可这个优雅的女士很快把报纸换了个方向，也许是一个姿势站累了。我只好也把头换了个方向，去看一位先生的报纸，大概七八秒钟，因为我只看了标题：城市与民工同行，扫射一些内容，报纸又转向180度。方向与头同步，上海的地下，报纸拒绝与我同步，我心里写下这两句诗，很平淡。一个小姑娘，抵抵我的胳膊，递来一张报纸，她的妈妈向后一带，报纸掉了。我微笑，弯腰，然后说谢谢，声音很大。

第二天，我仍然没有拿报纸，因为我要办很多事，亲戚还在医院与时间赛跑，那个老板拒绝见面，我要准备讲很多的话，这也是大家推举我来上海的原因，说我是教师，每天都讲很多的话。所以到了下一站，我找了一个座位，我需要休息，需要准备，准备去说许多的话。车上很拥挤，因为又涌上来很多人。既然我不想看报纸，那就看人，看到了衣装洁丽的白领，着装休闲的男生，还有几个外国兄弟，我还是微笑了一下，这是国际形象问题，我对自己说，尽管我心情有些失落。马上有一个白皮肤的兄弟向我摆了摆手，夸张地笑了一下。于是我示意身边的一位老人坐我的座位，他迟疑了三秒后才落座，又停顿了五秒钟，问我，"你是打工的吧？"我点点头，我准备他再问就给他说我来上海的事，我需要先锻炼一下自己，说要去打官司，甚至想象他就是一个能管到这案子的法官。但老人闭目休息了，一直到梅陇，我有些失望地看了他一眼，他还是闭着眼睛，我只好揉着肩膀走向地面。

我的肩膀比较酸疼，这是晚上睡在宝山一间民房里的两把椅子上留下的后遗症。但我还得坐上一趟开往有着好听名字的梅陇的地铁，进行一场艰难的穿梭。我拿了一张报纸，站在中间，周围的人都稍稍避开我一点距离，我看了看自己，衣服变了些颜色，鞋子看不出颜色。手机响了，告诉病人的钱没有了，这是一个危险的信号，没有钱就不能治病，不能治病就意味着不好的事情发生，我开始烦燥，内分泌开始失调，几天来没有结果的奔波加速失调。我扔掉报纸，报纸从众多大腿间掉下去，竟然顺利落了下去，几只脚向四周趔了趔，这是一种暗示，拥挤的地铁上竟然可以允许一张报纸大的空间。我又使劲踢了一脚，报纸被卷了半截向前移了半步，碰到前面的脚停止了，脚上的身体向我看了看，又移动了。我想这是一个办法，空间是踢出来的，不是说出来的。

于是我准备积蓄力量，从脚到腿，从腿到丹田，我准备气贯长虹，意志坚决地去摊牌，比如静坐，比如绝食。为了验证，我又踢了一脚，报纸前移了半步，周围的腿又移了半步。我感到一丝快意，周围的人都看着车顶，不看我，可惜这种快意没有维持多久，有人拍了拍我肩膀，很酸疼的肩膀，我考虑要不要给他一个回击。你好先生！是很生硬的汉语，是那个白人兄弟。我挤出一丝微笑，毕竟人家不远万里来到中国。

我可以问你一个问题吗？他微笑地看着我。

你不喜欢读书吗？

喜欢。怎么能在老外跟前丢面子。

他点点头，那你能告诉我那上面是什么意思吗？他指的是车窗上面贴的标语，"勿以恶小而为之，勿以善小而不为。"

我说，不要因为小的好事就不做了，也不要因为错误细小就去做。

那为什么有可以做和不可以做的区别呢？他认真地问。

这个洋鬼子！我告诉他丢弃了小善你就丢弃了善良的种子，做了小的坏事就埋下了仇恨的种子。

先生，你是一个读书人，怎么会不喜欢它？他指了指地上的报纸。

　　我突然有些发烧，弯下腰，拿起报纸。我伸伸腿，踢了一下，"刚才是因为"我指指脚，"太疼了，锻炼锻炼。"他突然严肃起来，竖起拇指，你像一个诗人。我有些莫名其妙，我？他点点头，指指我的脚，你很有创意。

　　我的脚？我低头去看，鞋底赫然有一个洞，黑黑的脚底直接显露出来，怪不得总感觉前低后高。我讪笑着，比画着，这是和土地亲密的接触。他夸张地拥抱了我一下，好诗，就像那上面的诗。我知道，车窗上面都是一些闪光的句子，能照进人的心灵。

　　梅陇站到了。我从上海的心脏走出来，一步一步接近大地，我的脚亲密地吻着大地，真实而生动，一个孩童搀着妈妈的手，幸福地行走着；还有一个老人推着轮椅，安祥地走过街道，他们同样真实而生动。我决定要说很多很多的话，直到他们点头，跟我上课一样，精彩而且精当。

　　手机震了一下，是一条短信：已从危重病房转出，勿挂。真的，很重的心忽而轻松了，这比什么都好。于是，我脱掉鞋子，远远地扔出去，赤脚走在梅陇的土地上。地很热，阳光很灿烂，我的嘴也开始炽热，想说很多很多的话，比我在课堂上的要真实、精彩。脚却很温暖，和心情一样，和那班开往梅陇的地铁一样，因为它们都在大地的心脏中行走。

## 哥们是上海人

弟弟经常在喝酒时打来电话，哥，我在吃饭，家里怎么样？我一般也在吃饭，当然说很好，你不要挂念，弟弟的手机就会被一个人抢去，大哥，我是老牛，想不想我？声音很大，和他的人一样，高大而有力。

老牛是弟弟在上海工作的朋友，也是我的朋友。他说他是上海人。

和老牛认识是我妹婿在工地上摔伤住院时。弟弟介绍说这是老牛，哥们，上海人。上海的老牛就坐着，示意我坐下，刚上来，大哥？我有些困惑，弟弟就叫他喝酒，不要看不起我们乡下人，动不动就上来上来的。老牛很爽快地喝酒，也给我倒酒，敬酒。弟弟也和我喝，明天老牛陪你跑，找老板找派出所，我真的没时间。老牛拍了胸脯，哥们是上海人，保证解决问题。

上海的老牛带我坐地铁，拿了免费报纸站着看，告诉我上面有很多新闻。我也学着看，不习惯。老牛还让我吃烟，他说要有派。有派，懂吗？他说话时语气很重，就像对那个老板一样。老板也很高大，带着两个马仔，指点着我说人要知足，要不是我送到医院就没命了，马仔也说，就是，没有老板，小史早见阎王了。我说那药费呢，我有些发虚，他们中的最矮一个也比我高。老板就指着我，不要得寸进尺，药费自付，乡巴佬。我不能退缩，我是家乡的亲人推举来的，因为我是个业余的作家，算是文化人。我装作硬气地说，那我告去。那个马仔就凑近我，告状，你试试看，乡巴佬。就在这时，老牛说话了，他把马仔的手轻轻一推，哥们是上海人，有话就对我说。马仔退后了一步，老板也退后了一步，上海人怎么了？

他们一边说着，一边离开了。

老牛带我找到派出所。派出所的人问我情况，我说我是安徽人，我是小史的哥，来了解情况。公安就说正在处理，老牛就散烟，点火，可医院那边没钱了。公安就看他，你是哪里的？他说这是我朋友，哥们是上海人，然后报了一个很有名气的高校名字。公安就说，会按照规定尽快处理，先救人要紧。

老牛很高兴。在拥挤的公交车上就给我说很多大学生争着往上海来，而哥们看病是有保险的，上班也很轻闲。我便很景仰他，这是我认识的第一个真正都市人。那明天呢？明天要不要跑？老牛笑，明天催催看。

催催却没有结果。医院要妹婿的身份证作抵押才可以用药，刚刚苏醒的妹婿就告诉我在哪儿哪儿。老牛和我就去了那儿，老板不在，一个小工头说不能拿他的东西。我说我是小史的哥，我可以拿。他说他是老板的弟，老板不让拿。他一挥手，就有很多工人围上来。我的腿有些发软，有没有小史的朋友？有几个工人停了下来。老牛掏出一个小本本，哥们是上海人，××大学的。他用手指着工友，哥们是处理问题不是打仗的，你们想进班房吗？工友们摇摇头。那谁去把他东西拿来？两三个工友跑过去，将一个背包带了回来。老牛就散烟，有困难找我，谁叫哥们是上海人呢？大家都是朋友。

真的，老牛一分钟就可以认识一个朋友。为了拿到足够的钱看病，他又带我到劳动保障所。我脱下鞋底有三个洞的皮鞋，老牛拍着工作人员的肩膀，朋友，看到了吗？咱哥们都是上海人，要尊重民工。工作人员很激动地点点头。

点头很有效力。妹婿终于健康出院了，没掏自己一分钱。弟弟给我送行时，心情很好，弄了一大桌子菜，让老牛和我使劲地喝。老牛心情也很好，和我碰杯，给我夹菜，大哥，下次上来时我做东。陪坐的表弟就笑，就踢他，狗日的，就嘴好，今晚你出钱。老牛响亮地拍着胸脯，出就出，谁叫哥们是上海人，大哥是文化人，这两天我学了不少东西。大家都笑，老牛也懂文化了，大学教师进步了。我也笑，有些困惑。弟弟敲他，上海人，干杯。

老牛没有送我上车，他喝多了。他说，下次上来时我接你，我做东。

我推辞着，有弟弟呢。他不依不饶，谁叫哥们是上海人！弟弟笑着和我去火车站，他说老牛其实是新疆人，母亲是上海知青。他回到上海后，曾有一间房子，让给了他弟弟。弟弟点着一支烟，老牛是我在工地上的同事，现在在一所大学里做保安。

我离开了上海。刚到家老牛的电话就到了，大哥，没来及送你，别生气啊。父亲说谁啊。我说，老牛。父亲说我认识，三十多了，比你大，还没对象。

父亲说，人很好，热心，就喜欢别人说他是上海人。

# 老 剋

老剋，原来叫老王，姓王，五十多岁。

老王一天到晚笑眯眯的。工头说："老王给我买包烟去。"老王就去了。工友说："老王去买几个素菜，回来喝酒。"老王就去了。但老王不喝，他只吃饭。

工友过意不去，就喊他："喝两杯解解乏。"老王摇摇头，"不剋，我一剋头晕。"小四川斜着眼睛，"剋什么，叫你喝酒。"老王继续摇头，"不管剋，我身体不好。"老王端着碗，憨憨地笑，到篷子外面去吃。

工头喝了一口酒，笑，"这个老王，还剋什么，不懂。"不懂的事多着呢：老王吃饭不叫吃饭，他说："我剋饱了，不能再剋了。"大铁说："你再讲一遍。"老王认真地说："我真的剋饱了，两大碗。"大铁说："剋是什么意思？"老王想了想，"没什么意思，就是吃吧。"

晚上吃饭时，大铁就说："大家伙剋饭了。"工友们都笑，老王也笑，不好意思地笑。工头皱了皱眉，"不好听，别叫了。"老王低下头，吃饭。

可老王还是叫了。大铁和小四川干活时聊天聊翻了脸，一个拿瓦刀，一个拎砖头，要打架。老王看年轻人劝架，就跑去喊工头："他们剋起来了。"工头正在指挥人下料子，转脸瞪他，"剋什么，慌里慌张。"老王比画着，"大铁和小四川剋起来了，一个拿刀，一个拎砖。"老王催他："快点，不然要剋出人命了！"

人命当然没出。两杯酒一喝，小四川和大铁又握手言和，工头笑喷了饭，"我听了半天也没听懂，他还喊着剋起来了剋起来了。"顿了一下，工头指着老王说："吃饭叫剋，喝酒也叫剋，打仗也能叫剋，干脆叫你老剋。"工友们都说好，老剋，多带劲的名字。老王，不，应该是老剋，嘿嗯地笑，低头吃饭。

老剅干的是小工。大工就喊："老剅，来一车料。"老剅答应了。工头喊："老剅，去剅两瓶酒来。"老剅答应了。大家都说老剅不错，什么都能剅，人好。

好人老剅还会下棋。阴天下雨天，没办法出工时，老剅就从被底下掏出盒子，问："谁找我剅一盘？"往往是民主，还有大铁，或者其他不服气的小伙子。老剅不急不躁的，捏着"马"或"炮"在手里，半天才放下。大铁就急，"快点，孩子都生出来了。"老剅仔细瞅着楚河汉界，慢慢地说："剅棋不能急，得慢慢来。"大铁哧溜就笑了，很多人就笑了，"老剅，你真能剅，什么都能叫剅。"老剅嘿嘿地笑，"俺老家，都这样叫，有劲。"

其实老剅叫"剅"的时候也不多。比如干活时，老剅不说话。吃饭时，老剅端着碗，蹲在一边，听，然后慢慢地笑。还有，晚上聊天时，老剅喜欢摆弄收音机，听戏，听广告。民主就惹他，"老剅，广告也能剅吗？"老剅就调小音量，"不能，可它广的东西能剅病。"一棚子里的人都笑，老剅也笑。

日子滑得很快，转眼就到了八月，天热，出工早，收工晚。工头经常叫老剅去买酒，啤酒，老剅走到对面的超市抱一箱，可是自己不喝。工头说："这是加餐，降温，不扣工钱。"老剅端起碗，到旁边，蹲下吃，"俺闺女说，身体不好，不能剅酒。"没有人笑，大家早已习惯，老剅慢慢地，认真地，说不剅酒，剅饭。

老剅不剅酒，也不剅烟。工头说："准备发大财啊，这么节省？"老剅不说话，有时掏出一盒饼干，给大伙吃。没有人吃，大铁就看他，"怎么舍得剅饼干了，浪费。"老剅笑，"不浪费，俺闺女说不要把身体搞坏了，一天剅两块。"然后，拿起一块，咬了一口，慢慢咀嚼起来。工头就拍他肩膀，"老哥，这么听闺女的话？"老剅得意地笑，"闺女有文化。"小四川问："上大学吗？"老剅摇头，"刚剅上，等通知书呢。"

通知书很快就来了。收工时，老剅说别忙剅饭，老剅扛了三箱啤酒，老剅买了四袋卤菜，六盘素菜，老剅还买了一包烟。工头说："老哥这么大方，通知书来了？"老剅点头，老剅搓着手，"大家伙使劲剅，剅完，不要剩。"大家就剐,剐啤酒,剐卤菜,剐素菜,毫不留情地剐。

老剐也拎着一瓶啤酒,小心翼翼地喝了一口,慢慢地笑。喝过啤酒的老剐问大家够不够,不够再去搬,工头说:"够了,老剐的酒,一瓶就够了。"老剐就笑,笑了的老剐说:"谢谢你了,让我在你这儿干活。"工头说:"别扯,哪个工地不要人?"老剐小心翼翼抿了一口,"人家说我年纪大,不安全,没力气。再说,我只干两个月,都嫌麻烦。"

老剐就走了,背着两个蛇皮口袋回安徽了。老剐说闺女叫他回去准备上大学的事,老剐还说和大家一起剐了两个月,心里舒畅。工头到车站送他,工头拎着一个大大的包说:"这都是给闺女买的,零食,叫她使劲剐。"工头站着,望着老剐,"闺女走过,再来。"

老剐点头,"来,闺女也来这儿上学,俺找活就是为了熟悉路。"老剐笑,慢慢地笑,笑纹一点点绽开,"俺走了。"

走了的老剐转脸,"再来,别喊老剐了,闺女听见不好,喊俺老王。"

工头点头,"行,老剐。"工头自己笑了,老王也笑了,挠挠头,走了。

# 草 包

曹宝一开始在工地上做饭。

做饭很辛苦，但也很简单，一天三顿煮米饭，早晨吃咸菜炒豆干，中午吃肥肉喝汤，晚上吃咸菜炒豆干。但曹宝不行，米饭不是太硬像枪子，就是水太多煮成了粥。炒咸菜舍不得放辣椒，吃肥肉不愿意多挤油。工头咬牙切齿，你别叫曹宝了，改名叫草包吧。

工头就这样喊了，工友们当然跟着喊。起初工友们认为曹宝是工头的亲戚，吃着"枪子"饭也没有埋怨。现在好了，只要是夹生饭，就喊，草包，你还让不让活？曹宝就憋红着脸蹲在旁边，闷头吃饭。工头当然还不高兴，累了半天，再吃上这么差的饭，没办法干活。双喜把饭端给工头看，工头就说他是草包，讲也没用。

不过，大家的批评还是有些作用的。曹宝买了一支圆珠笔，记下放进锅里多少盆米，记下添进去多少小盆水。曹宝还诚恳地请教老板娘，怎样把咸菜炒得又辣又好吃。工头说，有进步，米饭不像枪子了。民主一边吃着，一边赞同，开始像木头了，能啃动。

阴天没活干，家喜，家旺，就帮曹宝。家喜烧锅，添木柴，说火硬，得掌住分寸才能煮出好饭。家旺切肥肉，倒进锅里，告诉曹宝得榨油，榨到肉滋润不油腻才行。曹宝嘿嘿笑着，认真听着，点头，说是，一定记住。

家喜说你怎么跟伪军似的，屁颠屁颠的？曹宝回应，没做过，大老爷们，谁做过饭？家旺笑，双喜笑，笑什么都做不好的大老爷们。

曹宝确实没有什么优点。晚上聊天时，天南海北扯过后，往往落到孩子头上，比如孩子结婚孩子添孩子，比如孩子上学成绩如何。曹宝还是无话可说，只听，认真地听，别人笑时也配合似的笑两声。家喜说孙子，六岁，可爱，也调皮，抱着电视不放，要么乱跑。家喜说时喜欢抽烟，一亮一暗的。双喜说儿子，上初一，拿过两张奖状，三个本子。双喜说三等奖一个本子，二等奖两个本子。很多人都讲，讲孩子的优点，也说孩子的缺点，高兴的欢天喜地，生气的拍地跺脚。只有曹宝，不说，只听，默默地听。

工头插嘴，草包怎么不说，难道你儿子也这样？曹宝说，不是。那你怎么不说？曹宝掐灭烟头，我还没成家呢。"哄"，工棚响起了快乐的笑声。工头说你有病啊，骗我们，四十岁的人不成家，属骡子？

曹宝不再多说，听大家继续侃，侃村上的事。有时，工头也叫曹宝讲，讲讲你们村上的事。曹宝挠挠头，没啥讲的，一口塘，有猪有牛有驴，种黄豆小麦，跟你们差不多。可是曹宝知道，其实差多了，他们家里有小楼，有摩托车，有煤气灶，还有太阳能，而自己没有。

于是，曹宝便羡慕他们。吃饭时，曹宝就问他们天天吃米吗？家喜很诧异，不吃米吃什么？曹宝说吃馒头吃面条。工头瞅他，怪不得不会煮。曹宝低头，真不会煮，俺想当小工，你非叫俺煮饭。

工头就叫曹宝当小工。曹宝小工做得好，推车又快又稳，扔砖头又快又准。双喜说，你干过啊？曹宝笑，俺做了十年，熟着呢。那你怎么不做大工，大工工资高？曹宝摇头，俺年年回去，种地收庄稼，耽误时间，没学。工头笑，真是草包，一个月就学会了。

晚上聊天时，双喜就问你真没成家？工头也问，真是处男？曹宝捡块木片扔他，曹宝生气，不和你们说。

曹宝只和家喜说，其实自己结过婚，只是女人嫌负担重，又不能生孩子就走了。曹宝还说娘身体不好，所以自己打工时间一直不长，也没机会学大工。家喜给工头讲，工头就找曹宝，现在你有时间学大工？曹宝说有时间，娘来俺弟这儿，不要俺操心。

曹宝说他弟大学毕业就留在上海了，非要把娘接来住一年，曹宝说自己不敢走远，怕娘想他，就在这工地干。工头听了，没笑，拿过一把瓦刀，草包，跟我上墙。

曹宝蹲在脚手架上，拿着砖，曹宝给工头点烟，给家喜、家旺他们敬烟，等俺学会了，俺叫俺娘来看，行吗？

工头笑，真是草包。

家喜笑，双喜也笑，真是草包，这还用问？

曹宝也笑，嘿嘿地笑，俺娘说了，等俺干上大工，多挣钱，她就安心了。曹宝把瓦刀往砖头上砍，声音很响亮。

工头也用瓦刀敲了敲砖，草包，上工！曹宝响亮地回答，是，师傅！

# 高 度

民工二贵对自己的生活基本满意。他的工作是给搅拌机推来石子、水泥再加水混匀，然后再装上吊车，每天挣35元。一起来的年轻人都做了大工，上墙砌砖，每天60元。

挣多少是多啊，打电话时小琴就劝他，够用就行，你又不能爬高。

他很满足，小琴不像别的女人那样催着男人挣钱，恨不得一天100块。有时工头也笑话，二贵上墙吧，一天60块。二贵就笑，嘿嘿地笑，我不敢爬高。

那是十岁时爬上一棵树摔了下来，从此超过地面两三米的地方就成了他的禁区。工头说，那你砌墙在哪儿学的？二贵有些羞涩，老家房子矮，砌着不害怕。

抬头望望蛛网似的围罩里面的高楼，他感到头晕，从上而下倾泻的晕。他揉揉眼睛，推起送料的铁架车慢慢行走起来。

慢慢行走的二贵经常盘算怎样多挣钱，毕竟家里人情开支，穿衣买药也要不少钱。加班，捡牛皮纸，这都是偶尔碰上的，于是二贵不吸烟，很少喝酒。大家都说二贵想当百万富翁呢。

二贵一星期买一张体育彩票。打电话时二贵羞涩地说，这期又没中。小琴说别买了，2块钱一张，我妈生病花了1万多块。二贵大方地说你该出多少钱就出多少钱，不要含糊。小琴迟疑着，那你得多注意身体。一阵温暖荡过心间，二贵爽朗地拍板，我加了不少班，你放心吧。

加班像春雨一样稀少。二贵开始注意捡水泥袋，可水泥袋也寥寥无几。小琴说你别捡了，明明得了肾炎。

回家住了一个月的二贵开始主动要求加班，工头说就那些活不能总安排你吧。二贵望着日新月异的高楼，眩晕却还涛声依旧，没有任何变化。

工头拍拍二贵的肩膀，其实砌墙没危险，都有网拦着。二贵看着工头，发现工头只比他高半个肩膀。

二贵偷偷地爬上二楼，脚手架很坚固。网外的高楼大厦林立，二贵犹豫地伸出头，大楼就晃了一下。他有些懊恼，不能不晕吗？

大民又带他上去一次，三楼。二贵蹲在架子上，大民给他瓦刀，他拿起砖头，比画了两下，没有问题。大民说站起来，外面有网拦着，没事。二贵看到灰蒙蒙的网，突然一晕，他扶着铁架，使劲摇了摇脑袋。

小琴说儿子好多了，不要担心。二贵想了想，还得抓紧时间赚钱。

二贵很着急，但还是晕。工头说给你涨 5 块，中午看料子。二贵获得了 5 块钱，同时失去了午睡的机会。但他很兴奋，他可以在中午自由自在地爬高锻炼自己了。

二贵爬架子很利索，蹲在上面也感到安全了，他还吸了一支烟，烟雾向楼里轻轻地飘去。

吸完烟，二贵决定向外看看。他提醒自己不往下看，尽管两面是安全网。他向前看，前面是巨大装饰墙，一个美丽的明星倚在一辆摩托车上。明星的笑很迷人，这个城市的景色也很迷人，五彩缤纷的广告，蔚蓝的天空让人惊叹。他喜悦地向前一步，他看到对面是许多伸胳膊伸腿的健美广告牌，他听到了强劲的音乐，音乐是城市的呼叫，也是二贵的呼叫，多么美好的城市。

二贵停了下来，他的目光越过高楼间的缺口飞向远处，那是一条河，银练一样的河静静地卧在城市的边缘。他的目光飞向远方，远方是他的家乡，美丽的平原上一定是麦浪滚滚。于是他很自豪，他可以站在高高的大楼上而头不晕，这是一个胜利。

胜利的二贵坐了下来，他的手抓着铁架，脚蹬在另一根横杆上，他认为很安全。但后面传来了响声，急促的细微的响声，他转过脸去，是两个年轻人，向他挥着手，焦急地挥着手。

难道是偷料子的贼？二贵想起了 5 块钱的工资，他扶着铁架站了起来，他要走过去询问他们。两个年轻人更快地摆着手，更快地说着什么，二贵笑了一下怕我了？他看见他们后面又多了几个人。

二贵有些犹豫，站在那儿。那些人一齐摆手，向下指着。二贵又犹豫了一下，没有往下看，他怕胜利转瞬即逝。

工头来了，满脸的白，一头的汗，他拿着一个喇叭大声喊着二贵过来。二贵不明白，发生了什么事让工头跟汉奸似的焦急，他就小心翼翼地走了过去。

两个年轻人迅速抱住他。工头说我没少你工钱啊，二贵。二贵愣了愣，我没说你少工钱啊？工头说你看下面，二贵拽着他的手往下看，下面的街上站满了人，还有很多辆车，人流开始流动，无声无息地游动。

理所当然地，二贵晕了一下，工头赶紧扶住他。工头说真想干大工啊？二贵点点头，头脑很清醒。

他们都下去了。工头说马上就上工了，你留在这儿吧。二贵看着对面的五彩缤纷，心想，这个城市真美好，一天能赚60块钱太幸福了。

# 民工二题

## 小 包

没事时，小包总是看着周围。

起初没看出什么不同，草，废砖，还有一两株玉米什么的。日子长了，小包还是看到了许多变化。比如抬眼望去都是高楼，而不是麻雀；吃饭看不见炊烟，也看不到油花。

这种对比总是被工头的吆喝打断，又在想着当城里人了吧？小包赶忙将石子铲进搅拌机。

将石子铲进搅拌机是他的工作，再盛进一个小推车，每天 26，扣掉 5元吃饭，阴雨天不给工钱。所以阴天小包总盼望阳光，阳光就是钱，就是妹妹的学费。阳光多了，小包又向往阴天，阴天可以放心地睡，或者看看周围的建筑，女人。

看着的日子里，楼就升高了，高得眩目。小包就跟着上楼贴瓷砖，滑滑的，住地也由棚子里搬到楼上。工头说，想睡哪间睡哪间。

睡在地板上的小包有些兴奋，就来回地走。他在信里对妹妹说，兰花，努力吧，考上大学，来这有地板的屋里，气派呢！

睡的楼层逐渐降低，小包一层一层地睡。终于完工了，大家收拾背包跟着工头向下一个工地出发。走的时候，小包有些依依不舍，几次转脸去看这栋他第一次盖的大楼。工头笑着说，楼多着呢，想看都看不完。

真的。小包就在这城市打转圈地干活，干久了，就有些闲钱，寄给老家后，小包就想看看风景。风景看完了，就想去看看自己盖过的房子。

门前变了样，很大的大理石地面，还有喷泉。原来是两株玉米在这里，瘦瘦的。小包走过去，捧上一把。马上有保安跑过来。

我就看看，小包解释。

不行，这是四星级酒店。小包指了指楼，我知道，当初我想睡哪间就睡哪间。保安怔了怔，请问在哪里发财？

小包心里空空的，就是我盖的。保安没听他的话，一辆轿车开过来，他赶紧跑过去用手放在门下，接过一件大衣。很快，又有几辆车鱼一样游了过来，保安朝他挥了挥手，小包知道，他是一只小虾虾，只能趴在水草里。

想好不回头的。小包还是转脸看了一眼，玻璃墙高大，换着角度折射太阳的光辉。真漂亮，小包心想。回到工棚，数了数剩下的钱，有些难过。小心翼翼取出被子夹层的一张纸，那是一张通知书，重点高中。摊开，一字一字读了，又叠起。叹了口气。

小包找出一张纸，开始给妹妹写信：我在这儿非常好，看了好多漂亮的地方，盖了几幢大楼，我想睡哪间睡哪间。

不知什么东西滴在纸上，小包继续写到，兰花，好好读书，争取也来大城市。

到时，小包结束了叙说，你会在最高的楼层上班，我相信。想到这，小包开始高兴。

## 小 飞

小飞擦玻璃时，总是疑心自己在家乡的树上。

也不怪。小飞的生命中留下太多树的影子，摘梨摸枣，端掉一个鸟窝都是家常便饭。更重要的是：小飞上树从来不晕，有时在上面做着鬼脸玩一些惊险动作，让下面的人都一惊一乍。

所以，小飞来到城市才几天的工夫就由站大门的保安变成了高楼的清洁工。条件是登高而且不晕，对于小飞，当然简单。

小飞也很满意现在的工作。喷点清洁剂，抹抹就行了，玻璃不久就变出耀眼的亮。而且可以闲看，看玻璃里的一些场景，和家乡的院落都不一样。

比如在十七楼看见很大的屋，一张桌子足有家里的板床大，上面还有一台电脑，一个庄严的男子敲打着，不时还听着电话。小飞知道，这大概是总经理一类的人物，在来城市前，小飞到过最气派的房间是村委会和初中的校长室，但都没敢仔细看，因为书包里还揣着人家的果子。

有时还能看到忙忙碌碌的场面。屋里的人进进出出，不断地接电话，打电话，有时还将椅子转一圈，再接另外一个电话。那种椅子，一定很好玩。小飞想着的时候，工头到了，怎么擦的？便赶紧收回眼神，认真擦起来。

工头不来时，小飞还看。看里面的人忙，就想起了老家人的清闲，三五成堆，在太阳底下消磨时光。看多了，就有些羡慕，在这样的屋里上班，至少需要大学文化吧。于是，擦玻璃的小飞就想起了上大学的小英。小时候，总跟着小飞要梨要苹果要小鸟，后来人家考上了学校。

这根若有若无的情丝让小飞停顿了几秒钟，才接着狠狠喷出一阵泡沫。

擦了一个楼又有一个楼。小飞天天在擦，也就天天看。看多了，好回家说给弟弟妹妹听。

但有些事是不能说的。小飞看到那个年轻的职员进去时，就知道情节有些改变。那个胖胖的老板给女职员戴上项链，还握着手说什么。小飞不知怎么就晕了，看下面的大街像一条带子，有些摆动。身子向外倒去，工友赶紧拽他的安全带。

下来的小飞将清洁瓶扔向那扇窗户。然后对工头说，不干了，头晕。工头不信，小飞就收拾背包，确实头晕，上不了墙。

工头想不明白，看着长大的小飞怎么说不能登高就不能了呢？

小飞知道。当那个女职员一出现时，他就认出是小英了，是上了大学生活在他梦想中城市的英子。就在一刹那，他无可救药地晕了。

晕了的小飞开始在工地上砌墙，一块砖一块砖地往上砌，他觉着踏实。

再回想爬树擦玻璃的日子，感觉很遥远，蹲在脚手架上的小飞就认真地干起活来。

# 请客进行时

张二贵拿到钥匙时，手抖动了一下。小琴拍拍房门，小琴敲敲墙壁，终于可以把柱柱接来上学了，终于在城里有了家。

张二贵抱了小琴一下，城里人，怎么感谢我的工友？小琴想都没想，请吃饭呗。小琴心里也是这么想的，没有工友们的凑钱，这二十万仅凭他们十年的打拼还有差距。是工友们你三千我五千的帮助，让小琴成了这上海的一间三十平米二手房的主人。

小琴说是十二个人吧，二贵点点头。小琴盘算了一会儿，一桌挤一挤，我把菜弄得丰盛一些，再上一箱好酒。二贵点着她脑门，就在你那小餐馆？不行，对不住大家伙。平时到你那儿解解嘴馋可以，这件事得换地方。

餐馆老板小琴也不恼怒，她的地方委实小了点，主要是民工们打平伙准备一些简单的饭菜，不上档次。小琴说那你看着办吧，反正要好好谢谢人家。

二贵就和小琴到街上找饭馆。小琴说这家也挺好，那家也不错，二贵不抬头，直往前走。小琴拽他，你疯了，前面是蓝天大酒店。二贵抬头看看，就是蓝天，走，进去。小琴犹豫着，二贵笑笑，趴在耳边小声说，权当还他们利息了。小琴想了想，你去问吧，我等你。

张二贵笑容满面地出来，他挥挥手，才四百，酒水自带，你叫给你送酒的小陈带两箱好酒。小琴伸伸舌头，吓死我了，我以为得两千呢。

工友们也认为得两千。双喜挥着瓦刀，才四百，哪天我自己撮一顿去。工头财旺叔就骂，狗嘴，连油条都舍不得吃。大猛边抹泥边转过来，确实不贵，就怕都是花架子。二贵赶紧解释，菜单我看了，有鸡肉，鱼肉，还有老鳖。根旺说不吃老鳖，老家河汊都是。二贵敲他安全帽，菜随便换，不够我再加，包管吃饱吃好，就看爷几个什么时辰去？

财旺叔说等活儿轻松时再去，好好宰你个兔崽子。双喜点点头，不错，先饿饿肚子，到时放开吃。二贵笑了，就怕你没肚子。

第二天，二贵问有没有时间，大伙都说有时间也不去，肚里还有油水。第三天，财旺叔指指脚手架，你看活儿多紧，往后推推。

二贵只好往后推。推了一星期财旺叔还说活紧，没时间。小琴说是不是大家嫌那里不好，想到市里吃。二贵拍拍脑门，我问问去。

问来问去没有结果。财旺叔就说活紧，双喜拍着肚皮说昨天还吃肉呢。二贵揪住大猛，我是你堂哥，到底怎么回事？大猛咕哝着，财旺叔说买房子手头紧，不让破费你。二贵松了手，二贵涨红了脸，他对工头说，我不问，反正得吃我一顿饭。财旺叔跳下脚手架，吃！我看就在工地上吃，敞开肚皮吃。一片叫好声，就是！二贵，你买菜，装满车买，我们也能吃完。

二贵不说话。不说话的二贵干活儿，一直干到最后一个散工。他拽着大猛，走，喝酒。小琴弄了一荤一素，大猛，你跟嫂子说实话，怎么不让我们请客。大猛端起酒杯，喝了。二贵踢他一脚，说啊。大猛喝酒，不说话。二贵再倒，大猛还喝。二贵夺过他的筷子，二猛，我们是兄弟啊。大猛抬起头，我真说啊？废话，二贵又倒了一杯。

大猛端起酒杯，干了。那我说了，他看着小琴，大家想到你家里吃顿饭。他赶紧又说，随便说着玩儿的。我家？那不得等到过年吗，过年我们才回家。大猛急红了脸，不是，是你新买的房子。财旺叔说我们盖了那么多城里房子，却没在一个城市人家里吃过饭，大猛看了看小琴，随口说说，闹着玩的。二贵也看小琴，小琴看二贵，明天赶紧买菜。

第二天张二贵买菜，小琴做饭。菜很多，把桌子塞得没有空隙。可是客人没到，十二点了，也不见人影。二贵伸头瞅了瞅，不想吃了，这些大肚汉？

门外终于有了声音。张二贵跑过去，看到财旺叔他们，转脸喊小琴，快来看，谁来了？小琴拎着菜刀跑过去，她看到财旺叔穿着一身西服，她看到双喜他们打了领带，穿了皮鞋，笑容满面。一群洋鬼子，小琴笑了，快进屋。别动，财旺叔做了一个手势，十来个人都弯下腰，从塑料袋里掏出拖鞋。财旺叔递上一个纸包，这是大家伙的心意。

张二贵倚在门上，不说话。财旺叔推开他，有吃的没有，都饿坏了。张二贵抹了抹眼睛，有，有，放开吃。张二贵喊小琴，打电话再送两箱酒来，今天得给我喝好，醉了就在这儿睡。

# 真　相

民工红旗被抓起来了，说是调戏妇女。

红旗是被联防队抓获的。联防队员已经蹲坑守候七天了，因为当地发生多起攻击情侣调戏女性的案件，一时间人心惶惶。抓获红旗时，红旗正站在地头，一个衣冠不整的女子惊恐地指着他大叫流氓。

红旗一言不发。他只用愤怒的眼光射向那名女子，像刀一样锋利。

工头老钱跑到派出所，散了一圈大中华。连声保证红旗是个好孩子，刚结婚，怎么会做这样的事？老钱对所长说，他连录像都不看。所长知道，民工在晚上都喜欢花2块钱去看录像。

可那个年轻女子一口咬定就是红旗调戏她，并且还要给她100块钱。

老钱马上笑了，我们到现在一分钱也没发过，他哪来100块钱？女子拍着桌子，反正他说了。

工友小猛拍着胸脯保证红旗不是那样的人。所长说你凭什么保证？小猛很坚决，凭他是我姐夫，我姐长得比她俊多了。

所长笑了笑，送他们出去，说要相信法律。

报社记者采访了那位不愿意透露姓名的女子。她声泪俱下地诉说了那天晚上的情形，若不是联防队员，我就没命了。记者义愤填膺，又采访红旗。红旗一言不发，将沉默进行到底。

记者的稿子很快见报。报道称"安徽男子被拘，涉嫌跟踪女性"，联防队员和女子的证言如山，红旗依旧沉默。

红旗的母亲赶到上海。她带来红旗上学时的奖状，还有村里的证明。老钱陪着她去派出所，带去了工友们的签名。

所长说你们看我这儿也有签名信，是许多女性市民要求尽快侦破此案的联合署名信，她们的愿望也很迫切。

红旗看见母亲，没有说话。红旗流出了一滴眼泪。

母亲用手小心翼翼地擦去那滴眼泪。母亲说没事，我们打官司。

第二天所长通知老钱，不用打官司，可以将红旗领回去。老钱去了，说审清楚了？所长想了想，证据不足。

老钱看报纸，工业园附近又发生追踪情侣调戏女性的案件。老钱说整点酒喝，终于清白了。

红旗不说话。红旗媳妇小翠也不说话。刚下火车的小翠想了很久才说话，得告！不然红旗进不了村。

红旗告报社。红旗告那名女子。红旗请了律师。老钱支下一年的工钱，工友们也都支了半年的工钱，借给红旗打官司。

报社很高兴，派了记者到工地采访，说是欢迎红旗告，并且开设专栏欢迎大家讨论。老钱瞪了几次眼睛，才将他们赶走。那个女子却找到工地，找到红旗，红旗的母亲，妻子。她说她一时糊涂，她说她有一个幸福的家庭她不该和别人晚上出去，不该怕真相暴露而诬陷红旗。

她哭得很伤心，肩膀一耸一耸的。红旗看着她，目光渐渐消释了锋芒。

小翠送她离开工地。工友们都看出来，小翠真的比她秀气，大方。

那女子还来，一天一趟。和红旗母亲闲聊，和小翠说话，请她们撤回诉状。她说话时泪水涟涟的，说再这样下去丈夫就知道了，知道了就离婚，离婚孩子就没有母亲了。她掏出 4000 元钱，律师费我出。

小翠也擦眼睛。红旗看看她们，伸手拿起瓦刀，上了架子。

报社记者也来。采访老钱，采访小猛，采访小翠，大家都说你们该告。记者笑笑，又去采访红旗，问红旗那天晚上一个人去那个地方干什么？有二十里路远，还是农村！记者穷追不舍。

那个女人很紧张。她冲上来夺记者的话筒，你们不要逼人好不好？记者看了看小翠，说这是谁？女人后退了一步，紧张地望着小翠，还有红旗。红旗拍拍记者的肩，将话筒放进他的包里，然后说这是我姐。

记者又问他那天晚上去干什么？有什么目的？红旗目光渐渐羞涩起

来。他看着母亲，看着小翠，还有那个女人。他小声地说，我想去瓜地，我想家里的西瓜应该熟了，妈和小翠肯定在瓜棚看月亮数星星。

红旗突然流泪了。汹涌澎湃，挡也挡不住。记者没笑，拍了一张照片。母亲走过去，小心翼翼地擦着眼泪，非常仔细地。

然后，红旗拿起瓦刀，上了架子。

# 弟弟和我

弟弟打工时刚过十六岁，在上海的工地上做饭。

他说上学没意思，哥成绩这么好不也没考上吗？听这话时，我已经坐在了拥挤的复读班，父亲正给我送来防寒的衣服。我想他是错的，书中自有黄金屋。

做饭的弟弟经常做不熟，或者盐放大了，油放少了，工人们就起哄，训斥，虽然有当小工头的三爷"镇压"着，委屈还是不少。弟弟就写信回家，信总是湿漉漉的。

父亲就回信要吃得苦中苦，方为人上人，你大哥每天晚上都要学到十二点呢。我也去信，男子汉大丈夫，吃苦才能出人头地。

就再也没有信。母亲心又不安，说年龄太小，累坏了怎么办？她给在上海的舅舅下了命令，务必要找到一个不在工地上的工作。

命令的有效期很长，舅舅总说难办，没有文化，年纪轻不好找，直到母亲吓唬说她要去住在那儿看着舅舅找工作，而且不带一分钱去，舅舅才说过来吧，当保安。

穿上保安服的弟弟很神气，给我寄了很多照片，我在一所不出名的大学里翻阅着照片，并试图看清楚美丽的背景，然后问他上海是不是真的很漂亮，他的信有些羞涩，我在工地上忙着研究做饭，揣摩大伙的口味和怎样买到合适的菜了，上海对于我就是钢筋、砖头和菜场。

我便有些懒散，很少写信，只是嘱咐注意安全注意身体，不要太累。他却说不累，就站岗呢，厂里的工人和领导对他都很好。下班了，他就替厂里的人修自行车，修伞，关系好着呢。我想起大学伙食的昂贵，就赶紧叮嘱他为人服务一定要收钱。

他的回信依然有些羞涩，不好意思张口，有人硬给就收了，不给也不要。不过，哥你不要太节俭，我的钱够用，给你寄些去。

当然，我很高兴，寝室里凑份子钱就宽裕多了。同学们说你弟弟不错，我说那是，我家就一个大学生，脸面嘛。

然后我们就喝酒，关于对三流学校的不满和日子的无聊就暂时忘记了。弟弟隔三差五就寄点钱来，说哥你要好好学，他看门的厂里大学生神气得很。

我心想那是上海的大学生，与我不相干。我这样的大学只能分回乡镇做个公务员，旱涝保收吧。弟弟却说不，还是多学些好。他说厂长问他什么学校毕业，听到初中摇了摇头。哥，肯定是个好机会，我要像你一样就好了。

我的自豪感又上来了。借些营销的书给他寄去，告诉他不要自卑，好好看，也许能用着。弟弟没有回信，过了很长时间，父亲才来信说，弟弟调到一个新单位，干保安队长，整天整夜地忙。

我想也是，他看书作用的确不大，譬如连我就不大，反正分配回去也得下基层。我照样泡图书馆读流行小说看足球赛吹口哨见漂亮姑娘大呼小叫，临考试熬通宵，只图考试没有补考。日子在打发中悄然前行。

弟弟呢？他还在看门吧，我顾着自己东拼西凑弄一篇论文，想不起来给他写信，他也是，知道毕业花钱多，也不给我寄点？父亲在电话中委婉地说，他听老板的话，现在保安不干了，在那家公司搞营销了，没有底薪，很辛苦。我叹了口气，好好的"铁饭碗"不要，搞什么推销？

可是我的铁饭碗也没端上，我回家时大学毕业生已把那间报到室塞得没有插脚地方，看着人家在登记表填的党员，学生干部，奖学金，我有些发蒙了。父亲说，找人看看吧，我说我又不认识人，父亲没理我。2000 年的阳光很毒辣，父亲天天踩着自行车去找那些拐了很多弯的亲戚和战友，我忙着在家和同学电话通报情况。

终于，所有的好单位都离我而去。我说教书吧，父亲说很难，找不到教育部门的亲戚。那怎么办？父亲问我企业去不去？在若干个月的停滞后，我像一只没有力气的苍蝇到了县城化肥厂。

弟弟依然很忙，忙着穿街过巷推销他的饮料，只有晚上我们才在网上见面，弟弟说生意还行，原来工地上的老板娘开了超市要他饮料了，做保安的工厂商店也要了。我说那得恭喜你，他嘿嘿一笑，他们都还记得我，说我实在，哥！你也来吧。我发了一个鬼脸过去，心想我才不去呢，最起码我是一个城里人了。

可能我这个城里人资历太浅了，工厂裁员时我首先光荣下岗了，爹说那就回家吧，还有七八亩地呢！弟弟说出来吧，省得在家伤自尊，还是弟弟懂我。

以后的故事很简单，当我拿着毕业证敲开一家家大公司最后是小公司的门以后，当我天天和弟弟住在十平米的房子喝着开水啃着方便面时，我接受了弟弟的建议，收起毕业证书，做了保安。

弟弟只有一个要求，别说是他哥。我知道，他是在维护他的自尊，我曾经是他的骄傲。

我把胸脯挺得很直，我把眼睛睁得雪亮，见到老板也是目不斜视。弟弟说，行，他就上去了，我说你白天回公司干什么？他拍着我的肩膀，以后得叫我部长。然后趴在耳边说，我也没想到，我营销业绩最好。

一转眼，春节到了。当部长的弟弟和我一起回家，带了很多书。爹说还有时间看书？弟弟和我同时说，有时间，有时间。读书好啊，你看哥，才当半年保安就干队长了，我整整用了三年，弟弟拍着我的肩膀。

我看到父亲，慢慢地端起酒，一饮而尽。

# 三　舅

三舅说在家过年没意思，除了喝酒还是喝酒，满村满庄都是划拳声。要不然就是打牌赌钱，开上半荤半素的玩笑，满脑子都是吵闹声，要多烦有多烦。

三舅说出去过年多有意思，带上路费挟着一包财神纸走沧州串唐山，从扬州到苏州跑遍半个中国。吃的是百家饭，五色杂粮，鸡鱼肉蛋都有，晚上三两个人凑在一起喝上二两老白烧心里暖暖和和。住的是千家房，遇桥住桥抱上柴草垫上麦秸不比席梦思差，或者住在瓜棚一圈堵得严严实实，聊聊天，夜里不知不觉就过去了。那滴水成冰的天气呢，有时我们问他。他笑着，烤火呗，漫天野湖没人问，围着柴火打打扑克，不知有多惬意。工作也很轻松，往门上贴一张财神说两句大吉大利的话，主人家就会送上一个红包。三舅比画着，我给他们送去祝福，他们给我带来财富，一天下来也有五六十块钱。划算，既旅游了腰包也肥了，三舅笑眯眯的。

所以一到年关，三舅就走了。但是舅妈不愿意，她总是哭哭啼啼的。她说三舅心里不舒坦，嫌家里负担重看着心烦才出去。她举出例子证明，自从三舅倒插门到她家后，第一个春节在家过，然后都是人家开始放鞭炮时走了，正月十五才回来。父母心里不高兴，一个残疾的哥哥心里也不是滋味，他们都说并没有把他当外人啊。舅妈一把鼻涕一把泪，人家过年团团圆圆，热热闹闹，我们家面对一桌子菜总也提不起精神。

母亲照例安慰她，他出去挣钱也是好事。表弟摇摇头，我不要钱，我想和爸爸一起放爆竹，挑灯笼。母亲说下次我训他，舅妈相信着点点头。她和我们一个村，母亲是他们结婚的介绍人。

但三舅并不听母亲的话，他的脚步依然匆匆忙忙，他扳着手指告诉母亲他在外面如何能挣钱，准备盖房子，准备养鸡养鸭，不出去能行吗？再说过年那两天是黄金时间，三舅兴奋地说，钱特别好挣。他一边起身，一边给父亲丢下两包河北的香烟，在外面舒服，生活又不差，你们别担心。

舅妈抹着眼泪，谁担心你，有钱挣也有钱花，就是孩子不想让你走。三舅变戏法似的给表弟表妹们变出一个书包，或者一本字典，等你们长大了，考上大学，我就不出去。

表弟坚定地问，真的？三舅坚定地回答，那当然。

于是三舅年年依旧，于是表弟表妹们认真读书。三舅经常拍拍他们的头，快了，等你们考上大学，我就不在外面享福了。

在外面享福的三舅却打电话给我，你们弟俩来扬州一趟。我和表弟赶往扬州，在一个小镇的医院里，三舅挠挠头，不好意思地笑着，大白天被人撞了，真是年纪大了。

我说你不是走村串户吗，怎么遇上了小车？表弟说你不只是早晨贴贴财神下午休息吗？三舅羞涩着，我也不知道，年纪大，看不清了。

门外小街上的观众看得很清楚，他们热心地告诉着说三舅是熟人了，年年来。一个摆水果摊的老大爷比画着，他当时骑着一辆三轮车，那辆小车从后面就撞了一下。

三轮车？老大爷说，对啊，三轮车！他每天上午给厂里送货，中午在一个餐馆帮忙，晚上给厂里看夜，我们都知道，跟黄牛一样能干。

三舅挠挠头，不看表弟，那都是业余工作，又不累人，你们别多想。

三舅坐在车上还羞涩地笑着，说好了今年是最后一年出来，却没挣到钱。正在上大学的表弟扶着三舅的腿，不说话。

到家的时候，新年的鞭炮已经炸响。三舅说还剩两张财神纸，正好一家一张吧。

我贴了财神，我放了鞭炮，我喝了酒，看了春节联欢晚会，热热闹闹过了大年三十。醒来时已经是新年的第一个早晨，阳光一片灿烂。

我踩着暖和的阳光去给三舅拜年，舅妈说还没睡醒，扯了一夜的鼾声。表弟放下书本，笑着说，比爆竹还响。

# 局长给我派专车

快到五一，省文联通知我参加一个散文创作会议，三天时间，会后参观包公祠，三河古镇和消遥津公园。

当然，我很高兴参加。找办公室主任请假，主任不在。分管考勤的副局长提前出去旅游了，我只好硬着头皮找局长。局长埋头看书，听我讲理由和时间。他抬起头，是文学活动？我惶恐地点头，因为我们是畜牧水产局，与文学无关。局长摁灭了烟头，脸上挂满笑容，好事！以前对你关心不够，大作家，我给你派个车，这样方便些。我吃惊地看着局长，局长已经打电话给司机，他说小韩到合肥开会，你陪他跑两天。

我幸福地握着局长的手，局长笑笑。我高兴地打电话给老婆，局长给我派专车去合肥。老婆马上提醒我，小琴正好五一要回家，你把她带回来。小琴是她妹妹，我小姨子，在合肥上大学，当然得带回来。我给她发短信，叫她等我一起回来。她回短信说，你有车吗？我说，那当然，局长的专车。

去合肥的路上，不断接到朋友、同学的电话。有的叫我五一旅游，有的通知我五四随礼，还有同学说高中同学准备搞一次聚会，你参加不？我为难地说，不好办啊，我在外地开会。同学生气地训我，你一个小办事员，开什么会？找罪受。我理所当然地说，真在开会，不累，局长给我派了专车。

没有多会儿，另外一个同学打来电话。他说你小子能耐不小，坐上专车了。我打个哈哈，马马虎虎。那就把我弟弟捎回来，省下车钱我们喝酒。我下意识看看车后面的座位，空荡荡的。我当然很有成就感地表态，小事一桩，谁叫咱有车呢？

会开得很成功，认识了不少朋友，有外地名家，也有本地散文大师。我们邻县的方小姐就是其中一位，她问怎么来的，我自豪地说坐专车。她佩服地看着我，我毫不犹豫地邀请她一道回去，没准有一段罗曼蒂克的事情发生。

我给司机打电话，让他来四牌楼接我。然后又打电话给农大的小姨子，安大的同学弟弟，让他们也来四牌楼等车。

我和方小姐有一句没一句闲扯的时候，小姨子到了，接着同学的弟弟也到了。他们都景仰地问起我开会的情况，我说档次不低，名人挺多。然后我骄傲地掏出手机给司机打电话，快点来接我，司机说马上到，马上到。我绅士地合上机盖，对他们说，稍安勿躁，马上就到。

果然没有多久，局长的帕萨特就像鱼一样游了过来。司机探出头，上吧。我优雅地请方小姐先上，副驾驶位置上也伸出一个头，韩哥好。我定睛一看，是局长的公子李强，也在合肥上大学。

司机说，局长叫我陪他玩两天，再把他带回去。我点头，认真地点头，应该的，应该的。司机说上车吧，正好给你留了一个位子，我小妹，李强的同学，他们顺便也回去。我转身看看我的队伍，小姨子已经撇嘴了，很生气的样子。我摆摆手，你们先走吧，我还有点事。

局长的帕萨特像鱼一样游走了。我只好对着小姨子笑，对着同学弟弟笑，对着漂亮的方小姐笑，我说你看这事真巧，局长要用车到外地，我使劲地讪笑着，实在不好意思。

方小姐走了。小姨子和同学的弟弟回学校去了。我一边找旅社一边骂着局长，什么人！还搞这一套。我把手机放在耳边，假想着和局长通话，我大声训斥着他，回去给小韩道歉，听见没有？

手机突然真的响了，我吓了一跳，是局长。局长生气地问我怎么开完会不回去？专门派辆车给你用怎么不坐？局长不听我解释，你马上打的赶过去，局长生气地挂断了电话。

司机说在高速路口等你，快点过来。电话又响了，老婆说小琴怎么不回来了，你不是有车吗？我说车局长儿子用了。老婆马上警觉起来，那你

赶快回来，不要在外面瞎逛。我说已经朝回赶了，局长的车在前面等我。

老婆生气地说你怎么说话前言不搭后语，一会儿有车一会儿没车。我也生气地说我不知道。我把电话挂了，反正我说不清楚。

## 科员王德民的婚事

科员王德民离婚了。

王德民走进办公室时，低着头，他想大家肯定都会猜测离婚的原因或者内幕。他拿起文件夹，准备写材料。

副科长小刘扔过一支烟，解放了，还不庆祝一下？

对面的大琴也说，离了是进步，你终于赶上时代了，应该庆祝。

中午的时候科里在一起吃了顿饭，大家都说女人傍大款只会人财两空，如果再来求你一定不要理她。王德民把酒杯一摔，谁理谁是王八蛋。

酒桌上一片笑声。下午上班时同事们还都笑着，因为小王从来没有这么豪爽过。副科长拍着肩膀，好样的，德民，我给你介绍一个，刚离婚，人长得不错。

幸福一下子撞开了王德民的大门。他见了那女的，人不错，也不谈车子、房子。他想找一个过日子算了吧。

范主任却不同意。婚姻不能凑合，特别你这样的再婚，主任挥舞着烟关心地说，我有一个表妹，带着一个孩子过，绝对贤惠。

王德民想说谢谢，可主任的目光很亲切，久违的亲切，主任还说，你的职务也应该解决了，这也是大事，两件事一块办。

王德民想起职务的确是大事，年年想提却说没有机会。王德民就点点头，处处看，我怕我配不上人家。

范主任的表妹的确贤惠，市区的小学老师，对孩子也不错。王德民的幸福像花儿一样开始绽放。

刘局长却停止了花儿的雨水。他在宽大的办公室里严肃地看着王德民，组织上准备培养的年轻干部婚事一定得慎重，你经历过一次挫折就不能有第二次失误。王德民点头，局长就笑了，你的婚姻组织上考虑过了，工会的老孟也考虑过了，女方对你也有好感。王德民小心翼翼地问是谁，局长过来和他坐在一起，谁？你看我们局里谁没结婚？局长握着他的手，是小张啊，办公室的小张年轻又漂亮，很不错。

王德民脸红了，搓着手，局长，这不合适吧。局长过去关了门，倒上茶，坐了下来，有什么不合适，都是好同志。

他们见面了，局长做东，还有副局长、科长。局长说他们性格相投，志趣相投，肯定能成为模范夫妻。副局长也说，一段好姻缘，有利于工作。科长豪爽地喝酒，谢谢领导对我们科的关心。王德民偷偷看了看小张，小张很平静，很漂亮。

没过多久，王德民的幸福就萎缩了几分。约会小张总是迟到，握手小张总是拒绝，谈论时王德民说我有孩子，小张说知道。那我们什么时候结婚？小张看了看他，得问局长。

局长忙，刘副局长有时间。刘副局长亲切地说，你的婚事组织会安排的，已经列入工会十件实事里。那到底什么时候结婚？刘副局长亲切地给他倒了杯茶，局长会给你考虑的。

王德民就问小张，局长是你亲戚？小张在灯光下看着他，自己笑起来，我的事当然得局长做主。

王德民就弄不明白，我的婚事怎么得局长做主？儿子王强认真地说，爸，你的婚姻你做主。王德民想起还没做饭，儿子王强拦住他，要不你的婚姻我做主？

王德民没好气地推开他，做作业去。王强执着地站着，我说的是真的，我们班主任也离婚了，她经常问你的情况。王德民苦笑了一下，做作业去。王强坚持地说下去，张阿姨和班主任是亲戚，班主任劝你不要和她结婚，否则会吃亏的。

王德民愣了一下，手里的小盆掉在地上。儿子好像知道很多，儿子说我们班主任脾气也不好。儿子还说我也会做饭，做饭给你吃。

王德民拍着儿子的头，爸爸和谁都不结婚，爸爸和强强做蛋炒饭，上公园，吃炸鸡腿，我们照样过得好。

　　强强点头，七岁的强强非常认真地点头。王德民抱起儿子，愧疚地抱着儿子，三十岁的王德民决定要给老婆回个电话，回来就回来吧。

# 滴水之恩

赵伟考上大学时，妹妹只有七岁，奶奶七十三，母亲生了一场大病去了另外一个世界，父亲砍柴跌伤了身体在床上愁眉苦脸。赵伟拿着通知书在阴暗的屋里坐着，沉默地坐着，他想对父亲说算了吧，我下学去打工。

但他说不出口。

他读了十一年的书，从一个流着鼻涕的孩子到血气方刚的县一中高材生。他不忍放弃。

他清楚地记得是村长明叔一边嚷着一边踏进他的家门，明叔后面跟着很多的乡邻，有人点燃了爆竹，有人捧来腊肉。

那天下午，乡邻们自己做菜自己吃了起来。走时，每人都丢下了厚厚的红包。大家说贺喜贺喜，没有红包哪成。

赵伟凭着这些红包走进了大学。明叔说你铆足了劲读书，甭愁钱的事。

每年春节，乡邻们都到他家吃一顿。走时，丢下厚厚的红包。明叔拍着他的肩膀，村子小，指望出个大人物，兔崽子，好好干。

赵伟当然努力学习。毕业时，进了省城一家有名的律师所。赵伟用第一个月的工资买了酒买了烟，送到每一户人家，赵伟穿着笔挺的西服向每一位乡邻敬烟。他说没有你们就没有我的今天。很多人都憨憨地笑，那算个啥？开代销店的老五快人快语，以后到省城找你，有酒喝就行。赵伟爽快地表态，那当然，滴水之恩，必当涌泉相报。

赵伟是个认真的人，这样说了，当然也这样做。村里和他一块长大的李功在省城打工被车撞倒了，赵伟忙着看望，筹钱治病，还义不容辞地打起了官司。官司打得挺顺利，赵伟极尽所能搜集证据查找资料，终于将赔偿金由 25000 元提高到 4 万元。李功出院时握着他的手，说不出话来。赵伟笑笑，没事，我这点出息还不都是你们给的？

小村的人心里一下豁亮起来，原来赵伟是个律师，省城的律师。李功在大树底下眉飞色舞地讲述着赵伟的厉害，那是真厉害，说得别人没法插嘴。听着的人一惊一乍，这小子，出息大了！

刚叔先找到有出息的赵伟，他的小三子和工头打了一架，被关了起来。赵伟停下手头的案子，奔波了七八天，将小三子领了出来。刚叔千恩万谢，赵伟很诚恳地，一直送到车站，多大的事，都是我该做的。

财叔也来到省城。他家的女儿退婚，对方在计算财礼上多要了钱，将财叔告到法庭。财叔很激动，大侄子，我是那样的人吗？赵伟一边沏茶一边笑着，不是不是，你人好着呢。六天的工夫，赵伟打赢了官司。财叔千恩万谢，真有出息了。

赵伟有出息在小村已经是不争的事实。提起他，大家都是无比佩服地吸着烟，让烟气在空中悠闲地飘散。当然，遇到麻烦事找赵伟也成了不争的规矩，谁叫是咱村出去的？谁叫这孩子有出息？再说当年要不是我们供他，他能有这本事吗？不过，最后一句话，大家没说出口。

所以旺叔、德宝也都找到了赵伟。旺叔的儿子犯了抢劫罪判了七年，旺叔老泪纵横，叫赵伟无论如何想办法将他少判点。德宝上街骑摩托和邻村的人撞架，交警队处理他赔偿了一万 3000 块钱，德宝气鼓鼓地说，想叫我出那么多钱，没门，大侄子，交给你了。

赵伟自然又得费去几天的工夫。然后告诉旺叔法院判得准确，告诉德宝交警队处理得很公平。旺叔忿忿地说准确个屁，德宝头一拧说一点都不公平。赵伟只好再去研究，研究之后上诉，上诉之后对方不服再上诉。

绝对是马拉松。旺叔和德宝底气十足地走完了马拉松，有赵伟在，怕什么，赵伟是省城的大律师。官司最终有了结果，旺叔的儿子由七年改为六年，德宝的赔偿数由一万三降到一万。

赵伟更加出名了。小村人上街都扬眉吐气，比如工商所收管理费，交警查摩托车牌照，他们理直气壮地质问，你们合法吗？小心我告你。

老父亲却唉声叹气。你改行吧，村子里的人都仗着有你，说不怕打官司，打官司也准赢，修路和上村人打，放水和下村人争，娃娃上学也拉帮结派打仗，打过都来找你。老父亲迟疑了一下，邻村的人都说你小人得志就张狂，见到我就指指点点。

赵伟说我也不想，可我怕被他们戳脊梁骨。

赵伟给村长明叔打了电话，当年我上学都是你张罗，现在我想把钱还给大伙。赵伟还很难为情地说，原来给乡亲打官司没收费，单位领导的意见挺大，以后得收费，也不一定是我去打官司，你在村里给解释解释。

明叔说行，该收的钱一定得收，谁也不欠谁的。

赵伟很不好意思地道歉，我欠乡亲们的，我得把钱还上。

沉默了很久，明叔才说，钱就不要还了，一大半是我的，乡亲们出的钱是村里的，你爹这些年给村里看护山林，也没给工钱，抵了。

扯平了，你爹年轻时也救过我的命，明叔笑着说，以后乡亲们找你，有理的官司给他打，没理的别浪费时间。

赵伟"唉"了一声，想说什么可怎么也说不出来。

# 上海真大

客车到了上海。站在北广场上，我买了一瓶水给浩然。

浩然蹲在地上，脸色苍白。我帮他拍拍肩，他不说话，进出的人很多，没有人注意我们。

找了一家旅社，住下。浩然说，走吧，也许出门就能见到爸爸。他笑了，笑容很忧郁，像一朵小花，在早秋的风中摇曳。我也笑，那就走，到外滩去，人多。外滩人真多，亲热的情侣，欢乐的三口之家，慈祥的老年夫妇，都在悠闲地散步。我说那是黄浦江，对面是东方明珠。浩然仰头，夸张地笑，能上去吗？我说没有问题。浩然摇摇头，还是找爸爸吧。爸爸不在外滩。我们走到外摆渡桥，我说这是《情深深雨濛濛》中依萍跳河的桥。他有些兴奋，走过去，看着，不说话。过了一会儿，他转脸问我，真跳吗？"小燕子"会不会游泳？我慈爱地看着他，笑，一点一点地笑，孩子，那是拍电影。

吃饭的时候，我给他买了玉米棒子，水煮的，4块钱一根。他使劲地啃了一大口，告诉我，甜。我们吃了两碗面，他吃得不多，说饱了，玉米棒子不如家里的好吃。突然，浩然说，爸爸烤的玉米棒子最好吃，一吃满嘴乌黑，又香又甜。我看着他笑，像是上课时，微笑着看每一个学生。

浩然也是我的学生，已经请了病假，已经回到学校上学，却在一个星期一上学时告诉我不上了。浩然妈妈很无奈，说他爸爸外出了，没有留下任何音信，比如电话或地址。

我去了两次，没有效果。浩然坚持要找爸爸，浩然笑着对我说，爸爸不会丢下我，老师，是吧？墙上的奖状晃了我的眼睛，我突然决定，带他去找爸爸，五一节三天假。

下午去南京路，我说这是上海最繁华的街道，人最多。浩然的眼睛像探射灯，扫来扫去。我也是，看服装，看各种各样的建筑，讲给他听。浩然便和我研究那些服装的价格为什么这么高？应该是纯棉制造，他认真地判断。怪不得冬天我的棉袄那么暖和，他恍然大悟似的。我们开始坐在石椅上休息，看着人来人往。

休息的时间很长。浩然靠在我怀里，看着南京路上的灯火，沉默着。然后我们去吃饭，在旅店门前，一人一碗水饺。浩然说爸爸包的水饺很丑，他比画着，盖不住馅。他呛了一下，继续开心地比画，仿佛这碗水饺就是爸爸包的，四处漏风。

第二天，我们继续。在浦东，在陆家嘴，我说人越多的地方，越好找。浩然坐了地铁，很惊奇。浩然坐在公园里，很快乐，10块钱的划船，使他主动要求背诵一首古诗：白毛浮绿水，红掌拨清波。他背诗的时候，我的心，莫名其妙痛了一下。我们看了银行，看了飞机从头顶飞过，他夸张地蹲下，老师，我怕。我也蹲下，告诉他我也怕，飞机这么大，要是像麻雀这么大就好了。

上海是没有麻雀的。浩然走累时，我们就坐公交，专拣双层的坐。我叮嘱他，坐得高看得远，也许爸爸就在街边，干活或者打电话回家。

浩然的眼睛睁得大大的，看人，看楼，看电话亭。到动物园时，看猴子，狮子，老虎，都是一眨不眨的。我们还去看了海豚，钻圈，顶球，看台上掌声不断，浩然也鼓掌，停下来时，就指指点点，很开心的样子。动物园很大，浩然走累了，就坐下来看游人，看高大的树木，和绿油油的草地。浩然说，动物园比我们一个村还大，我说差不多吧。浩然忽然不说话了，顺着他眼光向前看，一辆观光电瓶车开过来。我拽了拽他，坐车去，转一圈。浩然没有动身，太贵了，老师。我理所当然地笑笑，贵什么，4块钱，不贵。

浩然坐在车上时，目光很平静。看到铁丝网里的骆驼，孔雀，只是看着，不说话。下车时，浩然说，老师，动物园里不该有爸爸。我笑笑，不一定，爸爸也许是猴子，跳了过来。他看着我，目光渐渐坚硬起来，有了一丝怀疑。我没有解释，陪着他向前走，向一个湖边走去。

湖水清澈，石凳上，一个背影在沉默着。我喊了一声浩然，浩然应了一声，背影也应了一声，转脸，绽放着满面喜悦。

浩然看到了爸爸。爸爸开心地看着猴子，看老虎，熊猫，浩然看老虎，熊猫，然后告诉爸爸老师知道他包的饺子很丑可是很温柔。

浩然知道爸爸没有丢下他，爸爸到上海打工挣钱给他看病。可是爸爸回来了，和浩然和我一起。爸爸说，老板借了很多很多的钱给他，一定要治好浩然的病。

我回到了学校，备课，上课。我什么也没说，比如浩然得的是癌症，爸爸到上海不是打工，老板也没有借钱给他，我只是帮助他们实现浩然的一个愿望：到中国最大的城市，看高楼，坐地铁，看大城市的繁华。可是浩然不愿去，他说家里的钱，治病花干了，哪儿也不去。

后来，浩然走了，在医院里，安祥地走了。他爸爸打电话给我，说浩然很满足，上海真大，他这样告诉父亲，母亲，爷爷还有奶奶。电话结束时，他说了声谢谢，我莫名其妙颤抖了一下，一滴红笔水滴在作文本上，很鲜艳，像一朵绽开的花。

# 职　称

丁一民今年是第三年轮到评职称，中学高级，评上了一个月涨 300 块钱。

评职称有很多条件，比如专科毕业十五年，比如论文获奖县级三次以上，比如得做班主任。但这都不是问题，最大的问题是指标。农村中学高级教师指标是 15%，丁一民的学校早就超标了。

其实第一年有指标，一个。丁一民也准备好了材料，单等学校量化考核。丁一民心理不紧张，他是市优秀教师，多次获奖，考核排名第一没问题。可丁一民让了出来，让给了张老师，一个曾经教语文现在负责发报纸的老师。丁一民这样安慰妻子，谁叫他是咱老师？你想想，马上退休没有机会，我不是还年轻吗？丁一民没说张老师给他买了一条烟，很拘谨地坐在他面前，憋了半天，只说出谢谢。

第二年没有指标。而且有九个人参评。丁一民找到教育局的一位同学，同学说评职称的事得找人事局。人事局也有同学，张山。高中同学，毕业后当兵，转业后到了人事局。张山很热情地带他找分管职评的吴主任，吴主任也很热心地翻阅了资料，很和气地告诉他，你们学校指标已经满了。妻子就有些后悔。去年你要是不让，不就评上了吗？评上一年就涨 400 多块钱，你看现在！丁一民没说话，丁一民陪妻子上街买衣服，吃米线，安慰她来日方长，留得青山在不怕评不上。可是后来有指标，丁一民看到教导主任给邢杰签字，写各种各样的证明，有些吃惊和愤怒。丁一民找校长，不是说按考核结果吗？丁一民再找张山，张山说晚了，后来开会时定扩指标的事，你也没来打招呼。张山请他吃了顿饭，还有明年，机会有的是。丁一民叹了口气，买件衣服回来，送给妻子。妻子也是老师，除了作业，满脑子都是职称的事。

妻子说，今年更没有指标。丁一民看书，教学参考书。妻子夺去他的书，别净盯着书看，又看不出钱来。丁一民认真地看着妻子，我要是不评，不就没有烦恼了吗？妻子很吃惊地摸摸他的头，没发烧。妻子扳着手指头数给他听，一没奖金，二没福利，除了工资，没有一分钱外收入，只有评职称，工资才能涨得快一些，而且这次不评，以后工资永远涨得慢。丁一民说我知道，可你不知道……丁一民不说了，他想起站在校长面前的小心谨慎，在人事局自己脸上的满面笑容，还有送给同学的一条香烟和一张手机充值卡。丁一民摇摇头，我感觉今年不会再有指标了。

但是张山打电话来了，张山说给吴主任汇报过你的指标问题了。丁一民知道，得做工作，比如吃饭，买两张购物卡。可丁一民心里有些不情愿，去年从人事局出来时，他想起给学生读课文：中通外直，不蔓不枝，香远益清，脸热了一下。他摸了摸自己的脸，还是有些热。但妻子已经准备好了，1000块钱，两张购物卡。妻子还在西服里装上了解酒药，叮嘱他该喝时就喝吧，反正就一回。丁一民诧异地看了妻子一眼，平时她不准他喝酒的。

酒没喝成。张山说找的人太多，领导根本没时间出来应酬。只有他和张山两人吃饭，张山拍着胸脯保证，一定能弄到指标。

丁一民找了校长，请学校进行量化考核。因为张山说了，指标是放到学校，你得排名在前面。校长倒了一杯茶，笑着，没指标时我们排名会伤了和气。丁一民认真地说，可我找了，准备给我一个指标。校长算给他听，今年有十二个人评，有副校长，有教导副主任，还有即将退休的老教师，大家都在努力，一排出来就定格了，反而更乱。丁一民看着校长，想说我是骨干啊，每次教育局检查，都是我上汇报课，我拿的证书最多。可他没有说，他发现校长的脸有些模糊，看不清轮廓。

指标下来了，一个。校长很神秘地叫他到办公室，给他文件看，告诉他差一点就没希望了，学校据理力争，很费了一番口舌，才争取到一个指标。丁一民笑笑，他还没听到关键的一句话。校长捏了一小搓茶叶，放在杯子里，丁一民冲进开水。校长喝了一口，又说学校评的人太多，但还是给了你，你工作干得好，学校是知道的，前面学校没排名，怕伤和气，大家都不容易。

丁一民就在家准备材料，妻子不让他干家务，怕耽误时间。妻子端上鸡汤，递上一包烟，妻子还把丁一民写过的材料一字一句读，挑出错字让他改正。丁一民就笑，太小心了吧。妻子不高兴，材料必须小心，不然评审时也不过关。丁一民埋头继续写材料。

经过一星期的努力，材料弄完了。丁一民找校长签字，校长说在开会。丁一民就去校长室等，校长告诉过他，签字得秘密，不能公之于众。校长说过，干工作都不容易，互相体谅点，别太高兴。校长室门关着，副校长的声音不折不挠地飘了出来，凭什么就给丁一民，我也找人了。还有一些声音，杂七杂八地传出来，包括校长的笑声，解释的语句，隐隐约约传出来。比如你们自己努力吧，学校没办法，人家丁一民三年没评了，今年找了好多人，花了不少钱。

丁一民怔了一下，他想起那顿饭，和干了十年副校长的孙老师，还有偷偷给他签字的教导主任，突然流下了眼泪。丁一民回到家，打电话给校长，晚上请大家吃一顿饭，给大家道道歉。

丁一民放下电话抹去眼泪，吸上一口烟，开始写材料。妻子想说你有什么错，要请吃饭。但她没说，她倒了一杯茶，放在桌上。茶杯上升起了袅袅的雾气，渐渐隐去了丁一民的脸。

# 办 事

张局长不喝酒。他端了一杯茶，批评我，太浪费了，年轻人，过日子得节省。

我笑，表叔也笑。表叔喊服务员沏茶，要碧螺春。张局长笑笑，无所谓，饭店里很少有真的。局长夫人也笑，没关系，他不讲究。我心里有些温暖，看来事情有点眉目。

表叔喝，一大杯地干，他让张局长喝茶。表叔踢了我一脚，我也一大杯地干，和局长夫人，她喝饮料。表叔说我，多喝点，张局长很少出来吃饭，特别是一家人都出来。我点头，那是，还不是你的面子。为了今年评职称，我托了不少人，都不行，直到有一天，遇到了表叔，他拍着胸脯说，小事，我和人事局的张局长熟，从小玩到大的。但表叔瞪了我一眼，还不是张局长给面子？张局长继续笑笑，喝茶。

酒喝了一瓶。张局长说吃饭吧，周末，也放松放松，说说话，别喝那么多酒。表叔点头，顺便向我使了一个眼色。我掏出两张证书，一张是省优秀教师，一张是市学科带头人。局长夫人很满意，又递给局长。局长看了，理解似的笑笑，韩老师不错，过两天再看具体情况。我还想说，学校里我最优秀，虽然有八个教师等着名额，但按照比例已经没有指标了，只能希望人事局再扩指标。可是表叔摇摇头，我便不说话了。

服务员上饭菜了，一条鳜鱼。局长皱皱眉，浪费了，200多块吧？我摇摇头，表叔也摇头，鱼小，便宜。我们请局长先动筷，这是规矩，桌上最尊贵的客人先动筷，别人才能下筷。局长微笑着，在鱼身上划了一下，叨了一筷，给他妻子，然后示意我们叨。这时，电话响了。我有些生气，气自己怎么忘了设成振动。表叔也不高兴，他前面交待过我很多事，比如见面要尊敬，落座先让局长他们坐，吃饭不谈饭价的事，手机尽量关机，最少也要设成振动。我暗笑他的唠叨，我大小也是个有十几年教龄的老师，这点礼节还不懂？我歉意地点点头，准备走出去接听。张局长招了一下手，示意我在屋里接，外头是大厅，人杂，不方便。

电话是郭小川的家长打来的，说是现在还没有到家，问是不是学校有事，补课什么的？我说没有，下午四点半就离校了。那头急了，那会去哪里？韩老师，你给我他同学的电话？我说了三个和郭小川玩得比较好的同学家的电话。放下电话，我请大家吃饭。张局长问我，会不会上网？现在小孩子时兴上网打游戏。我又拨通电话，电话正忙，估计正在找他。表叔说，我们先吃饭，吃完饭他回家帮着找。

饭吃完了。表叔叫服务员上茶，他和张局长聊天。按照事先安排，我要将准备好的一桶碧螺春送给张局长。表叔说了，他和局长关系不错，友情一直维系，愿意出来吃饭就是证明，所以买袋茶叶吧，联络一下感情。电话又响了，还是郭小川的家长打来的，说没找到，有两家没人接。我告诉他网吧的电话，又说了三个有可能的学生家电话。我说，别急，应该不会有事，他一向都是很老实的，也许就在某个同学家玩呢。打完电话，我歉意地笑。我说真不好意思，打扰张局长你们谈话。张局长说这样的事多吗？我点头，在农村不少，父母都出去，很多孩子都是一个人在家，星期五放学回去时，就有同学相约到一家去，做作业也有个伴。张局长没有笑，他站起来，我们走吧，你回去再帮家长找一下，他们挺着急。表叔看了我一眼，我赶紧把纸袋递过去，一盒茶叶，润润嗓。

张局长批评了我，也批评了表叔。当然，我们都是笑眯眯的，一副接受批评却死不悔改的模样。张局长只好指指表叔，叹了口气，提上茶叶走了。

表叔也要回去了。我将准备好的茶叶也递给他，他摇摇头，很生气又无可奈何的样子。他拍拍我肩膀，等消息吧，应该没多少问题，我从来没找他办过事，应该给我面子。

我也回来了，留在县城得住旅馆，20块钱一个房间，不如打的回去。何况郭小川的事还在心上。坐在车里，郭小川家长打来电话，找到了，就在先前的三个学生中的张帅家，他们去街上洗澡了。我舒了一口气，点燃一支烟，很香。

星期一上课时，我叫出了郭小川，张帅。郭小川已经准备好了说明书，说明忘打电话给家人交待去向。张帅也写了一份，我正看着，校长通知我准备材料，说我们学校扩了一个指标。我赶紧打电话给表叔报喜，表叔也很高兴，他说你再去当面谢谢张局长。放下电话，看到张帅他们小声嘀咕着什么。我板起脸，不好好检查，说什么话。张帅说，那天晚上就是张局长打电话到我们家，问郭小川是不是在家。我愣了一下，还问什么？张帅挠挠头，没问什么，就问你平时对学生怎么样？郭小川说，星期天也打电话到我们家，问我回去了吗？

张局长说，干得不错。他给我一袋茶叶，叫我泡着喝，保护嗓子。张局长还叫我和表叔星期五晚上在老地方吃饭。他没让我说许多的感谢话，送我出门时，拍拍我肩膀，好好教书，心里干净。

我愣了愣。提着茶叶，回到学校，继续上课。

# 第七次同学聚会

张君经常接到同学聚会的邀请，有小学、初中的，也有高中、大学的，还有干部培训班的。张君一概不去。

张君这样对妻子说，没意思，吃吃喝喝，看当大官的眉飞色舞，看当大款的指点江山，心里憋得慌。妻子笑笑，别自卑啊，该去就去，我们又不是出不起钱。张君认真了，谁自卑，当年我是班长，成绩也是上等，现在我也不差，县医院的副院长。妻子继续笑笑，不去，也好，省得烦心。

可发起人执着地邀请张君，说这是高中同学第七次聚会，前六次你都没参加，这次无论如何都不能缺席。发起人依然是李阳，班里最富有的人。李阳跑到了办公室，扔下一盒铁观音。他是李阳的健康顾问，经常在一起坐坐，也能谈得来。但是张君不愿意和大家在一起，他说，我说有事就有事，比如动手术，不能误了病人吧。

李阳走了，又折回来，小心翼翼地问，会不会因为樊娟？樊娟是张君的初恋，其实应该叫初次相思，后来嫁给了李纲，现在的县公安局长。张君撕下一张病历纸，团成纸团，砸过去，扯棒子，我说不去就不去。

张君也说不清楚为什么。他上学时和同学的关系挺好的，他号召大家学雷锋，一个班的同学挨个单位擦玻璃。毕业后，他分到了县医院，凡是找他看病的，都全力帮助，安排医生，联系病床。张君自己也知道，同学们对他也不错，隔三差五地请他坐坐，聊聊工作，谈谈老师、同学，很融洽。李纲也打电话来，知识分子就清高了，你要不来，我给你铐来。李纲笑，张君也笑，他连声说我尽量，绝对尽量。

尽量只是一种可能。李阳咨询聚会主题时，张君当然不置可否。李阳说第一次是吃饭，第二次看电影，第三次看望生病的王顺志，第四次为母校捐款，第五次向孤寡老人送慰问品，第六次集体爬县内最高的山——紫屏山，这次你做主，确定一个主题。李阳再三解释，毕业二十周年聚会，弟兄们都小有成就，一定要一个有意义的主题。张君说你们定，我尽量参加。放下电话，张君在病历上写下"不去"两个字，看望王顺志，为母校捐款，向孤寡老人送慰问品，都上了电视新闻，新闻里的李阳他们意气风发的。爬紫屏山那次，张君也知道，李阳来看病时，兴奋地说爬到山顶时，大家都发疯似的欢叫，特别是从美国回来的丁松，热泪盈眶。张君心里湿湿的，丁松是他最好的同学，那次回国，他单独请丁松吃了两次饭。张君看看钟表，又到了查房时间。于是，张君打了个电话给李阳，你多征求几个人的意见。

征求很快有了结果。李阳通知张君，元月22日上午九点钟在母校聚会，上午在原教室里上课，中午在阳光酒店就餐，下午集体到县内新开发的石龙湖湿地游玩。李阳很兴奋，丁松已经派驻到北京，担任某国际公司的亚洲高管，这次也确定回来。张君"哦"了一声，然后说到时我请他吃饭。李阳大笑，行，你请，别忘了叫我作陪。末了，李阳当然又强调了一遍，一定参加，否则就不到你那儿看病了。张君笑了笑，挂断了电话。

元月22日到了。张君关了手机，在医院上班。妻子说去就去吧，同学会说你不近人情。张君摇摇头，你不知道。张君有很多话要说，比如他看惯了医院中的痛苦、悲伤，看惯了病人灰色中的希望，希望中的坚强。比如他害怕浮躁，让他失去平静。对，是平静。他提醒妻子别忘了拿上鲜花，当年的班主任三天前住院，高血压。妻开着玩笑，会不会被你们气的？张君有些不好意思，也许吧。

张君到病房时，老师已坐起来，找衣服换。老师说今天你们班毕业二十周年聚会，我得去上一堂课。

张君没有说话，张君帮老师穿好衣服，带上药片，装上茶杯，送他下楼。老师转脸，你把点名簿带着，我要点一次名。

张君正准备向老师解释。然而，他停止了脚步。老师也停下来，住院部楼下的空地上，站着四排人，捧着鲜花，提着礼品。李阳扶老师，回房吧，外面风大。李阳没忘记抵抵张君，这次跑不掉了吧？

张君挥挥手，请大家安静，不要让老师激动。像当年自习课，人群就静下来，像无声绽开的鲜花簇拥着老师，走回病房。

# 王贵花

王贵花没想到自己一句话惹出这么大的麻烦。

一开始，王贵花和母亲聊天。聊聊村上谁又去世了，谁又添孩子，谁家盖新房子，谁家庄稼长得好。一般王贵花不吱声，一个月回来一次的高三学生王贵花习惯一边听着母亲唠叨一边干活，比如捡米或剥大蒜。语文老师说了，多听听母亲的唠叨，是心灵上放松，有用。可是聊着聊着，王贵花不想听了，她将大蒜丢在小盆里，连手都没洗，就回到偏屋里。

而且，她还没看书，坐在桌前发呆。

过了很久，王贵花发现爹和母亲都在院子里小心翼翼地向屋里看。她叹了一口气，又出来了。

王贵花说没事，学习太累，想休息。

爹就说赶紧睡吧，下午还要上学。王贵花看着爹，脸庞已经有些苍老，正小心翼翼地笑着。王贵花叹了口气，真的不想去上了，那个坏蛋。

不过她没说出来。说出来又怎样呢？父亲是一个农民，一个老实而且有些胆小的农民。而他，是一个十足的赖皮、坏蛋。王贵花，咬紧牙关。

咬紧牙关也无济于事。那个坏蛋照样给她递纸条，照样在去食堂的路上跟着她说要不要帮你打饭，照样下雨天送一把伞到教室外，照样不管不顾地买上一包瓜子溜进教室。王贵花知道班里同学开始看不起她，知道那个坏蛋到处说她是他的女朋友。王贵花还知道班里那个曾经喜欢与她一起讨论问题的张凯，已经一个星期不和她说话了。

陈珍悄悄告诉她，那个坏蛋找人恐吓了张凯。

王贵花说陈珍你帮我出主意吧，我烦死了。陈珍摇摇头，老师也找过了，没用。王贵花不说话，她已经找过老师五次，每次老师都去和"坏

"蛋"的班主任交涉，"坏蛋"的班主任又和"坏蛋"的家长交涉，都没有用。

王贵花说我不想上了，我想回家，我不想让大家看不起我。

陈珍看着她，怯怯地说，大家也没有看不起你，都是那个坏蛋造谣。

王贵花说我要去报警。老师摇摇头，都是学生，况且人家只是递纸条说说话，没什么大碍。顿了一下，老师又说，他爸也是个不讲理的人。

王贵花知道，原来都找过他爸，他爸很生气，怪不得我儿子成绩下降了，我还没找她算账呢！

王贵花只好上课，只好记笔记做数学题背单词，她不想脑子里有一点空。下课时，看书看试卷看黑板题目出神，她不希望有人喊她的名字，包括本班同学。

奇怪？没有人喊，包括那个坏蛋。已经一星期没来递纸条或者喊她。转学了？车祸了？王贵花不愿去想，她庆幸，终于可以放心做题目了。

陈珍趴在耳边告诉她，他没受伤，也没转学，还在那个班里。陈珍要了三个糖果，说是报酬，我观察三次，他都在教室，老老实实的。

王贵花庆幸，激动，还有高兴。她老老实实买了五个糖果，给陈珍，你都吃，吃完我再买。

陈珍还要，王贵花就去买。老师说等会儿，校长找你。

校长说很抱歉，对于你的事不知道，才弄成这样子。王贵花疑惑，哪样子，我又没说什么。校长倒了一杯茶，递过来，好在已经解决了，那个男生被他爸爸狠狠教训了，差点不让他上，他吓得跪下来。王贵花有一丝快意，终于知道错了。校长说，你父亲很有能耐，能把他爸治服，够厉害的。我父亲？他爸？校长点点头，和为贵嘛，你到水上商场看看，让你父亲回家吧。

那个苍老的脸庞，那瘦小的身子，那小心翼翼的笑容。王贵花飞一般跑向水上市场。

喧闹的二楼服装城，喷射的水柱，熙熙攘攘的人群，在中间拐弯处，有一个小小的板凳，父亲正吸着烟，和别人聊天。

王贵花看到那个白白的胖胖的男人堆满笑容，大哥，都是为了孩子，我下过保证了，让孩子好好学习。爹，大爷，二大爷，还有邻居麻五，德民叔，都坐在板凳上，笑眯眯的。

王贵花喊了一声爹。王贵花看到那个白白的胖胖的男人堆满笑容向她奔来，握着她的手，说闺女你好好学习，那个浑小子我揍过了，不会再打搅你。爹走过来，拨开他的手，兄弟，我走了。爹挺直身子，给他一支烟，兄弟，弄不好，我还来，我们庄稼人有的是时间，慢慢陪你聊天。

大爷说是，二大爷也说是。麻五也说丫头没你的事，回学校读书。

王贵花哇的一声哭了，谁也阻拦不住。

# 翅　膀

贵阳找了两份工作。

白天在一家酒店当门童，笔直地站在旋转门边向客人致意，或者一溜小跑过去打开轿车门，迎来一位位衣着光鲜的客人。贵阳满面微笑，弯腰，伸手邀请，把手放在门边上搭凉篷，非常熟练。一米八零的贵阳不做作，他向每一个客人微笑，包括经理和同事。经理有时停下来，看看，又笑笑，赞赏似的点头。贵阳不点头，用微笑，用舒展的眉毛回敬，让人一片阳光。

贵阳晚上六点钟下班，穿过宽阔的停车场，取出自行车，向武汉路飞奔。武汉路人多，华灯初放，已经有不少顾客开始打量路边的排档。贵阳往餐桌上放餐巾纸，看板凳放稳了没有。老板很客气，告诉他今天买到了什么菜又有什么菜没买到，贵阳认真地记，灿烂地微笑，行，我记住了。于是，他像鱼一样游弋，在餐桌间，在喧哗中，在一个又一个兴奋而明亮的客人中间。贵阳的声音很清脆，报菜名，报原料，绽放着开心和喜悦。客人就问，小伙子，这么开心？贵阳的眉毛像云一样舒展，你们来了，我就开心。老板听了，将炒锅掂得更欢，像是火中欢快的舞蹈。

轻闲时，老板就和他商量，再加两个小时，干到十二点，多加 15 块钱。贵阳刷盘子，在泡沫中飞快地扭转双手，然后歉意地笑，我得回去，太晚了不行。经理也问，贵阳，夜班也干吧，加 20 块钱。贵阳举手行礼，谢谢经理关心，我晚上回去不方便。经理怔了怔，可以住在酒店里，很方便的。贵阳立正，然后松了身子，正在处朋友呢！经理哦了一声，恍然大悟，进了酒店。

贵阳也进去，每天早晨七点钟，经理要训话，总结昨天工作，安排今天事情。贵阳经常被表扬，说是顾客留了意见，夸他阳光、勤快。经理眉飞色舞，说贵阳是一张名片，热情而且真诚。贵阳脸红红的，他偷偷地对林生说，为了工资。林生理解，他和贵阳都是门童，却经常被批评。贵阳就安慰他，工作嘛，眼得活一些，我主要是为了工资。评上服务之星时，贵阳请林生吃饭，其实我是习惯了，干利索点就可以省点时间看人看风景。林生很感激，那顿饭吃了 43 块钱，服务之星奖金 50 块钱。再来车时，林生就说，你歇会儿，我去。贵阳便微笑，对客人，便沉思，算收入。

晚上客人稀少时，贵阳也沉思。一边刷盘子，一边想今天花了多少钱。贵阳给自己定的标准是 5 块钱，早餐 2 块，午餐是盒饭，3 块钱，汤不要钱。晚饭在排档吃，和老板一起，烧一个菜，下饺子，老板喝酒，贵阳不喝，老板说不算钱，贵阳脸红红地笑，知道，可是我不会喝。其实贵阳喝过酒，上大学时，敬村长敬父母，喝了半斤，也不醉。但贵阳提醒自己不能喝，老板对他已经不错了，允许他在六点半到岗，别人家都是五点半，而且允许他只干到十点钟，工钱不低，20 块钱。贵阳算过账，加上白天，一天可以挣到 40 块钱，去掉伙食费 5 块钱，还有 35，一个暑假就是两千 100 块。这时，贵阳总会稍微振动一下，像轻轻的电流，划过身体。对，2100 块，多么幸福的数字。

经理有时也问，要不你干前台吧？前台工资又高一点。贵阳又敬礼，敬得经理直笑，你小子，就喜欢站门口。贵阳松了身子，是，我喜欢站门口，能看到风景。其实他没说真话，他不愿干前台，或者服务员，在楼里走来走去，没有白天，没有黑夜，只有灯光，只有玻璃和厚厚的房门。贵阳喜欢站在门口，看着对面的火车站，那里有开往全国各地的火车，包括贵阳，那个和他名字一样的城市，一个他很想去却从来没有去过的美丽城市。火车响笛时，贵阳就向对面眺望，他对林生说，坐火车真好。

排档老板也认为坐火车真好，一下子把他从老家带到了繁华的都市。老板问贵阳坐火车半价吗？贵阳点点头，学生票，半价。老板就掂了掂炒锅，好好干，将来留在城市里。贵阳应了一声，端着盘子像鱼一样游走了。贵阳对自己说，留在城市，不是这里，而是贵阳。

贵阳在网上查过资料，贵阳是个好地方。贵阳到过火车站，问过贵阳的火车票，200 块钱。贵阳想等工钱结过后，告诉母亲，可以陪你回家了。

母亲不知道，母亲以为他在学校里读书，叮嘱他要注意身体，不要太累，上学的钱家里能挣够。贵阳每天晚上给母亲打电话，说不累，在图书馆里，有空调，比家里凉快。然后，开始看书，一个钟头，他告诉自己，要好好读书。

暑假结束了。贵阳请经理和林生吃饭，在老板的排档里，贵阳自己炒菜，炒锅在熊熊的火上舞蹈，他的脸被映红了。贵阳谢谢经理，老板，还有林生，让他挣钱，照顾他。贵阳还喝了酒，一小杯一小杯的。喝了酒的贵阳微笑着，谢谢你们，帮助我实现了一个愿望。

贵阳的愿望很简单，带母亲去一趟贵阳，那是母亲的家，那里有外婆，有舅舅，有大姨，二姨。贵阳打过电话，写过信，却从来没有见过面。贵阳没有说愿望的内容，母亲是贵阳农村人，二十年前被人拐到安徽的乡下，就一直没有再回去。母亲说，不回去，通电话听声音呢。可是母亲经常站在门口，向西南张望。贵阳知道，那里有一个叫贵阳的城市，还有外婆、舅舅，大姨，二姨。

贵阳走的时候，对着他们挥了挥手。然后，他停住了，他转脸，笑着，听，火车开动了。

## 铁拐李

铁拐李是绰号，真名叫李丹阳。

丹阳是初一学生，拄着一支拐杖，走路时用拐杖支着地面，另一条腿一跳一跳地前进。当然，他的样子很符合传说中的铁拐李形象，很多同学心里也是这么想的。

但没人敢这么叫。丁老师在一个丹阳没来上课的早自习极其严肃地说了这事。丁老师说健康的标准有两个，一是身体健康，二是心理健康，而心理健康远大于身体健康。丁老师又语重心长地列举了许多事例，比如海伦·凯勒，比如张海迪受到的照顾和关爱，叮嘱大家要关心李丹阳。丁老师最后说：谁欺负李丹阳，我叫他家长来。

当然，就没有人欺负李丹阳。上楼梯时，副班长跑过去搀他。下楼梯时，学习委员要背他。上体育课，李丹阳拄着拐杖在球场飞跑，体育委员说，丹阳，你当裁判，我们信你。李丹阳咧咧嘴笑，就一蹦一蹦地跳出场去，吹起哨子。体育课上还打篮球，李丹阳也会，单手投篮，每人五个，他中三个。但李丹阳主动请求当记分员，因为他看到两边都讨论着，谁也不说要他或不要他。

学校举行合唱比赛，要求全员参加，李丹阳也练，练得很刻苦。音乐室在四楼，他兴奋地飞上去，又飞下来。丁老师郑重其事地找他，这样不行，摔着怎么办？掉下来怎么办？丹阳摇摇头，没事，早就练习惯了，暑假里，听说中学有楼，我在庄上找了一家楼房，练了一个多月，早就能飞了。丹阳得意地笑，丁老师也笑，那你就练。走出门时，丁老师又喊他回来，有人欺负你，跟我讲。丹阳愣了一下，摇摇头。

合唱比赛在元旦时举行。每个班都上，整齐的队伍，色彩鲜艳的服装，嘹亮而有力的歌声，引来一次又一次雷鸣般的掌声。轮到初一（6）班了，当丹阳一点一跳地站在第一排正中间时，下面响起了一片窸窣声，一小片一小片的学生扎堆小声说话。忽然，他跳出了队伍，老师，我不参加，可以吗？丁老师示意他回去。丁老师竖起大拇指，冲他，也冲自己。李丹阳回去了，站在第一排的正中间。

合唱很顺利，他们班唱得很整齐，也合节拍，轮唱也得到评委的掌声。可下场时发生点意外，体育委员和二（1）班学生吵了起来。然后是班长，劳动委员，最厉害的女生，都冲上去，和他们交锋。战争的结果是二（1）班的学生哑口无言，一句也不说。丁老师也很生气，将二（1）班的三个男生揪了出来，带到办公室，训斥，大声地训斥。

一（6）班的同学很解气，既为合唱比赛取得了好名次，又为李丹阳出了口气。班长眉飞色舞地说，我冲上去质问他们，你懂得健康的含义吗？你这样才是残疾，懂吗？你才叫残疾。体育委员也说，就是，我挥挥拳头，他就闭嘴了。丁老师也表扬了大家，还表扬了李丹阳，歌唱得好，为班级赢得了荣誉。班里响起了雷鸣般的掌声。

李丹阳要求发言。李丹阳说谢谢大家的照顾，其实我不在乎，庄上人都喊我金鸡独立，我习惯了。班里没有掌声，丁老师很温暖地笑，傻孩子，那怎么可能？

于是，班里组成了学习小组，帮助李丹阳补功课。小学二年级出车祸时，耽误了一个月的功课，所以李丹阳的成绩一直不好。丁老师还指定体育委员训练李丹阳打乒乓球。丁老师在一次李丹阳请假的班会课上，又一次强调了健康的含义，要求大家平等对待李丹阳，友好相处。

李丹阳很感动。感动的李丹阳不好意思地拿出一封信，他犹豫了很久才给同桌看。同桌理所当然地交给了老师，这是一封喊李丹阳为铁拐李的信。信中说，铁拐李聪明，为八仙之一，虽然形象不佳，但很有造型，所以大家都能记住。你李丹阳，完全符合以上特征，干脆就叫铁拐李吧。丁老师是铁青着脸走进班里的，他把信摔到讲台上，将狂风暴雨持续了四十分钟。

第二天，丹阳父亲也来到了学校。丁老师很不好意思地解释，都是小孩子，我开过班会了。爸爸说，家里也收到一封信，在门缝里：铁拐李，走，打篮球去。丁老师把纸条拿过去，看了很久，不说话。

门响了。李丹阳进来了，老师，没事，在小学人家都喊我铁拐李，挺好的。李丹阳还说，我想和大家一起玩，打篮球，踢足球，我不希望我坐在旁边鼓掌。爸爸也说，这孩子特别能干，学什么会什么，就怕别人不和他玩。丁老师很愧疚地看着丹阳，那也不能喊铁拐李吧。李丹阳微笑着，铁拐李是八仙呢，本领大。

丁老师和爸爸握了握手，很坚决。

李丹阳也很坚决地在拐杖上贴上三个字：铁拐李。李丹阳在班级演讲比赛时给大家解释，铁是钢铁的意思，坚强如钢铁，是我的理想。班里，当然响起雷鸣般的掌声。

李丹阳下台时，和班长握了握手。班长小声地说，欠我一袋方便面，记着哦！丹阳坚决地点头，飞快地跳回座位。

李丹阳准备请班长一个大碗面，2 块 5 的，是班长帮着他写那封信，写那张塞到他家的纸条。小学时大家也不喊他铁拐李，大家都像熊猫一样地保护他。现在，他得意了，铁拐李会飞翔，他也可以，和同学一起自在地飞翔。

# 证　据

田芳断定马文文出了问题。

因为马文文的私生活是透明的，上班，下班，上网看新闻，晚上读小说。用田芳的闺中密友杨琳的话说，绝品男人，不赌不吸烟不喝酒，生活有追求。所以，田芳发现马文文没有按照惯例将年终烤火费交出来时，就有了疑问。

马文文解释，金融危机，单位等一段时间再发。等了一段时间，田芳还没有见到烤火费。马文文无奈地摊开双手，你可以问我们领导去。田芳当然不会，他们是模范夫妻，怎么会有这样荒唐的行为？只好求助杨琳，杨琳说简单，两个电话搞定。结果是烤火费已经发到个人卡上，金额是1800元整。用杨琳的话说，大火已经熊熊燃烧，只是不知道谁在和马文文一起享受温暖。

田芳等待马文文主动交待。马文文却一脸无辜，用了，对，就是用了。田芳说买手机还是旅游，你涛声依旧，没有丝毫变化。然后是冷战，单边冷战，田芳一个星期不理马文文。她希望马文文热情而充满愧疚地忙前忙后，端上一杯牛奶，温情地解释原因，比如把钱寄给乡下的父母或请同学吃饭唱歌了。但没有，马文文主动做饭，热情干家务，讲到烤火费时还是一脸的无辜，用了，真的是用了，又没有乱花。

田芳打电话慰问公婆，旁敲侧击打探。公公很快就听明白了，表示没有收到钱，再说家里也不需要。田芳联系顾强，顾强说你怎么把老同学管得那么死气，叫出来吃饭都不行。杨琳说算了吧，小事一桩，又不是多大数目的钱。田芳的眼泪亮亮的，你不知道，他太透明了，任何一件事都和我商量。

　　田芳的父母也来了。面对岳父，马文文很真诚地说，资助一个贫困学生，不想声张。岳父很感慨，和马文文碰了一个响杯，事没干错，应该和田芳沟通。

　　田芳主动和他沟通。比如资助什么地方的学生，成绩怎么样，资助方式是什么？最后，田芳关心一年1800元够不够。马文文说一年两次，每次1500元，算学费，生活费她自理，是在网上联系的。田芳紧张起来，会不会是骗子，她给你写过信吗？你知道她家的联系方式吗？马文文摇摇头，用不着，我每学期开学时把钱打到卡上就行了。

　　田芳找不到证据。比如女孩只言片语的感谢信，贺年卡，或者成绩单，奖状等。田芳问马文文，为什么不要联系方式，那个女孩上几年级？马文文正上网，看散文，他指一段话给田芳看：阳光初放时，从没有想过光芒四射，或者给万物带来力量，阳光，只为了温暖自己。田芳不信，她要马文文拿出证据。她给杨琳说，他不知道人家地址，上的学校，也不允许人家问他的姓名，工作单位，到开学时就把钱打去了，不是在骗我吗？杨琳看着她，有点悬，跟特务接头似的。

　　马文文上网找证据。找到了一年前网友发的求助帖，有那个女孩的情况，父母在一次车祸中丧生，剩下姐弟两人，考上高中，准备辍学。马文文还找到了自己发的帖子，愿意捐助。田芳也看到了网友的赞扬和索要马文文地址的帖子，然后论坛里是一片沉默。

　　田芳给那个网友留言，说想去看看女孩，没有人回音。马文文说这个人很久没有上网了，自从给过卡号后就没有联系。田芳两次紧张起来，不会我们的爱心都被他取走了吧？于是，发求助帖，寻找最早发那个帖的网友，期待他现身，解开疑团。

　　寻找网友毫无结果。可是田芳找到了那位女孩，一个瘦瘦的，清秀的女孩，两间破旧的瓦房，女孩在做作业，弟弟在看书，认真而快乐。田芳带去了很多东西，安慰女孩要坚强。田芳说，马叔叔一直想过来看你，又怕打搅你，所以只把学费寄过来，现在有时间才过来看你。女孩很激动，弟弟也很激动，叔叔呢？女孩慌忙擦板凳，用毛巾，洗脸的毛巾。

　　马文文很难为情地走过来。他对自己说，我没做好这件事，最早发帖

子是我自己，无人响应后资助她的也是我，我说过要做一件干干净净的事，像云一样，不留痕迹，可是我没做到。马文文想起了女孩的班主任，那个高大而慈祥的老师，握着他的手，感谢他动员来的资助。于是，马文文认真地看着女孩，认真地说，对不起，打搅你了。

然后，马文文坐下。女孩，突然哭了，无法阻挡。

# 开在云里的棉花

雅婷感觉打营养钵挺诗意的。

是春天的早晨，和风拂面，碧绿的麦田，软软的沙土。摁一下，脚蹬一下，一个圆圆的钵子就掉了下来。根生捡着，一个个整齐地排列在坑里。雅婷说，你净会吓唬人，这有什么累的？根生低头摆营养钵，不说话。

一个早晨，打了四千个。雅婷不再说玩笑，速度越来越慢，根生递过去馒头，歇会儿吧。雅婷吃馒头，有些累了，根生很慈祥地看她，别种了，出去打工吧。

雅婷气鼓鼓地吃馒头，气鼓鼓地打钵子，不理根生。放上棉籽，盖上塑料膜，雅婷说没事了。根生摇摇头，事多着呢，你就是不听话。事确实多，每天早晨要去将塑料膜掀开透气，要把钵子里的杂草除掉，要将长得不好的幼棉揪下，另外补充新的钵子。雅婷笑吟吟的，这多好，天天来田野里享受新鲜空气。

空气是新鲜，可活儿挺累人。得将钵子从池里取出，放在篮子里，一篮篮背到麦地中间，得挖个小坑，得浇上一小盆水，水得从河里挑。一挑水管十坑，一趟棉花二十挑水。雅婷明显吃不消，她把水倒在坑里，将挑子扔在附近空地上，大口大口喘气。根生在埋土，将土埋在棉钵周围，认认真真的。根生很和蔼地说，别种了，种棉花累人。

雅婷盯了他一会儿，气鼓鼓地去挑水，气鼓鼓地浇水。棉花长得快，三天一变样，五天见个头。雅婷站在幼棉中间，仿佛一个元帅，看着士兵向她欢呼鼓舞。根生也站在地里，笑着说，别高兴太早，后面的事还多。

一开始雅婷不信，棉花已经长到一尺高了，叶子绿油油的，青青逼人，能有什么事？而且，雅婷看到大片大片的田野里只有她的三亩棉花，比黄豆苗要俊秀，比玉米苗要朴实。但根生已经准备好了药筒，叫她先打一遍，防红蜘蛛。喷雾器很有意思，一手往下压着，一手控制着喷头，雾就射了出来。雅婷甚至跑了起来，她喜欢梦幻的感觉。根生不让，叫她戴上口罩，穿上厚小褂，叫她慢慢走，将喷头对准棉花上下左右喷个遍，说这样才有用。

很快，雅婷发现打药最没有诗意，最没有梦幻了。早晨不能打，晚了不能打，有露水，药水会滑下来。就得中午开始打，太阳最热的时候，不能穿单衣服。其实雅婷偷偷试过，穿单衣服凉快，贴着一桶凉水，更舒服。根生表情严肃地说，绝不可以，会中毒。于是，戴上口罩，套上厚衣服，穿上球鞋，二十二岁的雅婷在枝枝叶叶间穿梭。雅婷走得很慢，棉花已经长大了，伸出许多枝条，长出许多棉叶，密密麻麻的，需要一步一步探着前进。雅婷碰断过两枝，根生没有说她，只是将棉枝拎起来，看了一会儿，放在地上。雅婷知道，做错了事，根生舍不得批评她。

根生当然舍不得，早上打两个鸡蛋，命令雅婷吃下去。雅婷说我会胖的，根生笑，胖也没关系，跟棉花似的，白白胖胖多好。棉花真开了，先是浅浅的白色，过了晌午，颜色变深，黄色，红色，到了傍晚，变成紫色，薄薄的，像绸布一样的感觉。雅婷嗅了嗅，伸手去摸，一朵，又一朵，根生发现了，很认真地训斥，不能摸，摸了就不结棉桃了。

棉桃很漂亮，尖尖的，圆圆的，青绿青绿的。根生说，它还会开花，开出洁白洁白的花。雅婷不信，开了一次，还会有第二次？雅婷天天在棉花地里，看棉桃，棉枝，棉叶，像是看商店里时尚的服装，一丝不苟。

终于，有一天下午，阳光明媚，雅婷发现了一个棉桃咧开了嘴，露出白白的牙。根生也过来，快了，快了，你会发现，满地是白云。

根生没有骗人，秋天的太阳秋天的风，秋日的棉花天上的云。叶深了，枝硬了，棉桃张开了胸怀，满地洁白。白天，雅婷和根生去摘棉花。晚上，一瓣一瓣瓣出来。太阳出来了，放在架子上，屋顶，席子上，悄声声的，羞涩的棉花等着太阳，傍晚时分，雅婷看到了灿烂的，一帘一帘的棉花，肆无忌惮地开放，在屋顶，在架子上，没有杂质，没有姿势，软绵绵的，连在一起，有些梦幻的感觉。

雅婷坐在了棉花堆上，雅婷说，没想到棉花这么美丽。根生看着她，不说话，这个江南姑娘，跟着他来泗县，第一次种棉花，第一次丰收。

根生丢掉了拐杖，也坐在棉花堆上，明年不种了，我腿已经好了，还回上海打工。雅婷睡下，又坐起，又睡下，雅婷指着天上的云朵问，像不像咱家的棉花？

根生看着她，你也像，白白胖胖的。

# 工　钱

　　金升牵走了德民的羊。

　　金升走村里的大路，从小学门前，到代销店，到教会堂前面。金升很热情地和人打招呼，不忙，牵羊，德民少我的工钱。羊有些不听话，拧着身子，不愿意走。金升转脸，提提绳子，走吧，走吧，给你换主子了。

　　金升把羊牵到家，发现没有人追赶，有些诧异。算了算时间，十二点钟，应该收工了，一收工，德民就会知道他的羊被我牵来，肯定会暴跳如雷。太阳斜了过来，暖暖的，还是没有人来要羊。金升便坐不住，把羊牵出来。

　　庄上的人都在吃饭。麻阳站在门口，你和羊谈恋爱呢？金升白了他一眼，老不正经，我闺女马上结婚。想到闺女，金升就急，德民啊德民，明明你少我200块钱，怎么三番五次叫我好好想想。金升又背了一遍自己的账，三十个工，每个工40块钱，总共1200元，我支了一千，正好剩200块。羊又不愿意走，前蹄扒着地，很坚决的样子。金升继续提绳子，德民，你别怪我，我牵一只羊抵工钱，你要给工钱，我就给你羊。

　　德民不给钱，德民笑眯眯的，一点也不生气。请金升坐，请金升身后跟着的乡邻坐，德民说谢谢你把羊送回来，我还以为丢了呢。金升摆摆手，别扯，给我钱，不然我就牵羊。开代销店的麻阳大声说，金升今天硬气，像个爷们。笑声就散开，一层一层的。

　　金升有些不好意思，他知道自己不像个爷们，出去打工干活慢，工头总是训他，然后赶他走。在家打零工，跟人在庄上盖房子，人家也嫌他，嫌他不长眼睛，老是磕磕碰碰。于是，金升就硬了硬口气，干活给钱，天经地义。德民放下饭碗，抹了抹嘴，三爷，非要把话挑明了说？德民的目光微笑着，让人平静不下来。金升有些心慌，其实德民对他不错，留他干活，很少训他，人多时还按辈分喊他三爷。而且德民笑的时候，往往是有想法的，比如准备生气，准备说一些不好听的话，因为他是一个不喜欢多说的人。

金升看着麻阳，其实无所谓，早一天晚一天的，这不是钱急吗？麻阳说对，家生也说对，利利索索结工钱多好。微笑着的德民拿出一个练习本，给麻阳看，给家生看。练习本上写着日期，按着密密麻麻的手指印，鲜红鲜红的。在金升那一栏里，缺了四个半天，很清楚，一片空白。麻阳算了算，四个半天工，80块钱，对，应该扣掉80块钱。金升的脸稍微涨了涨，那还少120块，金升坐在牛槽边上，抽烟，大口大口地抽。

德民回到屋里，又出来，给他120块。德民说，三爷，你点点。金升不点，塞到裤兜里。给德民烟，我也是手头紧，别气我。德民笑，很随意的样子，不生气，三爷回去后，把那张纸带给我。

那张纸是合同。金升说本庄老少爷们在一起，还签合同，像什么话？金升当初还说，我在上海工地干，都不签合同，干完活老板给钱你就走路。德民笑笑，麻雀虽小，五脏俱全，跟我干活，都得签。金升听德民读合同，比如安全，比如工具使用，都不放在心上，只关心工钱。当他听到40块钱一天时，赶紧问手印摁在哪儿？现在要找那张纸，金升想不起来，也许早就扔了。金升喝了酒，想今天的事，有些得意，到底动真格的，就给钱了。

睡醒了的金升开始找合同，他准备送合同时再买盒烟，送给德民，开春再继续跟他干。德民自己来了，提着两瓶酒，三爷，是我。德民问合同的事，金升说找不到。德民就拍拍兜，我这儿还有一份。德民上烟，黄山烟，10块钱一包。抽上烟的德民给金升讲合同，比如工钱，小工40块钱一天，缺半天工算20块钱，迟到一个小时扣5块钱，早退一个小时扣5块钱。金升着急地说，昨天不算过了吗？德民弹了弹烟灰，合同上早定好的，怪我没讲明白，才有这出误会。于是德民讲得很明白，每天中午伙食算5块钱，从工钱里扣，还有齐工结账时主家如果安排吃饭，每人要扣掉20块钱，结给主家算人情。烟雾中的德民笑笑，三爷，其实还有一条，干

活时说过的，就是主家如果比较困难，我们一人随 50 块礼，从工钱里扣，和你结账时，考虑你手头紧，就没扣你的钱。

金升找酒杯，找到酒杯，又找酒瓶。德民把酒提上桌，我带来了，三爷。金升搓着手，然后去掏钱，这工钱还给你，其余的过两天再还你。德民上烟，顺势推了他的手，伙食费就算了，都是粗茶淡饭，庄上干活就是这样，结账时都让主家钱，房子要结实，人情也要结实，德民站起身，轻声说，三爷，我走了。

德民把合同放在桌上，走到门口，又转脸，三爷，忙过小妹的婚事，接着干活。金升怔了怔，慌忙应了声，好。

# 点 哭

韩三成了家。韩三找了很多份工作，都不满意。

舅舅叹了口气，你哭吧。韩三鼻子酸了一下，想哭，工地嫌个小，仓库说没力气，开车没驾照，真是四处碰壁。舅舅笑了，不是叫你现在哭，是人家办丧事时替人家哭。

于是韩三上岗了。吹唢呐的舅舅生意好得很，不是喜事就是丧事。遇到丧事时，舅舅就推荐韩三，能哭，会哭，有词，还有劲，比真的还真。舅舅还安排韩三去观摩了两个替哭的妇女表演，叮嘱他要看细，看实，不能漏了环节。韩三很认真地看，记哭腔，记哭词。韩三问舅舅出场费高不高？舅舅笑，还想多高，一天100块钱。

韩三第一次出场是在外县。他怕村上人知道，顶着孝袍哭别人爹娘，不吉利。韩三用了湿毛巾，舅舅说干的也行，人家不看你眼泪，听你哭词。韩三还是把毛巾捂住眼睛，湿湿的，吸引着眼泪出来。舅舅趁着将嘴巴从唢呐上移下来的空儿，提醒说得哭成妈，有四个女儿的妈。韩三便哭妈，哭妈含辛茹苦将四个孩子抚养成人，考上了学校，当上了教师，干部。开始时，声音不大，执事便明确地说，你得哭响点，老太太可是有脸面的人。韩三知道，门口花圈一大堆，还有二十多辆轿车。韩三还知道，老太太有一个女婿做镇长，一个女婿做厂长。韩三哭得响亮一些，是戏文，将老太太一生编成一段泗州戏。昨天想了一夜，韩三还是用泗州戏唱，在淮北，泗州戏人人会唱，人人能跟上几句。果然，跟着迎女儿队伍的人静了下来，都在听他的哭。他正了正无线麦风，更猛烈地哭着。他分明地看到大街两边的妇女，用手抹着眼泪。

这场替哭出场费是二百。有**100**是做镇长的女婿额外给的，而且握着他的手说，动了感情，哭出了我们想哭的话。韩三很满足，买了一条黄山烟孝敬舅舅。舅舅却摇摇头，你今天可以赚得更多，应该让她们点哭。

韩三便知道该停的时候得停下来，让女儿们哭，遇到侄女，外甥女有工作有身份时或者有钱时，应该哭慢点，走慢点，让她们纷纷采取激励的方法。这个不难，韩三上学比较聪明，要不是父母死得早，可以考上高中。韩三便在实践中运用了，哭得伤心，哭得有腔有调，哭得围观者泪眼婆娑。舅舅点点头，有进步，但得抓住亲戚们的心理。

韩三也做到了。有一户人家三个儿子，没有女儿，自然没有人哭。有一个侄女在银行上班，也不会哭。韩三便哭女儿好，有个女儿就是贴心小棉袄。执事抵了抵他，哭错了吧，哭错不给钱。韩三继续哭，侄女好比亲闺女，步步看着长成人。然后，韩三站着哭，不再往前走，舅舅也停下来，吹出更加悲伤的曲调。侄女忍不住了，掏出纸巾擦眼睛。吹笙的表哥走过去，告诉他们可以点哭，指名道姓替她哭。侄女没有犹豫，拽出100块钱，递给表哥。韩三便哭大爷，人好心正，待侄女亲如一家人。迎侄女的队伍回到主家时，韩三还在诉说侄女的追念，是泗州戏，编好的戏文，挺押韵。孝子们也忍不住了，一人掏出100块钱，请韩三哭。老大握着韩三的手，兄弟，我爹太好了，我们舍不得他呀！

韩三赚了500块钱。韩三哭到夜里十二点钟，直到执事找他，歇一会儿吧，老少爷们都受不住，想哭。

韩三知道了如何让亲戚点哭，知道了如何让亲戚们打擂似的掏出钞票点哭。韩三更轻松地把握住火候，让主家满意，让观众伤心。韩三，就这样成了名人。手机也响个不停，都是预定的，而且说好除了出场费，肯定有点哭。

韩三生意好，回去就少，媳妇担心他和唢呐班上跳舞的女子混在一起。韩三带她出来一趟，媳妇也是眼泪一行一行的，媳妇一边拧毛巾一边幽幽叹了口气，你怎么跟真的一样？

韩三咯噔一下。他想起父亲临终时，拉着他的手，那两颗豆大的泪珠。而他，没有眼泪。

韩三回家上了趟坟。烧了纸，然后哭，他准备告诉爹娘自己受过的苦、遭过的罪，却怎么也哭不出来。

韩三又努力了几次，都没有成功。告诉舅舅，舅舅说，也好，考个驾照，买个车开。

韩三鼻子一酸，眼泪下来了，可是没有声音。

# 开 车

大道今年开车回来过年。

大道在北京开一家不大不小的公司，经营状况良好，买了房，还买了车，桑塔纳3000。妻子不同意他开车回安徽老家，说路远人乏，容易出交通事故。大道想了半天，才说大丈夫功成名就，不能荣光还乡就如同衣锦夜行。

大道设想了很多种场景。比如，他一边开着车在村道上行驶，一边摁笛和乡亲们打招呼，然后有人就走过来看看车，问问价格。当然，谁要是上去坐坐，大道就很乐意带着他兜一圈。或者东西邻居办喜事，需要用车，就免费替他们跑一天，然后坐在酒席上接受新人的祝福。不管是哪一种场景，大道坚持认为，这个年，应该过得很愉快。

愉快是一种美丽的开始。当大道怀着美好的心情行驶在刚修好的水泥路上，才发现村庄很静，并没有几个人和他打招呼。遇到小学同学沈超，匆匆忙忙地提着一瓶醋，向他笑笑，过去了。大道也笑笑，给妻子解释，他忙着买醋呢。妻子看着车窗外的院子，笑他，中午了，谁家不做饭？大道才想起，这是腊月二十九，离年关只差一天，大家都在忙着过年。

阳光很温暖，桑塔纳在阳光下乌黑锃亮。东院的德民叔远远地打招呼，开车回来？大道过去散烟，点火。德民叔吸了一口，看着车笑，干得不错，大道。大道客气着，一般般吧，够开支。

便没有人来看车，和他点头，微笑。乡亲们匆匆地进屋，出屋，燃放鞭炮，并没有人和他细聊，聊一下北京，公司或者大道的工作。大道这样给媳妇解释，在外做工一年，回家时间都留给老婆孩子了。妻子点头，过年团聚不容易，你也别乱跑，在家陪着爹和娘。

可是大道想跑，看看小学老师，儿时伙伴。大道还准备了两条好烟，留见面时一包一包给，亲近一下。父亲说，过年时不方便串门，家家都在吃饭、叙家常，过年再去吧。

过年后也没去成。父亲说得去接亲戚，这是风俗，正月里接本家出嫁的姑娘回门。大道知道，有大姑、二姑需要接，还有大姐也需要接。大道说我有车，能不能一上午跑三家把她们都接齐回来吃饭？父亲摇头，一家一家接，从大姑家开始，从大年初二开始。

其实大道还是收获了不少表扬与羡慕。大姑看着车高兴得把手在围裙上擦了一遍又一遍，才问大道能不能摸一下。大姑还喊了很多邻居们到家里陪着大道吃饭，听大道讲北京奥运，水立方，鸟巢。大道开车时，发现大姑坐在座位上总是盯着前方，很紧张的样子，便问她怎么了。大姑不好意思地笑笑，座位太软了，不敢坐下去。

大道听了，有一丝心酸。大道接大姐时，大姐也是一惊一乍的，喊着孩子进去坐一坐。大道开车带他们到镇上转了转，买些礼品，又接回家。外甥还不满足，要大道带他继续转。于是，大道的车像鱼一样，在村庄里游了一圈又一圈。

大道是初六回北京的。大道感觉时间挺紧，从初二开始，接了三天亲戚，又把她们一一送回去。但是大道心里有微微的遗憾，那就是没有邻居用他的车。西院的金升叔女儿出嫁，早晨到镇上化妆时，是别人骑摩托车送去的。大道还摁了摁笛，可那边没有反应。大道没有给媳妇说，媳妇满足于饺子，丸子，炸鱼，还有许许多多好吃的食品。大道想，这个春节，还是快乐的。

初五那天晚上，大道请了一桌人，都是儿时的伙伴。从镇上买了新鲜的熟食，喝北京的二锅头。三好却说正月里酒喝得太多，伤身，少喝些。四清也说是，常州也点头，都说聊聊。大道喝了不少，大道还拍了胸脯，到北京，喝个够。

大道回到了北京，给父亲打平安电话。父亲嗯了一声，说那就好。大道问庄上人看到开车怎么说，电话那头沉默了一会儿，然后才问，公司到底干得怎么样？大道有些诧异地回答，今年生意不错，三四十万没有问题。

父亲慢慢地说，上次村里修路时，很多人都捐了款，我以为你公司不赚钱，就说你在外面干得不好，没通知你。父亲又接着说，明年村里通自来水，你捐 5000 块钱吧，留个名声，庄户人，看重这个。

大道哦了一声，想起这次回去过年，并没有人请他吃饭，而过去，没结婚时，回到庄上，总是你请我请，吃上好多天。于是，大道给妻子说，我洗车去，一路沾了不少灰。

大道开始开车，认认真真地，像在村庄，随时准备摁响车笛，向乡亲们致意。

# 星期天

韩雷原来没有星期天。

最初到上海时，韩雷在一家汽车厂干保安，活不重，三班倒。为了多挣钱，韩雷经常一人干两班，当然就没有星期天。

后来韩雷在一家饮料公司跑销售，没有底薪。于是天天进学校进公司进超市，不分星期几。再后来公司提拔他做了销售主管，为了多销饮料，韩雷早晨开会作动员上班接待客户，晚上统计分析。一句话，有星期天也不休息，韩雷记得最清楚的事情是每月二十号，因为那天要还房贷。

韩雷本来是没有资格做房贷的，他和公司还没有签定长期合同，没有公积金。是大哥韩雨做的贷款，韩雨在上海一家中学教书，已经有了房子，有了车子，还有星期天。所以，每月二十号，韩雷总是很准时把钱打到卡上去。

有时韩雨也说，钱紧张就说声，我先还着。韩雷不愿意，买房时已经借了大哥5万块钱，贷款无论如何不能再借了。有压力才有动力，韩雷这样对自己说着，然后拿起电话和又一个可能的客户说话。

所以韩雷挺羡慕韩雨的，工作体面，收入有保障，星期天带着孩子上公园或者书店。在一次和大哥喝酒时，大哥说我的理想是能考到一所条件好的中学去，发展空间会更大一些。韩雷想了半天才说，我的理想是能像你一样有轻松的星期天。

韩雷是这样想的，也是这样做的。在公司调整中层管理人员时，他毅然选择了人力资源部经理的位置，副总说还是销售部经理适合你发展，而且待遇也很丰厚。韩雷还是坚持自己的选择，他说了许多冠冕堂皇的话，但没说新位置可以正常上下班，用不着不分昼夜工作。

韩雷已经还清了贷款。韩雷在新岗位上干得风生水起。他决定好好享受星期天，带着儿子，还有妻子。韩雷专门请教了大哥，怎样才能让星期天过得充实而且有意义。大哥笑笑，其实我没有考虑这个问题，无外乎锻炼身体，辅导孩子作业，然后看书充电。韩雷又征求儿子的意见，十岁的儿子认为上动物园最好。妻子不去，她说店里星期天人多，抽不开身。妻子在宝山的一个镇上开儿童服装店，生意很红火。韩雷说钱是挣不完的，我们得重视精神生活。

最终，韩雷和儿子都在服装店度过了他们第一个星期天。妻子的理由很充分，贷款已经还清，私人欠款尚未结清，同志仍需努力。韩雷也知道妻子辛苦，既忙店里又忙儿子。于是，韩雷认真地做起店员，向顾客推荐衣服。

这样的星期天当然很辛苦。妻子叫他在家辅导儿子作业，顺便休息。儿子不乐意，说班上同学周末都出去玩过，还和大人一起逛街。儿子比画着，最起码也要坐地铁逛一逛，天天做作业，累坏了。

韩雷就带着儿子坐地铁。当然，韩雷教育他不能光想着和同学比享受，应该比学习，只有奋斗才有美好的明天。儿子一边听着，一边看地铁上的广告画，指指点点。父子俩出了站，到了外滩，韩雷请儿子吃 5 块钱一个的玉米棒，问他味道怎么样？儿子头也不抬，忙着啃黄亮亮的玉米棒，一脸幸福。下午到了动物园，看海豚表演，看熊猫，看蟒蛇，儿子眼都忙不过来，惊叹世界上怎么会有这么大的动物园。

韩雷却停住了，儿子好奇地看铁网里面的动物，又好奇地看爸爸。韩雷说认得吗？儿子很不以为然，不就是鸡吗？韩雷点点头，是鸡，四只雄纠纠的公鸡。铁网上挂着标识牌：家鸡。韩雷蹲下去，咕咕地唤两声，鸡跑过来，很欢快的样子。

回到家的韩雷也很欢快，给儿子讲鸡，讲鸭，讲老家的山羊，拉重的毛驴。韩雷和儿子拉勾，等暑假考试考好了，奖励的礼物是回老家一趟，下塘摸鱼，带着狗在田野疯跑。儿子认真地说，谁骗人谁是小狗。

韩雷给大哥打了个电话，什么时候回去一趟？大哥说有事吗，平常没时间。韩雷很热切地说，晚上坐汽车，天亮就到了，星期天就够。

在动物园里，看到公鸡时，韩雷突然想到，已经九年没回家了。韩雷想到父母，也是没有星期天的，却坐车到上海来看他们。

韩雷想好了，时间不够，可以再请一天假，到时，和父母聊聊天，煮玉米棒给儿子吃，不用花5块钱。

# 血　糖

张三最近感觉身上没劲，脸上出火，有时脾气很暴躁。

张三当然去医院。先是肾，再是肝，后来是心脏，神经，都查了一遍，也没有问题。最后到了中医科，一个很老的医生号过脉后，叫他去查血糖。

果然高，血糖9.9，正常值是3.9－6.1。

老医生问他父母，爷爷，奶奶，有没有得过糖尿病？张三想都没想，回答说没有。老医生怀疑地看他的肚子，摘掉眼镜，并不大啊。张三就摸摸自己的脖子，确实不大。

血糖高的张三不再喝酒，任凭同事端、敬、陪，都摆出一幅"正义不可侵"的样子。逼急了，张三说，血糖高，9.9呢。同学大林说骗人，你一不当官二不发财三不买房子借贷款，无忧无虑，怎么会血糖高？同事小周也不信，你不胖不瘦，不贪吃不醉酒，骗谁呢？朋友王老板二话不说，自己先炸了一个雷子，然后抹抹嘴，别扯，就你那小身板，不是低血糖就便宜你了，还高血糖。

张三坚持，血糖太高，这星期又上升了。

张三坚持的事很多，每天吃四顿饭，每顿吃一片馍，喝一碗汤。每星期查一次血糖，数字有高有低，但都不低于7。张三还坚持早晨跑步，晚上散步，上午喝苦瓜汁，下午喝苦丁茶。

所以，张三在酒桌上只喝白开，领导说了也不行。我血糖高啊，不能喝，我太年轻，张三总是很认真地说。所以，有饭局时，很多人不喊张三，不喝酒多没劲。

张三琢磨着看书。老医生说了，心静神宁，利于治病。当然，竞争科长的事就放在一边，什么名什么利，身体要紧。张三上班，第一件事处理工作，接着便是喝茶，闭目，或者看书，不问杂事。遇有荣誉，让给同事。有群众来访，张三不像过去那样哼哼哈哈。他倒上一杯茶，静静地听，记，打电话联系。张三这样告诉同事，每个人都有自己的难处，理解了就不烦。说话时，张三又起身迎接又一个反映问题的下级，微笑始终挂在脸上。

微笑很快升级。血糖6.1，临界值，但属于正常范围。民主测评，科长竟然是他。张三对着穿衣镜，极其认真地梳头发，一遍又一遍。

张三开始出现在饭局上，领导端酒杯，小张，碰一个。张三解释，血糖高，身体不舒服，真的不能喝。领导放下酒杯，讪笑着。同事起身，敬酒，张三左推右挡，别这样，一喝血糖直往上蹿，同事站着，不愿坐下。同学聚会，张三将酒杯藏起来，又被几个女同学搜出，硬灌。张三没有忘记血糖，女同学理都没理，看你那眼神，见美女放光，血糖只有低的份。

张三只好喝酒。喝红酒，和下属一起。喝啤酒，和同学。见到领导，喝白酒。张三坚持着介绍血糖和身体的关系，领导有些不耐烦，我们血糖血脂血压都高，没事。同学林强说得好，保卫友谊从酒开始，林强是一家公司的经理，血糖13.6，他掏了化验单。张三不敢掏化验单，上面是7.5，等级比较低。

张三又一次琢磨着看书，想净净心。可科长的事太多，没时间。张三努力喝苦瓜茶，吃南瓜粥，早晚散步，张三还推掉两三个下属的宴席，说身体不舒服。

但是领导批评他，不能脱离群众，曲高和寡。领导掏出化验单，血糖15.2，领导指了指，宁伤身体，不伤感情。张三的化验单在裤兜里，张三没掏出来，他的血糖10.5，不如领导的高。

张三只好喝酒，好像苦瓜的味道，不过，脸上没有出火，脾气也不暴躁，因为领导说了，已经推荐他进入领导班子。

张三大口喝酒时，感觉血液里的糖甜蜜蜜的，飞快地流动。应该有15.2了，张三笑着对自己说。

# 血 压

张三血压升高了。

给他检查的同学王君收好血压计，郑重其事地对他说，少喝酒，不吃烟，放宽心，淡吃盐，多锻炼。妻子慌忙掏笔，你再讲一遍，我记下来。

张三并不紧张。高多少，有没有大妨碍？王君摇头，坚持锻炼，就行。

妻子炒菜开始少放盐。张三经常叼一筷菜，放进嘴里，痛苦地咀嚼两下，皱眉，咽下去。妻子很不满意，不就少放点盐吗？用得着这么痛苦？张三也不满意，少油无盐，谁能吃下去。结果是妻子的一堂政治课，从她姥姥到她奶奶，然后是她父亲，无一不与血压亲密接触，而且都以某种并发症结束。妻子还配以点评，比如张三的懒睡，啤酒肚，吃烟，都是杀手。妻子在杀手一词上染了不少感情色彩，连九岁的女儿丹丹也担心地劝他：不吃大盐，我陪你。

妻子还陪他锻炼，从小区到公园，两公里，早晨一个来回，晚上一个来回。张三不愿意，那多难为情，人家以为我们在追贼呢。妻子不依不饶，别人管得了我们的事吗？健康属于自己。张三只好跑，一喘一吁的。

到了星期天，妻子拽张三去量血压，血压还是高。王君很严肃地批评，不控制，不锻炼，后果很严重。张三嬉皮笑脸，别吓唬人，高血压常见病。妻子有些委屈，从饮食到锻炼，给王君介绍了一遍，王君扣了扣脑门，工作做得不错，应该有效果。然后，王君写了一张纸条：心情，要重视心情。

妻子一边榨芹菜汁，一边叫张三看书。张三说看书可以，芹菜汁免了吧。妻子皱皱眉，多好的降压饮料，喝下去。张三就喝，就看书，张三知道，妻子都是为他好，两个人从农村拼到县城，买了房，单位不错，日子应该过得滋润。

张三心情很放松，给妻子讲单位的事，讲网上的事，比如假老虎，假饺子。张三读文章，情感的，时尚的，妻子听了，笑眯眯的，有时，还有清亮清亮的眼泪。妻子说，放宽心，身体自然好。

于是，去检查。妻子说，准备给你解除警报。可结果还是高。王君也纳闷，不该高了。王君又开了检查单，查血查尿查了许多可能的项目。结果出来，基本正常，就是血脂高一些。王君说，少吃肉，淡食为主。想了一会儿，王君又给张三妻子说，也不能太紧张，适当就行。

于是张三就很少吃上肉。张三是喜欢吃肉的，红烧肉，烧鸡，烤鹅，羊肉粉丝，都喜欢。张三小时候被穷怕了，见到肉自然就想大吃一顿。妻子精心做素菜，西红柿鸡蛋，豆芽粉丝，按医生规定的量加上肉丝。张三吃着，就想什么时候再有一顿饭局，解解馋。

妻子曾经反对过张三：不参加饭局，理由是大鱼大肉吃多了，锻炼就白费劲。但是张三的理由很多，领导家孩子过生日，领导父亲生病回请大家，领导孩子上大学，不去行吗？同学提升，同学第二次结婚，不去，就断了联系。亲戚聚餐，必须去，七大姑八大姨，都是长辈。妻子听了，叹息了一声，幽幽的。

后来，张三经常参加饭局。张三当了科长，领导要他出席的会议多，饭局也多，张三吃得就多，也喝酒。张三一脸痛苦状告诉妻子，无奈啊，人在江湖，身不由己。

不过张三没有忘记自己的血压。酒桌上，他经常向局长讲解防治血压的知识，比如少喝酒，不吃烟，放宽心，淡吃盐，多锻炼。张三把妻子的做法都讲给局长听，还把榨好的芹菜汁送给局长。张三说，这可不是送礼，同病相怜。局长很痛苦地喝了一杯，冲张三说，不容易，你做事很有耐心。

有耐心的张三不和妻子一起锻炼。晚上，经常喊局长一起锻炼，一个小时，快走，有时聊天，有时不聊。张三还经常打电话给王君，请教最新的方法。局长喝酒时，推辞不掉，张三就代喝。张三说，局长血压高，不能喝。晚上锻炼时，局长就有些感动，你也不能喝啊。张三响亮地回答，我的血压快要降下来了。

的确。张三的血压正常，一连两个星期，都正常。妻子纳闷，饭局这么多，怎么就降下来了？张三气呼呼地说，局长调走了，血压还能降不下来？

张三气呼呼地看着检查单，渐渐平静下来，血脂还高，新来的局长血脂也高，千真万确，王君告诉他的。

张三气呼呼地命令妻子，我想吃红烧肉。

# 肾

文盛经常感冒，低烧，感觉身上没有劲。文盛对金花说，别是尿毒症吧。他们正在看山东电视台，里面放着哥哥为弟弟捐肾的新闻，很感人，文盛和金花都哭了。

文盛还是到县医院做了检查，果然是尿毒症。就开始透析，半个月一次，十天一次，一星期一次。中间文盛在金花的陪同下到蚌埠和南京做了检查，确定是尿毒症，专家严肃地对他说，你才四十岁，正处于人生关键时期，条件允许的话，可以做换肾手术。

文盛很认真地考虑这个问题。女儿秀秀在县城上高一，成绩很好，儿子上小学六年级，很可爱，他不想离开他们。文盛还仔细地找出一个笔记本，那上面有三年前写下的雄伟家庭计划：盖上两层小楼，为父亲过一个热闹的六十六大寿。然后，哭了。金花给他抹眼泪，别哭，不是有大姐二姐和老四老五吗？医生说兄弟姐妹捐肾成功率最高。

沉默。经常是沉默，文盛摇摇头，家家都有难处，不能让他们捐。文盛算给金花看：大姐今年快五十了，有乙肝。二姐做生意，太忙。老四在城里上班，正奔前程呢。老五刚成家，还没要孩子，不能误了他。金花不听，捐肾又不会丢命，你没有肾，就没命，哪轻哪重？

文盛当然知道谁轻谁重，可他不能开口说。坐在床上，他想，难道我打电话说大姐你给我一个肾或者老四你年轻给我一个肾吧？文盛摇摇头，摇头时就看见墙上秀秀的奖状，黄灿灿的，忍不住一阵心酸。

心酸的有很多人。父亲跟着他到县医院，要检查身体，把肾给他。父亲笑着安慰他，我一把年纪了，要肾有什么用，留给你好好干活，把秀秀和明明培养出来。文盛劝不住，还有母亲，也要捐。母亲眉飞色舞地对医生说，我早都想享清福了，摘掉一个肾，用不着干活了。县医院没有配型条件，他们便坐车到蚌埠医院检查。检查结果很长时间才出来，父亲的条件比较符合，但有高血压、心脏病，手术风险太大。专家说，尽量动员亲戚中年轻力壮的人捐，不仅成功率高，术后工作时间也长。

父亲说我去问问他们几个。金花有些生气了，电视上、报纸上都登满了，人家都是争着抢着捐，争不过来就抽签，不就是兄弟姐妹吗？再说捐肾又不是捐命，到现在没有一个人说捐。金花还想说大难临头各自飞，又觉着不合适，文盛瞪她，很认真地瞪她，文盛啪的一声关上电视，你怎么能这样说？家家有难处，再说捐肾又不是捐钱，说捐就捐，有危险。顿了一下，文盛对父亲说，不要去问，听天由命吧。

父亲去了，三天没有过来。

金花开始生气，说怎么能见死不救？文盛不说，可是心里有些酸。

文盛开始考虑后事。比如秀秀和明明上学的费用，比如金花的去留，他在那个曾经写着雄伟家庭计划的笔记本上写起遗嘱来：金花带一个孩子走。她年龄小他三岁，力气弱，不能干太重的活，一个人养不起两个孩子，最好是明明。秀秀留给父亲母亲养，上大学的钱每家平摊。文盛苦笑了一下，大姐二姐老四老五要受累了，都得出钱。文盛把笔记本藏起来，准备不行的时候交给父亲，让父亲监督执行。

文盛准备不治了，他算了手头的钱，还有 3 万多块，留给金花和明明吧。文盛问过主治医生了，有合适的肾源，动手术费用也得二十多万。这笔钱，是无论如何凑不够的，兄妹五个人除了老四上班，其余都是农民，日子紧巴巴的。文盛在笔记本上重重地划了几道线，算了，走好最后一程吧。

可是文盛还得去透析，秀秀说如果不治她也不上了。十六岁的秀秀很秀气，亭亭玉立，让文盛开心笑了一下。医院里有很多人，老四、大姐、二姐还有两个外甥，他们都在。文盛打着哈哈，给我送别吗？大家都笑，拿着话筒的记者也都笑，记者没有问他太多的问题，问秀秀，问老四，问外甥。秀秀说失去一个肾可以，爸爸不能失去。老四说，兄弟同肾，情义无价。外甥很年轻，拍拍胸脯，年轻就是力量。记者招呼大家坐车，电视台准备了一辆中巴送他们到蚌埠体检。

电视台做了专题。体检结果出来后，老四、老五和两个外甥都符合要求，电视台又以"义如云天，竞相捐肾"为题追踪报道，引起强烈反响，有一家企业表示愿意捐款二十万。老总握着文盛的手说，兄弟，我爹当年就是这病走的，那时我没钱啊。

手术做得很成功。市、县电视台全程拍摄，文盛醒来后和老四握了握手，弟兄两个人的笑容定格在屏幕上，让观众一片唏嘘。

金花将鸡汤喂给文盛，喂给老四，金花很不好意思地给老四媳妇说，到底是一奶同胞，先前我错怪了他们。老四把指头嘘了一声，金花转脸，摄像机正对准他们认真地工作着。病房里，一片阳光。

出院时，也是阳光满地。在震耳的鞭炮声中，老四对着镜头感谢电视台，感谢企业家，感谢很多帮助他和文盛的人。老四对着镜头深深地鞠了躬，秀秀赶紧扶住了她。

老四坐在车后排，对秀秀说，给前面的记者叔叔道声谢，都是他策划，才有人关注有人捐款，才有你爸的健康。记者转脸，生气的样子，千万别，谁叫咱们是同学，一辈同学三辈亲嘛！

秀秀认真地鞠了一躬，秀秀准备自己去捐肾就是被记者叔叔训了一顿，说肾有了，钱呢？四爷也训她，那是我哥我不心疼吗？记者赶紧摆手，都出院了，要高兴。于是，秀秀笑了笑，一不小心，两颗泪珠溜了出来。

# 表　情

　　张生翻到了一张照片：一个胖乎乎的小男孩，伸着胖乎乎的小手，开心地笑，男孩后面是一个年轻的妇女，照片上有字，张生一周岁留影。母亲说了很多次："那天没有抓周，带你往前走时，看到气球，你伸手去抓，就拍了下来。"故事说了很多次，张生知道，那天还有外公外婆爷爷奶奶，他们都说这个孩子前途无量。

　　张生翻到了下一张照片：小学二年级，手捧奖状，抿着嘴，抑制不住的得意。母亲那天做了红烧鱼，鼓励他多拿奖状成为最优秀的学生，张生记得校长还拍了他的手，鼓励他再接再厉。

　　照片很多。张生一张张翻，似乎都有印象，又都有些陌生，张生已经很长时间不看照片，张生很忙，下午检查工作开会安排工作关门思考工作。张生最多晚上看新闻，本地新闻，新闻里他和他的同事正意气风发地站在厂房或者田间地头，勾勒着美好蓝图。画面里的他，永远在思考，很严肃，仿佛有使不完的劲思考不完的问题。

　　张生回忆起很多问题。比如一个初中的校舍安全，他批了人，很严厉，问教育局长钱为什么还不到位？局长是他同学，事后和他交流说面子上过不去，电视里都播了。张生翻到了那张照片，运动会 4×100 的接力赛，他和教育局长是班级运动队队员。照片上，他穿着短裤，那是母亲自己缝制的，蓝布，很鲜艳。他曾经把照片给教育局长看："当年的学校竟然还没有变样，我们俩失职。"张生还想起朱圩乡的饮水问题，那是他工作后的第一个单位。照片上他正带着民工挥锹挖塘，蓄水用的塘。好像有一条毛巾，搭在脖子上，记者拍照片一紧张把毛巾扯掉了，只有嘿嘿的笑。可笑容是短暂的。张生想起有一次去检查，发现那个水塘还在，全村吃水还靠它。他是生了气的，很严肃。两个月后，朱圩乡有了深水井，他又去，水很甜，他例外地笑了。

张生发现了一个规律。工作以前的他都在笑，小学的领奖，初中的运动会，高中时的朗诵与歌唱，大学时的主持，当然还有和女朋友的合影。可是工作以后的照片都很严肃，似乎总是不满意。张生找到了很多会议照片，确实都在思考。张生叹了一口气，为什么总是这么累呢？

不翻照片时就去看望老朋友。徐局长在医院，心脑血管加上高血压高血糖，胡处长在家疗养，苦笑着，说身体不好，只能静坐。胡处长还说焦处长进去了，收了不少钱。张生记起了焦处长，指指点点，很张扬的样子。

张生回来继续翻照片。他发现退休其实挺好的，看看书散散步，一点也不失落。他照照镜子，没有什么异常，既不严肃也不张扬。他对着自己，笑了一下，像是小时候。

# 真的好想你

曹大鹏准备给韩老师写封信。

写什么呢？曹大鹏看着对面墙上的安全帽，黄灿灿的，就写工作吧。60 块钱一天，有工作服，每天早晨七点上班，中午十二点下班，吃饭归老板管，早晨是馒头，中午有肉和汤，吃米饭，下午干到六点钟下班，晚上大家一起打牌，聊天，也可以看电视。

想到电视时，曹大鹏发现电视没开，坏了，老板没有时间去修，也不愿去修，旧货市场 100 块钱的东西，谁还愿意花钱去修？其实，曹大鹏比较喜欢看电视，一场足球赛，或者 NBA，特别是火箭队的比赛，都行。可惜，他们不让，舅舅说看小品，多轻松，一笑就过去了，不累。

于是，只好回忆，回忆在学校发生的事，比如快乐的事，烦恼的事，包括韩老师，一个不怎么让人喜欢的老师。

曹大鹏照例把信纸收了起来，住地里是写不下信的，太吵，有人打牌，有人唱歌，还有人说些荤荤素素的话。大鹏便想韩老师为什么让人不喜欢。

好像是清明节，一个晚自习后，和几个同学溜出大门，到麦地边，给周磊过生日。春风不错，柔柔的，还有麦苗的清香，大家点了蜡烛，唱了歌，当然吃蛋糕，当然在脸上抹来抹去。想到这里，大鹏有些生周磊他们的气，不就是韩老师来了吗，一个个吓得主动承认错误。韩老师把手放在他的肩膀上，什么也没说，走了。曹大鹏是这样理解的，又没有什么大错误，你还能不过生日？

第二天，周磊他们主动去打扫卫生区，曹大鹏没去。周磊悄悄告诉他，老师和他们说了，过生日没有错，错在违反了学校规章制度，夜不归宿。韩老师在班里安排唱了一首歌，送给周磊，但是没有找他。曹大鹏知道，韩老师有可能对他失望了。

上过三次网吧，但是代价是跟着老师长跑两千米，长谈两个小时，还通知了家长。想起这些事，曹大鹏总是有些生气，进过两次游戏厅，结果是写了八百字的说明书，和在上海打工的父亲电话汇报半小时，还有韩老师的"话疗"两小时。还有什么呢？喝酒，只有一次，在星期天，还是周磊家，大家父母都不在家，一人10块钱，买了点菜，一人一瓶啤酒。可是他知道了，打电话叫家长回来，说是留一个人看孩子，不要把钱看得那么重。看着父亲在老师面前毕恭毕敬的样子，曹大鹏决定，不上学了，再也不受老师的清规戒律了。

学是不上了。工也打成了。在舅舅的工地上，有工资，可惜不能喝酒，更不能吃烟。有一次，偷偷吃了一根烟，被舅舅踢了一脚，曹大鹏摸摸屁股，似乎有些疼的记忆。他记得大着胆子说了一句话：不兴打人，舅舅又给了他一脚，你以为这是学校？曹大鹏只好买杂志看，一本一本地看，夜里很长，能看得下去。

但信还是写不下去，要么太吵，要么太困。有时，写了一小半，又撕掉，好像没有什么炫耀的，工作服不如校服轻闲，快乐。

曹大鹏决定打电话，和韩老师聊一聊。电话通了，韩老师问，谁啊？曹大鹏没说话，说工资吗？有些庸俗。说工作吗？太累。韩老师又问，是学生吗？哪一届的？曹大鹏低低地说了一声，我是大鹏。

韩老师很激动，又开始了他的"话疗"，说了很多事，同学的，老师的。然后，很坚决地说，暑假开学，回来上学。

曹大鹏嗯了一声，挂断电话。他怕自己哭，怕一下子会说出很多话，比如老师我想你，想同学，想家想回去再上学。

路灯很亮，大鹏的身影很长，清晰而且温暖。

# 遗失的美好

## ——评《老师，你好》

### 秦 俑

韩昌盛是一个很用功的作者，如果没有记错，他至少给我主持的栏目投寄了十篇以上的稿子。读完他的新作《老师，你好》，一种温馨、美好的感觉马上从心底升起，在这个春天的早晨给我捎来了久违的感动。

"美好"的话题已经有些陈旧了。一些文学评论家说：现代小说普遍缺少人文关怀和悲悯情怀，部分作家已经逐渐丧失表达美好的能力，"感动"离我们的阅读越来越远。《小小说选刊》寇云峰副主编也在他的"寇子评点"里幽默地说，他晚上看长小说，看的是人性恶；白天看小小说，看的是人性善。在小小说创作领域，确实不乏表现人性美好的佳作，徜徉在小小说世界里，你随时可以邂逅到那份曾经遗失的美好。

不过，美好不是"粉饰"，不是"煽情"，不是"高大全"，表达美好也应该有所节制，不要任意扩大人物形象的光辉，甚至故作矫情地编造故事。这种没有真诚的美好，是廉价的。韩昌盛在这一点上就做得很好，不妨逐一来看《老师，你好》里塑造的三个"好人"形象：

第一个是"我"，一个好老师的形象。接听学生家长电话，正休息时会反感，但仍然不厌其烦；关心学生的成长，会对家长过多的担心表示不解，但确实是细致入微；学生家长提出借钱，虽有疑虑，但最后还是慷慨解囊。

第二个是监狱长。文章里着墨不多，但联系到老林给"我"打电话时，多次匆匆忙忙挂了电话的情节，我们不难想象，在给老林大开"绿灯"之时，监狱长内心一定也有过激烈的斗争。也许，正如老林所说，监狱长确实也有一个正要参加高考的儿子，才有了这份理解。

第三个人物是老林。如果说前两位"好人"还多少有些理想色彩，那么，老林这个形象则有着丰富性和复杂性。一方面，他因为在工地上"犯了事"被收监服刑，虽然作品没有明说犯的什么事儿，但从服刑时间来看，所犯之事应该不小。另一方面，作为父亲的老林，他虽然是一个犯人，但为了不影响儿子高考期间的情绪，一直想方设法隐瞒自己"犯事"的真相，从他与老师的多次通话来看，他不仅有着一个父亲对于儿子的殷切期望和拳拳爱心，也懂得以礼待人，甚至有本分、憨厚的一面。正因为如此，老林身上凸现出来的"美好"，才弥足珍贵，让人久久难忘。

# 《修路》评论两则

## 一

我一直看好昌盛，看好他当然是因为读过他在《读者》上发表不少的文章，小小说，我读的要少些，这次比赛，我也只看了他这篇《修路》。修路这样的事，我们这儿也常发生，动员捐款，筑牌刻名等等，读完这篇小说，你就感觉是发生在你身边的事。昌盛写《修路》可以说没有运用什么写作技巧，只是平实说来，如同乡人在话着家常，可以说，这篇修路里发生的人和事，也许真的就在昌盛身边发生过。说实话看完这篇小说，我真不知如何去评点，好坏可以说对于昌盛来说都不重要，重要的是在这篇文章里，我看到了这是他写的小说，不用看名字，我都知道。一个作者写好一篇小说容易，但是把名字抹去，都能让人知道是你写的，这才是让人可喜的事。我想《修路》可贵就在于角度吧，看多了修路中或是村长贪，或是包工头黑，或是……但是这样去描绘都市里老家人的心里，选的角度没有俗，国人那种根在家乡，光宗耀祖的龙的人性，在这篇小说里得以展示。

（墨中白）

## 二

昌盛的作品我以前读过不少，但没有读过这一篇。读了此文，对昌盛又有了更深刻的认识。说实话，时下的很多小小说，读了开头我就能猜出结尾；有的虽然猜不出具体怎么来收场，但向哪个方向转还是能猜出来的。但这一篇的结尾实在出人意料，也让人有一种说不出的滋味。文中几个人物的形象都出来了，韩锋的形象尤其丰满。大哥主动替韩锋捐款，并且提前通报情况，怕村里让韩锋捐款；韩锋想多捐点款，甚至为村里做更多好事（当然这里面有私心在）；村长却想着为韩锋这样的打工者省一点。这几个人都是好人，按一般的想法，韩锋也许会受感动，捐更多的款，可事实恰恰相反。为什么会出现这种结果，"他还是大韩庄的一员，还是大韩庄在上海做工而不是工作的一员"，这句话透露了玄机，也深化了本文的主题。

个人感觉，这是一篇堪称经典的小小说。

（徐全庆）

# 目光里的语言

## ——评《真相》

### 书　剑

一件事情，两种真相，民工红旗被人诬陷后决定用法律手段来保护自己，当真相渐次清晰后，红旗是将另一个女人推向被告席还是最终原谅了她？

小小说表现人物的性格特征有多种手法，借助声音、语言、动作、神态、心理、景物，甚至对比等手法来实现这一目的。鲁迅笔下细脚伶仃的圆规，《红楼梦》中未见其人先闻其声的凤姐，《茶花女》中美丽的玛格丽特生前与死后白描式的渲染，这些精细的描述，艺术效果都是非常明显的。《真相》的作者也很善于细节取巧，而他的细节则是通过人物的神态——目光来表现人物的形象和性格。

红旗一言不发。他只用愤怒的眼光射向那名女子，像刀一样锋利。主人公红旗莫名其妙地被联防队抓获，他没语言，但他的目光却是最有力的语言，由此可以看到红旗的内心世界——愤怒！

红旗看着她，目光渐渐消释了锋芒。从锋芒到消逝的这一过程，得知事情真相后的红旗又表现出了一个男人博大的宽容心。

记者又问他那天晚上去干什么？有什么目的？红旗目光渐渐羞涩起来。有些事情越解释越不清，白的会变成黑的，无的会变成有的，但事情终有水落石出之时，这时逐渐看出来主人公木讷和不善言辞的性格。

红旗突然流泪了。汹涌澎湃，挡也挡不住。冤枉的，委屈的，胜利的，理解的，思念的，复杂的心理情感在冲撞交织，所有的没有说出来的话语所有的愤怒的不解的目光瞬间都在他的眼泪里消解了、融化了、爆发了。至此，目光里的语言清晰而完整地呈现了一个宽容博大、富有同情心的农民工的形象，真是吊足了读者的胃口，只把我急得在心里说，你干嘛不早说？你干嘛不早说？

立体透视人性的丑恶与善良，折射婚姻男女情感危机。语言凝练，细节出彩，人物传神。将一个具有法律意识、宽容博大、不善言辞、憨厚质朴、富有同情心的农民工的形象栩栩如生地展示在读者面前。如果人与人之间多一点宽容与理解，少一点狭隘与丑恶，那我们的社会不更多一份和谐、美好与感动吗？

# 美事美人美文

## ——韩昌盛作品印象

### 张爱国

韩昌盛是一名乡村中学老师，在劳力劳心又繁琐的工作之暇，坚持将自己的见闻感悟付诸笔端，使之成为一篇篇优美的文字。昌盛说过，他写小小说，最初的动因仅仅是为了给学生看。这一点我能理解，我也是语文教师，如今中学语文课本中那些所谓的经典，其实很多离学生尤其是农村学生的实际是有距离的。昌盛大概是为了反叛才动笔的。果真如此，我们感谢这种反叛。

仔细品读昌盛的多部作品，发现他的作品都有着浓郁的地域特色，那就是生养他的那片淮北平原。在这片以农业生产为主的、民风淳朴的土地上，昌盛的目光又紧紧地盯着他日夜工作和生活的校园，他的心更是时时思考着这片土地上的人和事。因此，昌盛的作品处处给人一种美感。

师生融洽之美。受职业的影响，昌盛笔下的人物少不了的是学生——那群如天使般的孩子们。当下中国，工业化进程使得大批农民进城务工，他们的子女成了一个独特的群体——留守儿童。这群孩子，因为缺少了父母的管束和可以触摸的爱，有的沾染了一些不好的习惯，但在昌盛笔下，因为有"美"的老师，所以我们看到了不一样的孩子。《一等奖作文》中，因为思念父母，星期天，五个看录像、喝酒、闹事的孩子，被110带走，在真正走入了他们中间的老师的帮助下，他们认识到了错误，知道了感恩。正因为作者是用学生作文的形式来展示这件事的，所以作品中我们看不到这几个孩子丝毫的"恶",包括老师"我"在内,处处体现的是一种美。

亲情之美。《每一片叶子都会跳舞》中,一位离异的母亲,在离开这个家之前,给女儿绣了多件"飞扬着、飞动着、飞舞着",有"一种别样的美"的叶子,以便女儿在童年、少年期间都能置身于母爱之中。不难想象,对一个离异的家庭来说,至少他们曾经经历过不如意,甚至是吵闹和仇恨,但昌盛将这些丑"捂"着,让我们看到的只是美,包括围绕着孙小丹的那群孩子。《十六岁的盛宴》也有这种美:一群尚不懂事的初中生,整天你到我家我到你家地吃喝,为的是能得到那种"大人般的礼遇"。可是,当他们发现了刘海家异常贫困的时候,这群孩子立即变了。作品中,打鱼崴了脚的刘海父亲、平时连油都舍不得买今天却买了肉的刘海母亲,以及我们"下星期不准再转了,认真读书"的顿悟,无不令人震撼。但震撼之后,父母对子女的爱之美、孩子们对父母们的理解之美,又让人不由地感动。

学生间的纯洁之美。"落地为兄弟,何必骨肉亲",《从天而降的礼物》中的这句话,很好地诠释了那个年龄段的人性美。在这篇作品中,一群孩子费尽周折,抢到了一只手表,却那么绅士地送给了罗安,作为他姐姐的结婚礼物;而罗安呢,也不吝啬,"豪气地挥挥手,中午我请大家吃面"。《每一片叶子都会跳舞》中,为了得到孙小丹母亲绣的叶子,郭倩倩愿意"天天买冰棒给你(孙小丹)吃";当明白孙小丹的家庭情况后,孩子们一个个真诚地表示歉意……无一不给我们纯洁之美的深刻印象。

乡邻间的互助之美。贫困的韩茂廷,儿子得了白血病,他宁愿卖牲畜、卖树、卖房,也不接受乡邻们主动送来的钱,因为乡邻们都那么的贫困(这是一种朴素的自强不息、朴素的不给他人惹麻烦的精神——这种精神,也正是世代生活在淮北平原上那群人的真实写照)。后来,机智的乡邻们用另一种方式——高价购买的方式,帮助了这个正在遭受噩运的家庭。《飘扬的床单》将这种美进行了完美的展示。

如果说上面几种人物之间都存在着这样那样的关系,他们之间的"美"是一种应当,那么,《老师,你好》中"我"、林强的父亲、监狱长，他们之间的故事，则是一种"大美"，一种人类的本能了。

是的，昌盛的作品中处处都是美，除了上面所说的故事和人物的美之外，大概是昌盛早先写过不少出色的散文的缘故吧，他小说中的语言及环境同样也是美的。"在五彩缤纷的条纹中，图画中，那两片叶子静静地，像一个美丽的女子挥着长袖缓缓起舞"、"许多漂亮的叶子，飞扬的、静静的、大方的、羞涩的，绿了大家的眼，仿佛教室是一片绿的树林"、"春风不错，柔柔的，还有麦苗的清香，大家点了蜡烛，唱了歌，当然吃蛋糕"、"飘扬的床单一下子奢侈了村庄的目光，一下子擦亮了我全新的感觉"等等，这些散文化的语言，为我们营造了诗一般的意境，读来确实是一种享受。

我与昌盛见过一次面，他有高大而不乏健美的身材、洪亮又富于磁性的嗓音、豪爽却极具低调的性情，他是一个典型的淮北汉子。我想，这样汉子的笔下之所以有如此多的美，应该全部得益于他内心之美吧。

愿已"美"的昌盛创造出更多更大的"美"！

# 让小小说充满阳光和感动的人

## 袁 浩

　　我和韩昌盛以前并不认识。

　　那时候我们都在偏远的乡下中学里教书。平日紧张的教学之余，我们都有着共同的爱好——小小说创作。那时候韩昌盛的创作热情极高，当时在我们当地的一些报刊上经常能够读到他的小说文字。他的文笔很流畅，写的虽然都是和我一样经历的乡村和校园生活，但他的文字很有张力，读起来很感人，也很唯美。时间久了，我就有一种想拜访他的冲动。一次偶然的机会，一位报刊编辑老师给我在电话里辅导创作，顺便问了我一句，你认识泗县的韩昌盛吗？我说不，但我想结识他。那位编辑老师便将韩昌盛的通联电话告知了我，并让我今后多和他交流。

　　韩昌盛的小小说创作主要植根于乡村、乡土和校园，这一点和我有相似之处，但我的文字却远远达不到他的写作高度。而且韩昌盛能以他扎实深厚的语言功底将平凡的乡村生活表达得十分感人。这也许是我对昌盛兄长怀着一颗敬佩之情的缘故吧。在我的课堂上我常常要将他的小小说读给班上的学生听。在那几年的教学生涯中，我所带的那几届学生中考考得都十分优秀，我不知道这和我在班上读韩昌盛的校园和乡村小小说有没有关系。

　　我和韩昌盛其实还是一种亦师亦友的关系。说朋友关系因为我们有着相同的生活经历，我们都是 70 后出生的农家子弟，学校毕业后我们又都在乡村做了教师，执教着一群当年和我们一样天真、纯朴的乡村少年。其实在小小说写作上，韩昌盛也是可以做我的老师的。因为那几年在那所封闭的乡村学校里，我教学之余挑一盏孤灯在做着一个属于自己的文学梦的时候特别孤寂，看不到一丝未来前途的希望之光。这个时候是昌盛鼓励我，给我以文学上进的信心和勇气。他每每有小小说在全国的小小说报刊杂志发表以后，第一个通知的就是我。我知道昌盛兄长不是在对我炫耀自己而是在为我鼓劲，让我也要像他一样奋进，能在全国多家权威小小说媒体上发表作品。要知道2007年的时候，全国多家小小说阵地争相发表和转载他的文字，可以说他的小小说创作已达到一发而不可收拾的地步。

2009年2月，当昌盛的第一本小小说集《十六岁的盛宴》出版后，我手捧着这本凝结着他近几年来辛勤创作、汗水耕耘的集子的时候，我看到了一个青年作家辛勤付出的耕耘之路，更懂得了"天道酬勤"的道理，韩昌盛应该是我文学创作上很好的榜样和老师。

作为一名作家，他的作品总会和他所生长的环境和成长经历分不开，韩昌盛亦然。在他的小小说作品里总割舍不去乡土和校园情结，而且总的一点，乡村和校园是一个温暖的词汇，他的作品中每一个人物、每一处场景都充满着一种人文的关怀情感。

读他的《父亲一直期待的生活》《月亮上来了》和《弟弟和我》等篇什，读着读着，总能使人内心升腾出一种潮水般的东西。感人心者，莫乎与情。在时下这个到处是喧嚣和浮躁的年代，韩昌盛其人却能净守一方安静的空间，并没有用绮丽辞藻去取悦读者，这不能不让人心生敬意。这也难怪韩昌盛的第一本小小说集子上标有"新课标语文课外阅读经典"推介字样。在他的每一篇小说中都给人一种阳光般的温情，让读者在他的小说中见不到半点的纤尘和污秽。如《老师，你好》中的老师是一个授业解惑恩师的化身，父亲老林是一个身处社会底层但却令人敬佩的父亲，因为他有一颗拳拳的爱子之心，还有监狱长等等众多周围的人，所有这些善良的人们构成了我们这个阳光普照的世间社会。还有小说《每一片叶都会跳舞》中的乡村留守女孩孙小丹，她虽身处逆境但却有着一泓清泉般的善良淳朴的心灵世界……

我和韩昌盛都是农民的儿子，就是现在我们的父母还都辛勤地耕种在各自故乡的土地上。也许正是因为如此，昌盛总是抱着一颗感恩的心生活、学习和创作着。在一次谈到小说创作的时候，他曾不无感动地勉励我说："努力，哪怕我们只能做一种芦苇，也要做一支有思想的芦苇。"

我觉得这个世界也许正是因为有着阳光和感动而美好。

# 与文字有关或无关的感动

墨中白

初知韩昌盛，是通过他发在《读者·原创》上的美文。那时，昌盛已是《读者》的签约作家了。

《读者·原创》也是我喜爱的一本杂志，也许因为昌盛居住的乡村离我生活的小镇很近的缘故吧，所以在品读美文时，就不由多留意下他的文章，在昌盛的文章里，我时常会看到自己生活过的村庄。尽管我们离得不算太远，但昌盛生活在安徽，我居住在江苏。我知道，之所以在昌盛的文章里看到我的村庄，可能是因为在远古时代，昌盛和我生活的地方原本同属泗州府吧。其实，这只是表面的一个地域符号。真正让我走近昌盛的，还是因为他文章里流露出来的感动。

生活中，我是个容易感动的人，也是个喜欢被感动的人。我总认为写作者，每写一篇文章，除要捧出心来创作外，最重要的是码出来的汉字要流淌出心灵的温馨。窃以为，文，虽不一定非要去感动更多人的心灵，但至少要感动自己。令人欣慰的是，这一点，昌盛做得很好。我想他不但感动了自己，也感动了他的读者。至少，读昌盛的文章，我总会涌出太多的感动，让我想起童年的村庄，少年的学校，青年的苦涩……《飘扬的床单》中无助痛苦的茂延叔，还有那些心地善良的众乡邻。是的，正如作者写的："屋后的槐花香了，家家户户都把床单洗了，说出出水就收起来留媳妇用。我和伙伴们第一次走遍了全村的角落，因为挂在绳上的床单，散发出的肥皂味比槐花还香。"质朴的文字里溢满乡里乡亲的互助亲情，生活中，有什么香味比人情味还香浓的呢？

后来，又读昌盛在《百花园》接连刊发的《修路》《张大民盖房子》《村长家的广播》等一系列描写农村的小小说，我对昌盛的印象更加深刻了。从侧面了解到，昌盛是在泗县大杨中学教书，大杨乡，我没有去过，但是离大杨不远的瓦坊，我几年前曾路过，那是一个比我老家还落后的地方。可能是深有同感吧，读这些文章，我看到了另一个韩昌盛。除了写出让人感动的文字外，他笔下的村干部，更多给人以温暖，在他们身上你能读到周围人的影子，有时感觉，那里面也有你自己。我相信，写这些文章，昌盛是动了脑筋，下了功夫，捧出心来的。我更相信，生活中的韩昌盛也应该是个内心充满感恩的人。虽没见过他的人，仅仅从读他的那么多文字中，我就能感受到。一个人，特别是一个作家，只有内心充满感恩，他才能释放出感动人心灵的文字来。

初见韩昌盛，是缘于我生活的小镇，要举办梅花第四届掰手节暨首届读书节，其中有个梅花山笔会活动。于是我就想起离我很远，却又很近的韩昌盛来。

没想到联系韩昌盛，倒成了难题。记忆中，除了那次全国新秀小小说大赛外，在小小说作家网上很少能见到他。我没有他 Q 号，更没有他手机号，只知道他在大杨中学任教。后来，我通过多方打听，终于从一个文友那里得到了昌盛的手机号码，拨通电话，听着从手机里传来昌盛浓重的泗县口音，我不由感觉到一份亲近，那声音，我仿佛熟悉已久。当我把梅花山笔会的事同他一说，昌盛当即表示，一定过来。

五月的梅花，香飘醉人，因为共同的爱好，我终于见到了那个曾经让我感动的韩昌盛，亦如他的文字一样，昌盛给我的第一印象，还是感动。他纯朴的笑容，他质朴的言语，他稳重的步伐，一直定格在我的记忆中。疑憾的是笔会上，我太多的精力都用在迎来送往上，以至于我和昌盛没有好好坐下来，谈谈心。本想晚上抽空找昌盛畅谈的，没想到他因单位有事，一定要赶回去。记得昌盛走时，关于小说地域符号的话题还在继续着……

由相知相识，到现在相遇网络。在 Q 上，有事无事，我也会和昌盛在网上随便聊聊，当得知，他已把战场从乡村转移到县城，并临时在组织部从事一份工作时，我不由为昌盛生活和写作环境的改善，而由衷感到高兴。生活的机遇，从来都不会亏待像昌盛这样捧着心写作的人，因为昌盛通过文字把他对亲人朋友和生活的感恩，毫无保留地呈现在读者面前，大家阅读收获感动的同时，也感受到生活和亲情的温暖，这是一件多么美好而温馨的事情呀。

我为昌盛的领导识才而感动，也为昌盛而欣慰，但高兴之时，我也不由心生一丝担忧，担心昌盛在新的舒适环境中，不能好好静下心来写出更多感动人心灵的文字来，这，不是我想看到的，同样，也是喜欢他的读者不愿意看到的。不过，我更相信，多年农村生活的经历，昌盛是不会忘记的，也是不敢忘记的，因为对于一个作家来说，他怎能，又怎会忘记，给了他太多感动和亲情的乡村呢？不管走到哪里，我坚信，昌盛的笔还会深深触碰到那份久违的感动，正如昌盛在他《十六岁的盛宴》中所写："我知道，有了父爱，有了母爱，有了努力，有了尊严，人生这道宴席就是一顿丰盛的大餐。像刘海家的午饭，我从十六岁一直品尝到现在。"

因此，我有理由坚信，昌盛会用他一颗感恩的心，触摸着更多的感动。"因为，因为每一片叶子都会跳舞。因为每一个孩子都是母亲一生的舞蹈，从不停止。"所以，我更坚信，能写出这句感动人心灵文字的韩昌盛，定会把写作看成是他的孩子，而小心地呵护着，不是吗，昌盛兄？

# 给 我 一 株 棉 花

韩昌盛

在写小小说之前，我在农村生活了三十年。

很长一段时间，我都在田地里摆弄棉花。实实在在说，种棉花是一件很费时费力的事，而且结果往往不尽如人意。首先得选好种子，市场上的棉种繁多，广告诱人，到底哪一种适合自己的土壤，而且价格适中，产量丰富，都是个未知数。其次，整个种棉花的过程太长，不如种小麦，种子播下去，基本就完事了。这中间，需要一个个打营养钵，再把棉籽放进去，用塑料盖上，等幼棉长成，再用筐抬，一个个放进坑里。多年以后，我写小小说，在选材和入笔时，突然想起这个过程，发现它们有惊人的相似之处。从棉花发叶时，就要开始打药，打一遍又一遍的药，直至棉花长成、开花、结桃。我记忆中最深刻的就是穿上厚厚的衣服，在最热的天气最热的下午一二点钟，罩上塑料，像防化兵一样进入棉地，开始打药。小小说也是这样，在成文之前，得精心构思好每一个细节，得忍受各种各样的繁文缛节的词藻修饰干扰，删繁就简。经常在别人推杯换盏时，独坐灯下，关掉手机，沉思，鲜活，生动，终成作品。

静坐时，经常想，我是一个棉农。但我没有做到一个好棉农，母亲她们是，在棉花疯长的季节，掰掉棉枝间无用的杈，她们的动作准确而快捷，不像我，看着每一株枝桠间的绿叶嫩芽，都舍不得下手。当然，母亲就不再让我干这活，说我太面，干不成事。当然，我初写小小说时，也是这样，什么都舍不得删，结果写成了一个什么都有的百货店。

于是，我渴望做一个标准的棉农，在棉田里游刃有余地穿梭，照料棉花。于是，我也希望在小小说的领地里，能够采摘到饱满、洁白绽放的棉花。

——是为引。

## 一、选材的当下意识

初写小小说时，感觉到处都是内容：村庄，学校，田野，工厂，城镇，这是我经历的地点；童年，青春，这是我经历的人生；中年的艰辛，老年的恬淡，是我父辈们正在经历的生活；农民，工人，小商人，教师，基层公务员，这是我身边的职业阶层；友谊，爱情，亲情，是我周围每时每刻都在演绎的篇章。所以，我喜欢从如此丰富的内容里选取题材。

选材的当下意识，体现在当下生活上。潮汐万千，正在经历的生活更具真实感，更易打动人。每个人都有自己的生活体验，这种体验是个性的，更多时候具有时代的共性。当这种经历被复制或以另一种表现形式出现时，极容易获得共鸣。所以，我的作品有三分之一选在淮北平原上那个古老的村庄上，选取的时间从我出生的七十年代到现在。有三分之一选择在上海的工地上，因为我曾经在上海的工地上打过工，我的父亲，兄弟，许许多多的乡邻都还在那片地方挥汗如雨。他们有的买了房，有的还在为房子而努力，但是多数只是候鸟，连同他们的孩子，都是一只只不知疲倦的候鸟。所以，这些小候鸟就成了我作品的又一个三分之一。我从工作一开始，就在校园里行走，在小学教过，临时带过幼儿园，长期在初中。无一例外，都是农村校园，院子里是楼，墙外是玉米。这样的农村经历，这样的农村"当下"使我获得了时下最可宝贵的农村体验。当然，我没有理由拒绝鲜活的"当下"生活。无论是聚集着留守儿童的校园，还是散落着老屋和新楼的寂寞乡村，或者是写满汗水和思念的工地，都是我的源泉，独一无二，又有着鲜明的标签。

选材的当下意识，体现在事件的不可复制。记忆是鲜活的，写满着当下的元素。比如乡村的落寞，工地上的淳朴和热闹，还有校园的纯真。我宁愿尤其注意那众多相同背后的一抹特殊印记，《阳光的味道》中，那个叫"麦子"的姑娘，从城市某个阴暗的包房里回来，渴望阳光，渴望自由，渴望一种干干净净的味道。的确，她们在城市的灯火中挥霍着青春换来钞票。的确，她们被"欲望"，被"廉价同情"。我知道，类似这样经历的女孩，回到乡村，朴实了，自由了，宁静了。我相信，这是一种回归，是一种真实，回到了零点。于灯火阑珊处寻找一盏烛火，着实不易。需要一颗宁静的心，守护着不知疲倦的眼睛，需要一直在行走的脚步，带着思想四处奔波。有时候，停下来，静一下，带着欣喜，就会发现一个不同。这个不同一定是被忽略的，或者是不被重视的。《张大民盖房子》中，张大民执意叫每个工人签合同，坚决按合同办事。这在农村，已经有，但很少有人去做。人情大于天，但我看到了那种真实而执着的影响，就是城市给乡村带来的呵护，这种呵护是"当下"的，是一种规则，是一种催化剂。我记下了，没有人奇怪，因为它已经出现。

所以，守住"当下"，爱护"当下"，选择"当下"，作品就有了鲜明的颜色，大众的面孔，和独特的感觉。

## 二、语言的白描意识

小小说的语言很鲜活。因为篇幅短小，人物形象要突出，所以语言要求比较高。我在语言上追求"人物真实、精当，环境语言要言不烦，叙述语言一字一钉"，力求语言干净、利索、凸显张力。

人物语言要"真实"。每一个人物必定是个性的，集中代表着某一群人的个性。所以，他的语言要来自最真实的一面，让人一听就是某一类人，就是某一个人。《老尅》一文中的老尅是我家乡安徽泗县人，在淮北平原，都把很多动作的意义交给"尅"这个字。老尅当然事事说尅，这在上海的工地上很特别，当然引起大家的关注，包括嘲笑。这就是地域性的语言，丰富了人格，突出了形象。在很多作品中，我注意把本色的语言还原给人物。东北电视剧的热播，东北小品的流行，有一个重要的原因，就是大家听到了生活最深处的自然语言，我叫它"原声"。有了原声，人物才是不戴面具的，才是本色的，才有了张力体现生活、拓展生活。《老师，你好》中林强的父亲，每逢开口说话，必说"老师，你好"。还原他的身份就知道，外出务工，因交通事故在监狱，所以能给老师说的只能是这一句发自内心崇敬的话。他是我众多学生家长中的一员，每逢打电话来，都是恭恭敬敬地说"老师，你好"。所以，这语言是个性的，它符合农民特点：在外地学会了礼貌，骨子里的善良。个性的基础在于真实，真实的世界，才会淋漓尽致地展现鲜明的个性。

环境语言做到要言不烦。环境是小说的三要素之一，在小小说中，很多作品的环境描写几乎被省略，除了情节就是情节，除了构思就是构思。一个生动的环境，是人物的舞台，是生活的摇篮。一直忘不了《我的叔叔于勒》中那一段："在我们面前，天边远处仿佛有一片紫色的阴影从海里钻出来。那就是哲尔赛岛了。"极短的两句，把菲利普夫妇的心情渲染至极。环境描写要有，必须有，而且语言要精致。不可以想象，脱离社会、自然的人物，满足于故事快餐的小小说，怎么会有美感？过分强调"小"，会失去小说的原汁原味的许多底料。而尊重环境，还原生活面目，回归百态，也会轻松地走进社会的万花筒。在环境描写中，我喜欢的是力透纸背的社会环境，三言两语，道出某种心态，直陈某种现实，才有味道，才有嚼头。《修路》中的韩锋，捐款未成，才想起自己是在上海打工的而不是工作的大韩庄一员。一语道破韩锋内心，酸甜苦辣咸，五味杂陈，自是个中人品味。

叙述语言绝不啰嗦，简明，能控制节奏，达到"一看就知道是谁的作品"的地步。首先是凝练的，该说的必说，不该说的一字不要。我比较喜欢《世说新语》的风格，手法全无，三言两语，寥寥几笔，人物跃然纸上。小小说的事件，有起有伏，靠的是语言，详略自处，隆洼自当。用短句时，连珠般叠用，句句轻敲，滴水穿石，也能起到非凡作用。用长句时，不事雕饰，要素积累，一而再，再而三，效果自然明了。我更推崇穿透岁月的沧桑，轻描淡写的二三句话，恰如白开水，散尽热气，竟是满腹的熨帖。白描到如此境界，引人入胜已是情理之中。其次是穿针引线。好的小说语言绝不拖泥带水，又能提领情节，将情节按作者意图或情节的变化推进。小小说语言的引领成功与否在于到什么地方用什么相应的语言来牵引。一个短句，承上启下，为好。一句环境描写，仿佛置身其间又紧扣情节，出彩。一句看似无关紧要的话横陈其间，品味之后又丝丝入扣，为妙。语言题目的答案很复杂，一靠感觉，长期积累的语感，尤其是对人物、情节的感觉；二是靠阅历和领悟，没有对生活的参悟，就不会有语言的穿透力；三是作者的构思，锤炼是技巧最好的导师。喜欢读王蒙的作品，也喜欢读韩少功的文章，看似平淡，字字在理。所以，语言的事，浸在生活中。

### 三、叙述的平坦意识

按说，文章喜伏不喜平。尤其是小小说，那么短的篇幅，当然能跌宕再三，引人一惊一叹为好。可我认为，技法太多，必然破坏小说内质。不如顺其自然，一一道来，水到渠成。

首先，平叙是一种基本手法，利于线索展开，情节铺陈。马克·吐温的作品，契诃夫的作品，多是平叙开始，从前至后，按顺序推进。

其次，平叙要出彩。出彩在情节变动，人物命运转折在"点"上展开。"点"是一个"联系点"，也是一个"爆发点"，把人物命运拴在这一点上，扣住这些点，情节就聚拢，推向高潮。所以，平叙出彩往往靠小说的情节展开一面，是时代的，或是人性的，最容易感动人、最能牵动人、最能震撼人的一面。《那一年，桃花笑春风》中，按年龄铺陈，把两个青梅竹马的年轻人的情感涟漪一层层荡开，却再也无法回来。平叙在这里就有效控制了节奏，恰当地处理了主题进展与语言表现速度之间的关系。

最后，平叙不是目的，只是手段。叙述者心中要有丘壑，该起则起，当伏则伏。平叙的是事件，起伏的是情节。

### 四、人物的亮点意识

我喜欢人物，正如我喜欢棉花地那青青的棉桃，粉红或青黄的花瓣，当然还有洁白的棉花。作品中每一个人物都是我身边的某一个人，极有可能是我的家人，同学。同样，我理所当然认为人性中存在闪光面，这种闪光的人性也被每一个崇尚温暖的人礼赞。

所以，我追求作品中积极的主题，亮色的人物。这也许与我的职业有关系，我是一名教师，面对着十三四岁的孩子，面对着渴求知识却没有课外书读的花季少年，我没有理由批判什么、揭露什么，一些人仿佛认为这样做才是坚持真理。我需要做的，是告诉他们什么是美，什么是善，怎样去发现。于是，展现人性的温柔、善良，成了我小小说的追求。

良好的职业操守是我刻意表现的一个方面。在我的"教师"中，有理想，有烦恼，有过种种现实的想法，包括当领导、争奖金多少。但是，在面临抉择时，都没有退缩，在乡村的讲台上，默默耕耘。这种亮点，是知识分子记忆中最重的一笔，我不能错过。

农民本色是我一直在挖掘的重点。我一直承认我是个农民，因为我还有承包地，因为我还在农村，热爱农村。农民有优点，也有缺点。但优点、缺点都会成为亮点，在人性得到光明体现时。也许木讷，也许偶尔狡猾，但是在城市的灯火中，他们只是过客，汗味融不进香水，刚刷的牙齿又被路灯染上了红色。楼建起来了，他们像鱼儿一样游走了。过年了，挤着沉重的火车离开城市。他们有血有肉，有情有义。他们会在某个夜晚，拨响我的手机询问孩子的成绩。会带着一根扁担，挑回许多廉价的衣服，那是给孩子的新年礼物。我只能在他们中被感动，被催进，被鼓励，写出更多的原生态农民，写出他们身上更真实的一面，更温馨的一面。这，才是作为农民的我，最欣慰的事。

留守学生是我笔下最温柔的痕迹。蜗居太小，蚁族太累。可是，留守孩子的心里，能放下一个世界。这话，毫不夸张。《一等奖作文》写的是五个留守孩子星期天聚在一起喝酒、看录像、疯跑，喊老师一起学狗叫。这不是荒诞，是真实。他们是中国最勇敢的孩子，在寂寞中成长，在孤独中坚强。"离开了爸爸的严肃，离开了妈妈的唠叨，背着书包，在村庄闲逛。拾起柴火，对着风箱发呆，一碗稀饭，热了两三回。"这首小诗，是学生作文里的话，他们愿意给我看，和我交流，我愿意写他们，我对他们说："坚强，做中国最棒的一代。"我当然没有理由拒绝这样坚硬而温暖的阳光形象，这个亮点必将随着作品的深入而日渐其善。

人物有了亮点，才鲜活，才会引人注目。一篇文章，人物活了，情节才生动，主题才丰富。

## 五、结尾的小说意识

小小说的繁荣必将带来小小说的改革、创新。遗憾的是，欧·亨利式的结尾似乎成了金科玉律，各种各样的心思都为了最后一点出彩，抖个大包袱。的确，水到渠成的"真相大白"会让人长舒一口气，出人意料的巧妙结尾也让人不得不佩服作者的构思缜密。只是，技术主义的泛滥，只会使作者忽略了故事的情节、人物精神世界的展示，精力专注于一个固定的结尾，不能不令人沮丧。长此以往，小小说读者拿起一篇作品，必然会想当然地寻求一个"意外"的结局，这个结局可能荒诞，可能不合常理，但它"出人意料"，这就是"成功"。我是一个慢行者，我总是在试图还原小小说的"结尾"文体特点，让它成为小说的一部分。

结尾的"小说意识"体现在整体性上。小小说虽小，但是她完整，不论哪一个部分都是小小说的结构，都闪耀着小说的元素。所以，着眼于文章的整体安排，着眼于前后贯通，追求一种浑然天成，才是小小说的发展方向，才有味道。

结尾的"小说意识"体现在主题上。不可否认，我们都习惯了中规中矩的结尾，比如篇末点题，深化主题。但是，结尾毕竟是一个重要部分，情节要有交代，人物要有安排。所以，可以在结尾处理主题，烘托也行，留下空白也行，做个总结也行，让结尾成为意料中的"安排"是一种使命，更是一种追求。追求结尾是小说的结尾，而不是诗歌的结尾。比较欣赏在环境中处理人物的典型神态，一个眼神，一个思考，都让作品戛然而止，余味悠长。

结尾的小说意识呼唤美感。小小说去掉"小"的特点，永远离不开"小说"。比较推崇美丽的结尾，不论美丽的伤感还是沉重、快乐。一个作者，能把小小说的结尾处理得艺术一些、生动一些、意境一些，应当是生活中最美的享受。一句意味深长的话，一个发人深思的特写，一段精彩的

对白，都让人体会到文章结束了，故事没有结束，生活仍在继续。不喜欢猜谜，更不喜欢嵌入式的猜谜，让小小说受伤。大气一点，散淡一点，自然一些，意蕴更深一些，是小小说结尾能经得起推敲的必然之路。

　　世上千万条路，我们不能都走。选择自己的路，走好，才是目的。我写小小说时间很短，有激情无经验，有勤奋但缺乏思考，很多观点可能很幼稚。我只是经常回忆种棉的时候，那一个个看护、捉虫、掰杈、拾棉的日子，我愿意收获自己的一株棉花，滴着汗水，与众不同的一株，仅此而已。

# 创作年表

## （主要作品）

**2006 年**

　　《民工二题》发表于《百花园》第 1 期。

　　《为爱让路》发表于《春泥》第 3 期。

　　《伸出你的手》发表于《春泥》第 4 期。

　　《丁克老师的一天》发表于《安徽日报》4 月 18 日。

　　《长城长啊》发表于《拂晓报》4 月 21 日。

　　《父亲，在门外》发表于《安徽青年报》7 月 5 日。

　　《月亮上来了》发表于《天池》第 8 期。

　　《父亲一直期待的生活》发表于《中外读点》第 8 期。

　　《一等奖作文》发表于《新课程报》8 月 8 日，选入《感动小学生微型小说全集》（九州出版社）、《小学生必读的 100 篇校园小小说》（光明日报出版社）。

　　《丢了一头猪》发表于《皖北晨刊》9 月 12 日。

　　《班主任》发表于《新课程报》11 月 21 日。

　　《飘扬的床单》发表于《新课程报》12 月 5 日。

　　《弟弟》发表于《新课程报》12 月 5 日。

　　《飞落的诗稿》发表于《新课程报》12 月 12 日。

　　《长城长啊》发表于《新课程报》12 月 9 日，选入《中学生必读的 100 篇校园小小说》（光明日报出版社）。

## 2007 年

《幸福是一只鹅》发表于《皖北晨刊》1 月 1 日。

《最勇敢的孩子》发表于《读者·原创》第 1 期。

《像乞丐一样幸福的生活》发表于《北京小小说》第 1 期。

《阳光的味道》发表于《百花园》第 1 期，选入《最具阅读价值的小小说选》（光明日报出版社）、《中学生必读的 100 篇校园微型小说》（光明日报出版社）。

《开往梅陇的地铁》发表于 2007 年 1 月 16 日《新课程报》。

《螃蟹》发表于《拂晓报》2 月 2 日。

《哥们是上海人》发表于《天池》第 2 期。

《美丽事件》发表于《拂晓报》3 月 2 日。

《三舅》发表于《拂晓报》3 月 16 日。

《十六岁的盛宴》发表于《读者·原创》第 3 期，选入《最值得珍藏的小小说选》（光明日报出版社）、《中学生必读的 100 篇成长小小说》（光明日报出版社）。

《岳父》发表于《中外读点》第 3 期。

《寻人启事》发表于《皖北晨刊》3 月 16 日。

《弟弟和我》发表于《百花园》第 4 期。

《离婚申请书》发表于《农家女》第 4 期。

《张大民盖房子》发表于《天池》第 4 期。

《最勇敢的孩子》发表于《少年文艺》第 4 期，转载于《读者·原创》。

《寻人启事》转载于《天池》第 5 期。

《关键时刻》发表于《皖北晨刊》5 月 1 日，选入《中学生必读的 100 篇校园小小说》（光明日报出版社）。

《尊严》发表于《安徽日报》5 月 25 日。

《老村长家的广播》发表于《天池》第 6 期。

《招聘中一根钉子的十三种可能》《喜剧世界》第 7 期。

《局长给我派专车》发表于《微型小说》第 7 期，选入《2007 中国年度微型小说》（漓江出版社）。

《每一片叶子都会跳舞》发表于《新课程报·语文导刊》7 月 17 日，选入《精美微型小说读本》（光明日报出版社）、《中学生必读的 100 篇校园小小说》（光明日报出版社）。

《一场风花雪月的爱情》发表于《微型小说》第 8 期。

《科员王德民的婚事》发表于《天池》第 8 期。

《弟弟和我》发表于《中学生阅读》第 9 期，转载于《百花园》。

《聚会方案》发表于《微型小说》第 9 期。

《老师，你好》发表于《小小说选刊》第 9 期，选入《小学生必读的 100 篇校园小小说》（光明日报出版社）、《中学生必读的 100 篇校园小小说》（光明日报出版社）、《中国当代小小说大系》（河南文艺出版社）。

《班主任》发表于《拂晓报》9 月 28 日，选入《精美小小说读本》（光明日报出版社）、《中学生必读的 100 篇校园小小说》（光明日报出版社）。

《有事你说话》发表于《百花园》第 11 期。

《张大民盖房子》发表于《小小说选刊》第 13 期，转载于《天池》。

《那一年，桃花笑春风》发表于《天池》第 11 期。

《请客进行时》发表于《天池》第 12 期。

《寻找老八》发表于《读者·原创》第 12 期。

《20 块钱》发表于《皖北晨刊》11 月 16 日。

《候鸟》发表于《新课程报》11 月 20 日。

《葱和蒜的味道》选入《让小学生学会感恩父母的 100 个故事》（花山文艺出版社）。

## 2008 年

《哥们是上海人》发表于《语思》第 1 期。

《美丽的词语》发表于《皖北晨刊》1 月 17 日。

《同学老牛》发表于《拂晓报》1 月 18 日。

《焦点》发表于《皖北晨刊》2月25日。

《滴水之恩》发表于《天池》第2期，选入《2008中国微型小说年选》（花城出版社）。

《谁叫咱是上海人》发表于《特别关注》第3期，转载于《天池》。

《七爷》发表于《新课程报》3月18日，选入《最具中学生人气的100篇小小说》（光明日报出版社）。

《第一百个鸡蛋》发表于《新课程报》3月25日，选入《最具小学生人气的100篇微型小说》（光明日报出版社）、《感动小学生的100个故事》（九州出版社）。

《芹菜》发表于《新课程报》6月10日。

《花喜》发表于《新课程报》7月15日。

《我和妻子手牵手》发表于《天池》第7期。

《表弟丁一》发表于《皖北晨刊》11月17日。

《小鬼当家》发表于《皖北晨刊》12月8日。

《真相》发表于《新课程报》12月16日。

《老剋》发表于《百花园》第12期。

《我和妻子手牵手》发表于《微型小说选刊》第21期，选入《2008中国微型小说精选》（长江文艺出版社）。

《穿越小城的目光》发表于《读者·原创》第12期。

《今年过节不收礼》发表于《皖北晨刊》12月22日，选入《小学生必读的100篇校园小小说》（光明日报出版社）、《中学生必读的100篇校园小小说》（光明日报出版社）。

## 2009 年

《生病》发表于《百花园》第2期。

《王贵花的烦恼》发表于《新课程报》3月10日。

《小茹》发表于《天池》第3期。

《翅膀》发表于《百花园》第6期，选入《2009年微型小说年选》（湖南人民出版社）。

《工钱》发表于《百花园》第 10 期。

《铁拐李》发表于《天池》第 12 期。

小小说集《十六岁的盛宴》由新世界出版社出版。

## 2010 年

《点哭》发表于《天池》第 1 期。

《肾》发表于《百花园》第 1 期。

《第七次同学聚会》发表于《天池》第 2 期。